Diogenes Taschenbuch 21543

Bernhard Schlink
Walter Popp

Selbs
Justiz

Roman

Diogenes

Umschlagillustration: Gabriele Münter,
›Dorf mit grauer Wolke‹,
1939 (Ausschnitt)
Copyright © 2008 ProLitteris, Zürich

Originalausgabe

Alle Rechte vorbehalten
Copyright © 1987
Diogenes Verlag AG Zürich
www.diogenes.ch
60/08/8/26
ISBN 978 3 257 21543 4

Inhalt

ERSTER TEIL

1 Korten läßt bitten   9

2 Im Blauen Salon   13

3 Wie eine Ordensverleihung   18

4 Turbo fängt eine Maus   23

5 Bei Aristoteles, Schwarz, Mendelejew und Kekulé   26

6 Ragoût fin im Ring mit Grünem   32

7 Kleine Panne   37

8 Ja, dann   45

9 Der Wirtschaft ins Dekolleté gegriffen   48

10 Erinnerungen an die blaue Adria   57

11 Scheußliche Sache, das   61

12 Bei den Käuzchen   68

13 Interessieren Sie die Einzelheiten?   71

14 Lange Leitung   76

15 Bam bam, ba bam bam   81

16 Wie das Wettrüsten   85

17 Schämen Sie sich!   92

18 Die Unsauberkeit der Welt   99

19 Grüß Gott im Himmel wie auf Erden   102

20 Ein schönes Paar   108

21 Unser Seelchen   112

ZWEITER TEIL

1 Zum Glück mag Turbo Kaviar 117

2 Am Auto war alles in Ordnung 122

3 Ein silberner Christophorus 129

4 Ich schwitzte alleine 134

5 Ach Gott, was heißt schon gut 139

6 Ästhetik und Moral 142

7 Eine Rabenmutter 149

8 Ein Blut für alle Tage 155

9 Lange ratlos 160

10 Fred hat Geburtstag 165

11 Danke für den Tee 170

12 Hase und Igel 173

13 Schmeckt's? 177

14 Laufen wir ein paar Schritte 182

15 Der Pförtner kannte mich noch 189

16 Papas Herzenswunsch 196

17 Im Gegenlicht 201

18 Eine kleine Geschichte 205

19 Energie und Ausdauer 211

20 Nicht nur ein blöder Schürzenjäger 219

21 Die betenden Hände 224

22 Tee in der Loggia 230

23 Hast du ein Taschentuch? 237

24 Mit hochgezogenen Schultern 239

DRITTER TEIL

1 Ein Meilenstein in der Rechtsprechung 245

2 Mit einem Knacken war das Bild da 250

3 Do not disturb 254

4 Kein gutes Haar an Sergej 263

5 Wessen Maultaschen schmälzt er denn? 268

6 Kartoffeln, Weißkohl und heiße Blutwurst 273

7 Was ermittelst du jetzt eigentlich? 277

8 Gehen Sie mal auf die Scheffelterrasse 282

9 Da waren's nur noch drei 285

10 Haltet den Dieb 291

11 Suite in h-Moll 295

12 Sardinen aus Locarno 304

13 Sehen Sie nicht, wie Sergej leidet? 307

14 Matthäus 6, Vers 26 311

15 And the race is on 316

16 Alles für die Karriere? 320

17 Ich wußte, was ich zu tun hatte 325

18 Alte Freunde wie du und ich 330

19 Ein Päckchen aus Rio 335

20 Daher der Name Opodeldok! 338

21 Es tut mir leid, Herr Selb 343

I

Korten läßt bitten

Am Anfang habe ich ihn beneidet. Das war auf der Schule, auf dem Friedrich-Wilhelm-Gymnasium in Berlin. Ich trug Vaters Anzüge auf, hatte keine Freunde und kam nicht am Reck hoch. Er war Klassenbester, auch in Leibesübungen, wurde zu jedem Geburtstag eingeladen, und wenn die Lehrer ›Sie‹ zu ihm sagten, meinten sie es. Manchmal holte ihn der Chauffeur seines Vaters mit dem Mercedes ab. Mein Vater war bei der Reichsbahn und 1934 gerade von Karlsruhe nach Berlin versetzt worden.

Korten kann Ineffizienz nicht leiden. Er brachte mir Felgaufschwung und -umschwung bei. Ich bewunderte ihn. Er zeigte mir auch, wie man's mit den Mädchen macht. Ich lief neben der Kleinen, die einen Stock tiefer wohnte und gegenüber vom Friedrich-Wilhelm ins ›Luisen‹ ging, blöde her und himmelte sie an. Korten küßte sie im Kino.

Wir sind Freunde geworden, haben zusammen studiert, er Nationalökonomie und ich Jura, und in der Villa am Wannsee ging ich ein und aus. Als seine Schwester Klara und ich heirateten, war er Trauzeuge und schenkte mir den

Schreibtisch, der heute noch in meinem Büro steht, schwere Eiche mit Schnitzwerk und Messingknäufen.

Ich arbeite heute selten dran. Mein Beruf hält mich auf Trab, und wenn ich abends noch kurz ins Büro schaue, türmen sich auf dem Schreibtisch keine Akten. Nur der Anrufbeantworter wartet und teilt mir im kleinen Fenster die Zahl der angekommenen Botschaften mit. Dann sitze ich vor der leeren Platte und spiele mit dem Bleistift und höre mir an, was ich tun und lassen, was ich in die Hand nehmen und wovon ich die Finger lassen soll. Ich verbrenne mir nicht gerne die Finger. Aber man kann sie sich auch in der Schublade eines Schreibtischs einklemmen, in die man lange nicht mehr geschaut hat.

Der Krieg war für mich nach fünf Wochen vorbei. Heimatschuß. Nach drei Monaten hatten sie mich wieder zusammengeflickt, und ich machte meinen Assessor. Als 1942 Korten bei den Rheinischen Chemiewerken in Ludwigshafen und ich bei der Staatsanwaltschaft in Heidelberg anfing und wir noch keine Wohnung hatten, teilten wir ein paar Wochen das Hotelzimmer. 1945 war mit meiner Karriere bei der Staatsanwaltschaft Schluß, und er verhalf mir zu den ersten Aufträgen im Wirtschaftsmilieu. Dann begann sein Aufstieg, er hatte wenig Zeit, und mit Klaras Tod hörten auch die Besuche zu Weihnachten und zum Geburtstag auf. Wir verkehren in verschiedenen Kreisen, und ich lese mehr über ihn, als ich von ihm höre. Manchmal begegnen wir uns im Konzert oder Theater und verstehen uns. Sind eben alte Freunde.

Dann... ich erinnere mich gut an den Morgen. Mir lag die Welt zu Füßen. Mein Rheuma ließ mich in Ruhe, mein

Kopf war klar, und im neuen blauen Anzug sah ich jung aus – fand ich jedenfalls. Der Wind trieb den vertrauten Chemiegestank nicht hierher nach Mannheim, sondern hinüber in die Pfalz. Beim Bäcker am Eck gab's Schokoladenhörnchen, und ich frühstückte draußen auf dem Gehsteig in der Sonne. Eine junge Frau kam die Mollstraße entlang, kam näher und wurde hübscher, und ich stellte meine Einwegtasse auf das Schaufenstersims und ging hinter ihr her. Nach wenigen Schritten stand ich vor meinem Büro in der Augusta-Anlage.

Ich bin stolz auf mein Büro. In Tür und Schaufenster des ehemaligen Tabakladens habe ich Rauchglas setzen lassen und darauf in schlichten goldenen Lettern:

Gerhard Selb
Private Ermittlungen

Auf dem Anrufbeantworter waren zwei Anrufe. Der Geschäftsführer von Goedecke brauchte einen Bericht. Ich hatte seinen Filialleiter des Betrugs überführt, der wollte es genau wissen und hatte seine Kündigung vor dem Arbeitsgericht angefochten. Mit der anderen Nachricht bat Frau Schlemihl von den Rheinischen Chemiewerken um Rückruf.

»Guten Morgen, Frau Schlemihl. Selb am Apparat. Sie wollen mich sprechen?«

»Guten Tag, Herr Doktor. Herr Generaldirektor Korten möchte Sie sehen.« Niemand außer Frau Schlemihl redet mich mit ›Herr Doktor‹ an. Seit ich nicht mehr Staatsanwalt bin, mache ich keinen Gebrauch von meinem Titel;

ein promovierter Privatdetektiv ist lächerlich. Aber als gute Chefsekretärin hat Frau Schlemihl nie vergessen, wie Korten mich ihr bei unserer ersten Begegnung Anfang der fünfziger Jahre vorgestellt hatte.

»Worum geht es?«

»Das möchte er Ihnen gerne beim Lunch im Kasino erläutern. Ist Ihnen 12.30 Uhr recht?«

2

Im Blauen Salon

In Mannheim und Ludwigshafen leben wir unter den Augen der Rheinischen Chemiewerke. Im Jahre 1872, sieben Jahre nach der Badischen Anilin- & Soda-Fabrik, wurden sie von den Chemikern Professor Demel und Kommerzienrat Entzen gegründet. Seitdem wächst das Werk und wächst und wächst. Heute nimmt es ein Drittel der bebauten Fläche Ludwigshafens ein und beschäftigt fast hunderttausend Arbeitnehmer. Zusammen mit dem Wind bestimmen die Produktionsrhythmen der RCW, ob und wo es in der Region nach Chlor, Schwefel oder Ammoniak riecht.

Das Kasino liegt außerhalb des Werkgeländes und hat seinen eigenen feinen Ruf. Neben dem großen Restaurant für das mittlere Management gibt es für die Direktoren einen Bereich mit mehreren Salons, die in den Farben gehalten sind, mit deren Synthese Demel und Entzen ihre ersten Erfolge errungen haben. Und eine Bar.

Da stand ich um eins noch. Man hatte mir schon am Empfang gesagt, daß der Herr Generaldirektor sich leider etwas verspäten würde. Ich bestellte den zweiten Aviateur.

»Campari, Grapefruitsaft, Champagner, je ein Drittel« – das rothaarige und sommersprossige Mädchen, das heute hinter der Bar aushalf, freute sich, etwas gelernt zu haben.

»Sie machen das wunderbar«, sagte ich. Sie sah mich

mitfühlend an. »Sie müssen auf Herrn Generaldirektor warten?«

Ich hatte schon schlechter gewartet, in Autos, Hauseingängen, Korridoren, Hotel- und Bahnhofshallen. Hier stand ich unter vergoldetem Stuck und einer Galerie von Ölportraits, unter denen eines Tages auch Kortens hängen würde.

»Mein lieber Selb«, kam er auf mich zu. Klein und drahtig, mit wachsamen blauen Augen, bürstig gestutztem grauen Haar und der ledernen braunen Haut, die von zuviel Sport in der Sonne kommt. Mit Richard von Weizsäcker, Yul Brynner und Herbert von Karajan in einer Combo könnte er aus dem geswingten Badenweiler Marsch einen Welthit machen.

»Tut mir leid, daß ich zu spät komme. Dir bekommt's noch, das Rauchen und das Trinken?« Er warf einen zweifelnden Blick auf mein Päckchen Sweet Afton. »Bringen Sie mir ein Apollinaris! – Wie geht es dir?«

»Gut. Ich mache ein bißchen langsamer, darf ich wohl auch mit meinen achtundsechzig, nehme nicht mehr jeden Auftrag an, und in ein paar Wochen fahre ich in die Ägäis zum Segeln. Und du gibst das Ruder noch nicht aus den Händen?«

»Ich würde gerne. Aber ein, zwei Jahre dauert es noch, bis ein anderer mich ersetzen kann. Wir stecken in einer schwierigen Phase.«

»Muß ich verkaufen?« Ich dachte an meine zehn RCW-Aktien im Depot der Badischen Beamtenbank.

»Nein, mein lieber Selb«, lachte er. »Letztlich sind die schwierigen Phasen für uns stets ein Segen. Aber es gibt

trotzdem Dinge, die uns Sorgen machen, lang- und kurz-
fristig. Wegen eines kurzfristigen Problems wollte ich dich
heute sehen und nachher mit Firner zusammenbringen.
Du erinnerst dich an ihn?«

Ich erinnerte mich gut. Vor ein paar Jahren war Firner
Direktor geworden, aber für mich blieb er Kortens alerter
Assistent. »Trägt er noch die Harvard-Business-School-
Krawatte?«

Korten antwortete nicht. Er schaute nachdenklich, als
überlege er die Einführung der firmeneigenen Krawatte. Er
nahm meinen Arm. »Laß uns in den Blauen Salon gehen,
es ist angerichtet.«

Der Blaue Salon ist das Beste, was die RCW ihren Gästen
bieten. Ein Jugendstilzimmer mit Tisch und Stühlen von
van de Velde, einer Lampe von Mackintosh und an der
Wand einer Industrielandschaft von Kokoschka. Es waren
zwei Gedecke aufgelegt, und als wir uns setzten, brachte
der Kellner einen Rohkostsalat.

»Ich bleibe bei meinem Apollinaris. Für dich habe ich
einen Château de Sannes bestellt, du magst ihn doch. Und
nach dem Salat einen Tafelspitz?«

Mein Lieblingsgericht. Wie nett von Korten, daran zu
denken. Das Fleisch war zart, die Meerrettichsoße ohne lästige Mehlschwitze, dafür mit reichlich Sahne. Für Korten
war der Lunch mit dem Rohkostsalat zu Ende. Während
ich aß, kam er zur Sache.

»Ich werde mich mit Computern nicht mehr befreunden. Wenn ich die jungen Leute anschaue, die man uns
heute von der Universität schickt, die keine Verantwortung
tragen und keine Entscheidungen treffen können, sondern

immer das Orakel befragen müssen, dann denke ich an das Gedicht vom Zauberlehrling. Fast hat es mich gefreut, als man mir vom Ärger mit der Anlage erzählt hat. Wir haben eines der besten Management- und Betriebsinformations-systeme der Welt. Ich weiß zwar nicht, wer das wissen will, aber du kannst am Terminal erfahren, daß wir heute im Blauen Salon Tafelspitz und Rohkostsalat essen, welcher Mitarbeiter gerade auf unserem Tennisplatz trainiert, die intakten und kaputten Ehen zwischen Angehörigen unse-res Konzerns, und in welchem Rhythmus welche Blumen in die Rabatten vor dem Kasino gepflanzt werden. Und natürlich verzeichnet der Computer alles, was Lohnbuch-haltung, Personalabteilung und so weiter früher in ihren Ordnern hatten.«

»Und was soll ich euch dabei helfen?«

»Geduld, mein lieber Selb. Man hat uns eines der si-chersten Systeme versprochen. Das heißt Passwords, Zu-gangscodes, Datenschleusen, Doomsdayeffekte und was weiß ich. Erreicht werden soll mit alledem, daß niemand in unserem System herumpfuscht. Aber eben das ist pas-siert.«

»Mein lieber Korten…« Bei der Anrede mit dem Nach-namen, gewohnt seit der Schulzeit, haben wir es auch als Freunde belassen. Aber »mein lieber Selb« nervt mich, und er weiß das auch. »Mein lieber Korten, mich hat als Kind schon der Abakus überfordert. Und jetzt soll ich mit Schlüsselwörtern, Zugangscodes und Datendingsbums han-tieren?«

»Nein, was computermäßig abzuklären ist, ist erledigt. Wenn ich Firner richtig verstehe, gibt es eine Liste mit Leuten, die das Durcheinander in unserem System angerichtet haben können, und es geht nur darum, den Richtigen rauszufinden. Eben das sollst du tun. Ermitteln, beobachten, beschatten, die passenden Fragen stellen – wie immer.«

Ich wollte mehr wissen und weiterfragen, aber er wehrte ab.

»Ich weiß selbst nicht mehr, alles Nähere wird dir Firner berichten. Laß uns während des Mittagessens nicht nur über diese leidige Angelegenheit sprechen – wir haben in den Jahren seit Klaras Tod so selten Gelegenheit gehabt, miteinander zu reden.«

So redeten wir über die alten Zeiten. »Weißt du noch?« Ich mag die alten Zeiten nicht, habe sie weggepackt und zugedeckt. Ich hätte aufmerken sollen, als Korten von den Opfern sprach, die wir haben bringen und fordern müssen. Doch das fiel mir erst viel später ein.

Über die neuen Zeiten hatten wir uns wenig zu sagen. Daß sein Sohn Bundestagsabgeordneter geworden war, verblüffte mich nicht – schon früh hatte er sich altklug hervorgetan. Korten selbst schien ihn zu verachten, um so stolzer war er auf seine Enkelkinder. Marion war in die Studienstiftung des Deutschen Volkes aufgenommen worden, Ulrich hatte einen Preis von ›Jugend forscht‹ mit einer Arbeit über Primzahlzwillinge gewonnen. Ich hätte ihm von Turbo, meinem Kater, erzählen können und ließ es bleiben.

Ich trank den Mokka aus, und Korten hob die Tafel auf. Der Chef des Kasinos verabschiedete uns. Wir machten uns auf den Weg ins Werk.

3

Wie eine Ordensverleihung

Es waren nur ein paar Schritte. Das Kasino liegt gegenüber von Tor 1, im Schatten des Hauptverwaltungsgebäudes, das mit seiner zwanzigstöckigen Phantasielosigkeit nicht einmal die Skyline der Stadt beherrscht.

Der Direktorenlift hat nur Knöpfe für die Stockwerke 15 bis 20. Das Büro des Generaldirektors ist im 20. Stock, und mir gingen die Ohren zu. Im Vorzimmer überließ Korten mich Frau Schlemihl, die mich bei Firner anmeldete. Ein Händedruck, meine Hand in seinen beiden, statt »mein lieber Selb« ein »alter Freund« – dann war er weg. Frau Schlemihl, seit den fünfziger Jahren Kortens Sekretärin, hat für seinen Erfolg mit einem ungelebten Leben bezahlt, ist von gepflegter Verbrauchtheit, ißt Kuchen und trägt eine nie benutzte Brille am goldenen Kettchen um den Hals. Sie war beschäftigt. Ich stand am Fenster und blickte über ein Gewirr von Türmen, Hallen und Rohren auf den Handelshafen und das dunstblasse Mannheim. Ich mag Industrielandschaften und möchte nicht zwischen Industrieromantik und Waldidyll entscheiden müssen.

Frau Schlemihl riß mich aus meinen müßigen Betrachtungen. »Herr Doktor, darf ich Ihnen unsere Frau Buchendorff vorstellen? Sie leitet das Sekretariat von Herrn Direktor Firner.«

Ich drehte mich um und stand einer großen, schlanken Frau um die Dreißig gegenüber. Sie hatte das dunkelblonde Haar hochgesteckt und damit ihrem mit den runden Backen und vollen Lippen jungen Gesicht den Ausdruck von Tüchtigkeit gegeben. An ihrer Seidenbluse fehlte der oberste Knopf, und der folgende war offen. Frau Schlemihl schaute mißbilligend.

»Guten Tag, Herr Doktor.« Frau Buchendorff gab mir die Hand und blickte mich mit ihren grünen Augen direkt an. Ihr Blick gefiel mir. Frauen sind erst dann schön, wenn sie mir in die Augen sehen. Es liegt darin ein Versprechen, auch wenn es nicht eingelöst und nicht einmal gegeben wird.

»Darf ich Sie zu Herrn Direktor Firner führen?« Sie ging vor mir durch die Tür, mit hübschem Schwung in Hüfte und Po. Schön, daß enge Röcke wieder Mode sind. Firners Büro lag im 19. Stock. Vor dem Fahrstuhl sagte ich zu ihr: »Lassen Sie uns die Treppe nehmen.«

»Sie sehen nicht aus, wie ich mir einen Privatdetektiv vorgestellt habe.«

Ich hatte diese Bemerkung schon oft gehört. Inzwischen weiß ich, wie Leute sich Privatdetektive vorstellen. Nicht nur jünger. »Sie sollten mich im Regenmantel sehen!«

»Ich meinte das positiv. Der im Trenchcoat hätte mit dem Dossier, das Ihnen Firner gleich geben wird, seine liebe Not gehabt.«

»Firner«, hatte sie gesagt. Ob sie was mit ihm hatte? »Sie wissen also, worum es geht.«

»Ich gehöre sogar zu den Verdächtigen. Im letzten Vierteljahr hat mir der Computer jeden Monat fünfhundert

Mark zuviel überwiesen. Und über mein Terminal hab ich Zugang zum System.«

»Haben Sie das Geld zurückzahlen müssen?«

»Ich bin kein Einzelfall. Betroffen sind 57 Kolleginnen, und die Firma überlegt noch, ob sie zurückfordert.«

In ihrem Vorzimmer drückte sie auf den Knopf der Sprechanlage. »Herr Direktor, Herr Selb ist da.«

Firner hatte zugenommen. Die Krawatte kam jetzt von Yves Saint Laurent. Immer noch waren Gang und Bewegungen flink und der Händedruck nicht fester. Auf seinem Schreibtisch lag ein dicker Ordner.

»Grüß Sie, Herr Selb. Schön, daß Sie sich der Sache annehmen. Wir dachten, es ist das beste, ein Dossier vorzubereiten, aus dem die Einzelheiten hervorgehen. Inzwischen sind wir sicher, daß es sich um gezielte Sabotageakte handelt. Den materiellen Schaden haben wir bislang zwar begrenzen können. Aber wir müssen ständig mit neuen Überraschungen rechnen und können uns auf keine Information verlassen.«

Ich blickte ihn fragend an.

»Fangen wir mit den Rhesusäffchen an. Unsere Fernschreiben werden über die Textverarbeitung erstellt und, wenn sie nicht dringend sind, im System gespeichert; sie gehen dann raus, wenn der günstige Nachttarif gilt. So verfahren wir auch mit unseren indischen Bestellungen; halbjährlich braucht unsere Forschungsabteilung rund hundert Rhesusäffchen, mit Exportlizenz des indischen Handelsministeriums. Statt über hundert ging vor zwei Wochen eine Bestellung über hunderttausend Äffchen raus. Zum Glück fanden die Inder das seltsam und fragten zurück.«

Ich stellte mir hunderttausend Rhesusäffchen im Werk vor und grinste. Firner lächelte gequält.

»Ja, ja, das Ganze hat komische Aspekte. Auch das Durcheinander bei der Tennisplatzverteilung hat allerhand Heiterkeit ausgelöst. Wir müssen jetzt jedes Telex noch mal angucken, ehe es rausgeht.«

»Woher wissen Sie, daß es sich nicht um einen Tippfehler gehandelt hat?«

»Die Sekretärin, die den Telextext eingegeben hat, hat ihn wie üblich zur Korrektur und Paraphierung durch den Sachbearbeiter ausdrucken lassen. Der Ausdruck weist die richtige Zahl aus. Also wurde am Telex manipuliert, als es im Speicher in der Warteschlange war. Wir haben auch die übrigen Vorfälle, die im Dossier enthalten sind, untersucht und können Fehler bei der Programmierung oder Datenerfassung ausschließen.«

»Gut, das kann ich im Dossier lesen. Sagen Sie mir noch etwas zum Kreis der Verdächtigen.«

»Da sind wir konventionell vorgegangen. Von den Mitarbeitern, die eine Zugangsberechtigung oder -möglichkeit haben, haben wir alle ausgeschieden, die sich seit mehr als fünf Jahren bewährt haben. Da der erste Vorfall vor sieben Monaten passierte, entfallen alle, die seitdem eingestellt worden sind. Bei einigen Vorfällen ließ sich der Tag rekonstruieren, an dem ins System eingegriffen wurde, zum Beispiel bei dem Telex. Damit entfallen die an diesem Tag Abwesenden. Dann haben wir bei einem Teil der Terminals über einen gewissen Zeitraum alle Eingaben protokolliert und nichts gefunden. Und schließlich«, er lächelte selbstgefällig, »können wir wohl die Direktoren ausschließen.«

»Wie viele sind übriggeblieben?« fragte ich.

»Rund hundert.«

»Da hab ich ja Jahre zu tun. Und was ist mit Hackern von draußen? Von so was liest man doch.«

»Das konnten wir in Zusammenarbeit mit der Post ausschließen. Sie sprechen von Jahren – wir sehen auch, daß der Fall nicht einfach ist. Trotzdem drängt die Zeit. Das Ganze ist nicht nur lästig; mit allem, was wir an Betriebs- und Produktionsgeheimnissen im Computer haben, ist es gefährlich. Es ist, wie wenn mitten in der Schlacht…« Firner ist Offizier der Reserve.

»Lassen wir die Schlachten«, unterbrach ich. »Wann wollen Sie den ersten Bericht?«

»Ich möchte Sie darum bitten, mich ständig auf dem laufenden zu halten. Sie können über die Zeit der Herren vom Werkschutz, vom Datenschutz, vom Rechenzentrum und von der Personalabteilung, deren Berichte Sie im Dossier finden, frei verfügen. Ich muß nicht sagen, daß wir um äußerste Diskretion bitten. Frau Buchendorff, ist der Ausweis für Herrn Selb fertig?« fragte er über die Sprechanlage.

Sie trat ein und überreichte Firner ein scheckkartengroßes Stück Plastik. Er kam um den Schreibtisch herum.

»Wir haben Ihr Farbbild beim Betreten des Gebäudes anfertigen lassen und gleich eingeschweißt«, sagte er stolz. »Mit diesem Ausweis können Sie sich zu jeder Zeit frei auf dem Werkgelände bewegen.« Er heftete mir die Karte mit ihrem wäscheklammerähnlichen Plastikstummel ans Revers. Es war wie eine Ordensverleihung. Fast hätte ich die Hacken zusammengeschlagen.

4

Turbo fängt eine Maus

Den Abend verbrachte ich über dem Dossier. Ein harter Brocken. Ich versuchte, in den Vorfällen eine Struktur zu erkennen, ein Leitmotiv für die Eingriffe in das System zu finden. Der oder die Täter hatten sich an der Lohnbuchhaltung zu schaffen gemacht. Sie hatten den Chefsekretärinnen, darunter Frau Buchendorff, über Monate fünfhundert Mark zuviel überweisen lassen, den Leichtlohngruppen das Feriengeld verdoppelt und alle Kontonummern von Lohn- und Gehaltsempfängern gelöscht, die mit 13 anfingen. Sie hatten sich in die interne Nachrichtenübermittlung eingemischt, vertrauliche Mitteilungen der Direktionsebene in die Presseabteilung geschleust und Jubiläen der Mitarbeiter unterdrückt, die die Abteilungsleiter zum Monatsanfang mitgeteilt bekommen. Das Programm zur Tennisplatzverteilung und -reservierung hatte alle Anfragen über den besonders begehrten Freitag bestätigt, so daß sich eines Freitags im Mai auf den 16 Tennisplätzen 108 Spieler einfanden. Dazu kam die Rhesusäffchengeschichte. Ich verstand Firners gequältes Lächeln. Der Schaden, ungefähr fünf Millionen, war für ein Unternehmen von der Größe der RCW zu verkraften. Aber wer immer ihn verursacht hatte, konnte im Management- und Betriebsinformationssystem der RCW spazierengehen.

Draußen wurde es dunkel. Ich machte Licht, knipste den Schalter ein paarmal an und aus, erhielt dadurch aber, obwohl es binär war, keinen tieferen Einblick in das Wesen elektronischer Datenverarbeitung. Ich überlegte, ob unter meinen Freunden und Bekannten einer etwas von Computern verstand, und merkte, wie alt ich war. Da war ein Ornithologe, ein Chirurg, ein Schachgroßmeister, der eine und andere Jurist, alles betagte Herren, denen der Computer gerade so wie mir ein Buch mit sieben Siegeln war. Ich dachte darüber nach, was für ein Typ von Mensch es ist, der mit Computern umgehen kann und mag, und über den Täter meines Falls – mir war die Vorstellung von nur einem Täter selbstverständlich geworden.

Verspätete Schulbubenstreiche? Ein Spieler, ein Tüftler, ein Schalk, der die RCW in grandioser Weise auf den Arm nimmt? Oder ein Erpresser, ein kühler Kopf, der mit leichter Hand signalisiert, daß er auch zum großen Schlag fähig ist? Oder eine politische Aktion? Die Öffentlichkeit würde empfindlich reagieren, wenn dieses Ausmaß an Chaos in einem Betrieb, der mit hochgiftigen Stoffen umgeht, bekannt würde. Aber nein, der politische Aktionist hätte sich andere Vorfälle ausgedacht, und der Erpresser hätte schon längst zuschlagen können.

Ich machte das Fenster zu. Der Wind hatte gedreht.

Am nächsten Tag wollte ich als erstes mit Danckelmann reden, dem Chef des Werkschutzes. Danach hieß es, im Personalbüro die Akten der hundert Verdächtigen durchzusehen. Allerdings hatte ich wenig Hoffnung, den Spieler, den ich mir vorstellte, an seinen Personalakten zu erkennen. Beim Gedanken, hundert Verdächtige nach den Regeln der Kunst überprüfen zu müssen, packte mich das schiere Entsetzen. Ich hoffte, daß meine Beauftragung die Runde machen, Vorfälle provozieren und dadurch den Kreis der Verdächtigen einschränken würde.

War kein doller Fall. Erst jetzt wurde mir bewußt, daß Korten mich gar nicht gefragt hatte, ob ich den Fall übernehmen wollte. Und daß ich ihm nicht gesagt hatte, ich würde mir das erst überlegen.

An der Balkontür kratzte der Kater. Ich machte auf, und Turbo legte mir eine Maus vor die Füße. Ich bedankte mich und ging zu Bett.

5

Bei Aristoteles, Schwarz, Mendelejew
und Kekulé

Mit dem Sonderausweis fand ich für meinen Kadett leicht einen Parkplatz auf dem Werkgelände. Ein junger Werkschutzmann brachte mich zu seinem Chef.

Danckelmann stand es auf die Stirn geschrieben, daß er darunter litt, kein richtiger Polizist, geschweige denn ein richtiger Geheimdienstler zu sein. Das ist mit allen Werkschutzleuten dasselbe. Noch ehe ich ihm meine Fragen stellen konnte, hatte er mir erzählt, daß er bei der Bundeswehr nur aufgehört hatte, weil sie ihm zu lasch war.

»Ihr Bericht hat mich sehr beeindruckt«, sagte ich. »Sie deuten darin Ärger mit Kommunisten und Ökologen an?«

»Man kriegt die Burschen nur schwer zu fassen. Aber wer eins und eins zusammenzählt, weiß, was aus welcher Ecke kommt. Ich muß Ihnen auch sagen, ich verstehe nicht recht, warum man Sie von außen dazugeholt hat. Wir hätten das schon selber aufklären können.«

Sein Assistent kam ins Zimmer. Thomas, wie er mir vorgestellt wurde, wirkte kompetent, intelligent und effizient. Ich verstand, wieso Danckelmann sich als Chef des Werkschutzes behaupten konnte. »Haben Sie dem Bericht noch etwas hinzuzufügen, Herr Thomas?«

»Sie sollen wissen, daß wir das Feld nicht einfach Ihnen

überlassen werden. Niemand ist geeigneter als wir, den Täter zu fassen.«

»Und wie wollen Sie das machen?«

»Ich glaube nicht, Herr Selb, daß ich Ihnen das sagen möchte.«

»Doch, das wollen und das müssen Sie mir sagen. Zwingen Sie mich nicht, mich auf die Einzelheiten meines Auftrags und meiner Vollmacht zu berufen.« Mit solchen Leuten muß man förmlich werden.

Thomas wäre hartnäckig geblieben. Aber Danckelmann unterbrach: »Es hat schon seine Richtigkeit, Heinz. Firner hat heute früh angerufen und uns zu rückhaltloser Zusammenarbeit verpflichtet.«

Thomas gab sich einen Ruck. »Wir haben uns überlegt, mit Hilfe des Rechenzentrums einen Köder auszulegen und eine Falle zu bauen. Wir werden alle Systembenutzer über die Einrichtung einer neuen, streng vertraulichen und, das ist der springende Punkt, absolut sicheren Datei informieren. Diese Datei zur Aufnahme von besonders klassifizierten Daten läuft aber leer, sie existiert genaugenommen gar nicht, weil entsprechende Informationen nicht vorkommen werden. Es würde mich wundern, wenn die Ankündigung der absoluten Sicherheit den Täter nicht herausfordern würde, seine Fähigkeiten unter Beweis zu stellen und sich zur Datei Zugang zu verschaffen. Sobald sie angesprochen wird, verzeichnet der zentrale Rechner die Merkmale des Benutzers, und damit sollte der Fall erledigt sein.«

Das hörte sich einfach an. »Warum machen Sie das erst jetzt?«

»Die ganze Geschichte hat bis vor ein, zwei Wochen

noch niemanden interessiert. Und außerdem«, Thomas legte die Stirn in Falten, »wir vom Werkschutz sind nicht die ersten, die darüber informiert werden. Wissen Sie, man hält den Werkschutz immer noch für eine Ansammlung pensionierter oder, schlimmer noch, gefeuerter Polizeibeamter, die zwar den Schäferhund auf jemanden hetzen können, der über den Betriebszaun klettert, aber nichts im Kopf haben. Dabei sind wir heute Fachkräfte in allen Fragen betrieblicher Sicherheit, vom Objektschutz bis zum Personenschutz und eben auch bis zum Datenschutz. Wir richten gerade an der Fachhochschule Mannheim einen Studiengang ein, der zum Diplom-Sicherheitswart ausbilden wird. Die Amerikaner sind uns da, wie immer…«

»Voraus«, ergänzte ich. »Wann wird die Falle fertig sein?«

»Heute ist Donnerstag. Der Leiter des Rechenzentrums will die Sache am Wochenende selbst vorbereiten, und am Montagmorgen sollen die Benutzer informiert werden.«

Die Aussicht, den Fall schon am Montag abschließen zu können, war verlockend, auch wenn es dann nicht mein Erfolg wäre. Aber in einer Welt der Diplom-Sicherheitswarte hatte ich sowieso nichts verloren.

Ich wollte nicht gleich aufgeben und fragte: »In meinem Dossier habe ich eine Liste mit ungefähr hundert Verdächtigen gefunden. Hat der Werkschutz zum einen oder anderen noch Erkenntnisse, die nicht in den Bericht aufgenommen worden sind?«

»Gut, daß Sie darauf zu sprechen kommen, Herr Selb«, sagte Danckelmann. Er stemmte sich von seinem Schreibtischsessel hoch, und als er auf mich zukam, sah ich, daß er hinkte. Er bemerkte meinen Blick. »Workuta. 1945 kam ich mit achtzehn in russische Gefangenschaft, 1955 zurück. Ohne den Alten aus Rhöndorf wär ich jetzt noch dort. Aber zu Ihrer Frage. In der Tat liegen uns über einige Verdächtige auch Erkenntnisse vor, die wir nicht in den Bericht nehmen wollten. Es gibt ein paar Politische, über die uns der Verfassungsschutz im Wege der Amtshilfe auf dem laufenden hält. Und ein paar mit Schwierigkeiten im Privatleben, Frauen, Schulden und so.«

Er nannte mir elf Namen. Als wir die durchgingen, merkte ich rasch, daß bei den sogenannten Politischen nur die üblichen Lappalien anlagen: im Studium ein falsches Flugblatt unterzeichnet, für eine falsche Gruppe kandidiert, auf der falschen Demo marschiert. Interessant war mir, daß auch Frau Buchendorff dabei war. Zusammen mit anderen Frauen hatte sie sich mit Handschellen am Zaun vor dem Haus des Familienministers angekettet.

»Worum ging es denn damals?« fragte ich Danckelmann.

»Das hat uns der Verfassungsschutz nicht mitgeteilt. Nach der Scheidung von ihrem Mann, der sie wohl in solche Sachen hineingetrieben hat, ist sie nie mehr auffällig geworden. Aber ich sage immer, wer einmal politisch war, bei dem kann's von heute auf morgen wieder losgehen.«

Der Interessanteste fand sich auf der Liste der ›Lebensversager‹, wie Danckelmann sie nannte. Ein Chemiker, Franz Schneider, Mitte Vierzig, mehrfach geschieden und leidenschaftlicher Spieler. Man war auf ihn aufmerksam geworden, weil er beim Lohnbüro zu oft um Abschläge gebeten hatte.

»Wie sind Sie auf ihn gekommen?« fragte ich.

»Das ist Standardprozedur. Sobald einer das dritte Mal Vorschuß verlangt, sehen wir ihn uns an.«

»Und was genau heißt das?«

»Das kann, wie in diesem Fall, bis zum Beschatten gehen. Wenn Sie wollen, können Sie mit Herrn Schmalz reden, der das damals gemacht hat.«

Ich ließ Schmalz ausrichten, daß ich ihn um zwölf Uhr zum Lunch im Kasino erwartete. Ich wollte noch sagen, daß ich vor dem Eingang am Ahorn auf ihn warten würde, aber Danckelmann winkte ab. »Lassen Sie mal, Schmalz ist einer unserer Besten. Der findet Sie schon.«

»Auf gute Zusammenarbeit«, sagte Thomas. »Sie nehmen mir nicht übel, daß ich ein bißchen empfindlich bin, wenn uns Sicherheitskompetenzen entzogen werden. Und Sie kommen von außen. Aber ich habe mich über das angenehme Gespräch gefreut, und«, er lachte entwaffnend, »unsere Erkenntnisse über Sie sind ausgezeichnet.«

Beim Verlassen des Backsteingebäudes, in dem der Werkschutz untergebracht war, verlor ich die Orientierung. Vielleicht hatte ich die falsche Treppe genommen. Ich stand in einem Hof, an dessen Längsseiten Einsatzfahrzeuge des Werkschutzes geparkt waren, blau lackiert, mit dem Firmenlogo auf den Türen, dem silbernen Benzolring und darin den Buchstaben RCW. Der Eingang an der Stirnseite war als Portal gestaltet, mit zwei Sandsteinsäulen und vier Sandsteinmedaillons, aus denen mich geschwärzt und traurig Aristoteles, Schwarz, Mendelejew und Kekulé ansahen. Anscheinend stand ich vor dem alten Hauptverwaltungsgebäude. Ich verließ den Hof und kam in einen weiteren, dessen Fassaden ganz von russischem Wein überwachsen waren. Es war seltsam still, meine Schritte auf dem Kopfsteinpflaster hallten überlaut. Die Häuser schienen unbenutzt. Als mich etwas im Rücken traf, fuhr ich erschreckt herum. Vor mir doppste ein schreiend bunter Ball, und ein kleiner Junge kam gerannt. Ich nahm den Ball auf und ging dem Jungen entgegen. Jetzt sah ich in der Ecke des Hofs hinter einem Rosenstrauch die Fenster mit Gardinen und das Fahrrad neben der offenen Tür. Der Junge nahm mir den Ball aus der Hand, sagte »Danke« und rannte ins Haus. Auf dem Türschild erkannte ich den Namen Schmalz. Eine ältere Frau sah mich mißtrauisch an und schloß die Tür. Es war wieder ganz still.

6

Ragoût fin im Ring mit Grünem

Als ich das Kasino betrat, sprach mich ein kleiner, dünner, blasser, schwarzhaariger Mann an. »Herr Selb?« lispelte er, »Schmalz der Name.«

Meine Einladung, einen Aperitif zu nehmen, lehnte er ab. »Danke, ich trinke keinen Alkohol.«

»Und wie wär's mit einem Fruchtsaft?« Ich wollte auf meinen Aviateur nicht verzichten.

»Um ein Uhr geht die Arbeit weiter, möchte doch darum bitten, gleich... kann Ihnen eh nicht viel berichten.«

Die Antwort war elliptisch, aber ohne Zischlaute. Hatte er gelernt, Wörter mit s und z aus seinem Sprachschatz zu tilgen?

Die Dame am Empfang klingelte nach einer Bedienung, und das Mädchen, das neulich an der Direktorenbar ausgeholfen hatte, brachte uns im ersten Stock im großen Speisesaal an einen Fenstertisch.

»Sie wissen, womit ich das Essen am liebsten beginne?«

»Ich will mich gleich drum kümmern«, lächelte sie.

Beim Oberkellner bestellte Schmalz »ein Ragoût fin im Ring mit Grünem, bitte«. Mir war nach süß-saurem Schweinefleisch Szechuan. Schmalz guckte mich neidisch an. Auf die Suppe verzichteten wir beide aus unterschiedlichen Gründen.

Beim Aviateur bat ich um das Ergebnis der Ermittlungen zu Schneider. Schmalz berichtete überaus präzise und unter Vermeidung jeden Zischlauts. Ein unglückseliger Mensch, dieser Schneider. Nach ziemlichem Eklat wegen einer Vorschußforderung hatte Schmalz ihn über einige Tage beschattet. Schneider spielte nicht nur in Bad Dürkheim, sondern auch in privaten Hinterzimmern und war entsprechend verstrickt. Als er auf Veranlassung seiner Spielgläubiger zusammengeschlagen wurde, ging Schmalz dazwischen und brachte den nicht ernsthaft verletzten, aber völlig verstörten Schneider nach Hause. Es war der rechte Zeitpunkt für ein Gespräch zwischen Schneider und dessen Vorgesetztem. Man traf ein Arrangement: Der in der Pharmaforschung unverzichtbare Schneider wurde für drei Monate aus dem Verkehr gezogen und in Kur geschickt, die einschlägigen Kreise wurden verpflichtet, Schneider keine Gelegenheit mehr zum Spielen zu geben. Der Werkschutz der RCW ließ den starken Arm spielen, den er im Mannheimer und Ludwigshafener Milieu hat.

»War vor drei Jahren, und danach war der Mann nicht mehr auffällig. Aber nach meiner Meinung bleibt der eine Bombe, die weitertickt.«

Das Essen war ausgezeichnet. Schmalz aß hastig. Er ließ kein Reiskorn auf dem Teller übrig – Pedanterie des Magenneurotikers. Ich fragte, was seiner Meinung nach mit dem passieren sollte, der hinter dem Computerschlamassel steckte.

»Werden ihn vor allem mal gründlich befragen. Und dann ihn richtig hinbiegen. Von ihm darf dem Werk keine

Gefahr mehr drohen. Vielleicht kann man den Mann gut brauchen, wird wohl ein Talent...«

Er suchte nach einem zischlautlosen Synonym für ›sein‹. Ich bot ihm eine Sweet Afton an.

»Nehme lieber meine eigenen«, sagte er und holte eine braune Plastikbox mit selbstgestopften Filterzigaretten aus der Tasche. »Macht immer meine Frau für mich, nicht mehr wie acht pro Tag.«

Wenn ich etwas hasse, sind es Selbstgestopfte. Sie liegen auf einer Ebene mit Schrankwänden, festinstallierten Wohnwagen und gehäkelten Kleidchen für das Klopapier auf der Heckablage des Sonntagsausflugsautos. Die Erwähnung der Frau erinnerte mich an die Hausmeisterwohnung mit dem Namensschild ›Schmalz‹.

»Sie haben einen kleinen Jungen?«

Er schaute mißtrauisch und gab die Frage mit einem »Wie meinen?« zurück. Ich erzählte von meinem Irrweg durch das alte Werk, von der verwunschenen Stimmung im weinberankten Hof und der Begegnung mit dem kleinen Jungen mit dem bunten Ball. Schmalz entspannte sich und bestätigte, daß in der Hausmeisterwohnung sein Vater wohnte.

»Der war auch bei der Truppe, kennt den General noch gut von früher. Nun guckt er im alten Werk nach dem Rechten. Am Morgen bringen wir ihm immer den Jungen, meine Frau arbeitet auch hier im Betrieb.«

Ich erfuhr, daß früher viele Werkschutzleute auf dem Gelände gewohnt hatten und Schmalz praktisch dort aufgewachsen war. Er hatte den Wiederaufbau des Werks miterlebt und kannte jeden Winkel. Ich fand die Vorstellung eines Lebens zwischen Raffinerien, Reaktoren, Destillatoren, Turbinen, Silos und Kesselwagen bei aller Industrieromantik bedrückend.

»Haben Sie sich nie um einen Job außerhalb der RCW kümmern mögen?«

»Konnte ich meinem Vater nicht antun. Vater meint immer: Wir gehören hierher, der General wirft den Bettel ja auch nicht hin.«

Er sah auf die Uhr und sprang auf. »Kann leider nicht länger bleiben. Bin auf ein Uhr zum Personenschutz«, ein Wort, das er fast fehlerlos aussprach, »eingeteilt. Bedanke mich auch für die Einladung.«

Mein Nachmittag im Personalbüro war unergiebig. Um vier Uhr gestand ich mir ein, daß ich das Studium der Personalakten endgültig lassen konnte. Ich ging bei Frau Buchendorff vorbei, von der ich inzwischen wußte, daß sie Judith hieß, dreiunddreißig war, einen Hochschulabschluß in Deutsch und Englisch hatte und als Lehrerin nicht untergekommen war. Sie war seit vier Jahren bei RCW, zunächst im Archiv, dann in der PR-Abteilung, wo sie Firners Aufmerksamkeit erregt hatte. Sie wohnte in der Rathenaustraße.

»Bleiben Sie doch bitte sitzen«, sagte ich. Sie hörte auf, unter dem Schreibtisch mit den Füßen nach den Schuhen zu suchen, und bot mir einen Kaffee an. »Gerne, dann können wir auf gute Nachbarschaft trinken. Ich habe Ihre Personalakte gelesen und weiß jetzt fast alles über Sie, außer, wieviel Seidenblusen Sie besitzen.« Sie hatte wieder eine an, diesmal hochgeschlossen.

»Falls Sie am Samstag zum Empfang kommen, sehen Sie

die dritte. Haben Sie schon Ihre Einladung?« Sie schob mir eine Tasse hin und zündete eine Zigarette an.

»Was für ein Empfang?« Ich schielte nach ihren Beinen.

»Wir haben seit Montag eine Delegation aus China hier, und zum Abschluß wollen wir zeigen, daß nicht nur unsere Anlagen, sondern auch unsere Büfetts besser sind als bei den Franzosen. Firner meinte, Sie könnten bei der Gelegenheit zwanglos ein paar für Ihren Fall interessante Leute kennenlernen.«

»Werde ich auch Sie zwanglos kennenlernen können?«

Sie lachte. »Ich bin für die Chinesen da. Aber es gibt da eine Chinesin, bei der ich noch nicht verstanden habe, wofür sie zuständig ist. Vielleicht ist sie die Sicherheitsexpertin, die stellt man nicht vor, also eine Art Kollegin von Ihnen. Eine hübsche Frau.«

»Sie wollen mich abwimmeln, Frau Buchendorff! Und Kaffee hab ich auch keinen gekriegt. Ich werde mich bei Firner beschweren.« Kaum hatte ich es gesagt, tat es mir auch schon leid. Abgestandener Altherrencharme.

7

Kleine Panne

Am nächsten Tag stand die Luft über Mannheim und Ludwigshafen. Es war so schwül, daß mir ohne jede Bewegung die Kleider am Leib klebten. Die Fahrerei war stockend und hektisch, ich hätte für Kuppeln, Bremsen und Gasgeben drei Füße brauchen können. Auf der Konrad-Adenauer-Brücke war alles aus. Es hatte einen Auffahrunfall gegeben und nach dem einen gleich den nächsten. Ich stand zwanzig Minuten im Stau, sah dem Gegenverkehr und den Zügen zu und rauchte, um nicht zu ersticken.

Der Termin mit Schneider war um halb zehn. Der Pförtner am Tor 1 erklärte mir den Weg. »Das sind keine fünf Minuten. Gehen Sie geradeaus, und wenn Sie an den Rhein kommen, noch mal hundert Meter links. Die Labors sind in dem hellen Gebäude mit den großen Fenstern.«

Ich machte mich auf den Weg. Unten am Rhein sah ich den kleinen Jungen, der mir gestern begegnet war. Er hatte eine Schnur an sein Sandeimerchen gebunden und schöpfte damit Wasser aus dem Rhein. Das Wasser schüttete er in den Gully.

»Ich mache den Rhein leer«, rief er, als er mich sah und erkannte.

»Hoffentlich klappt's.«

»Was machst du hier?«

»Ich muß da vorne ins Labor.«

»Darf ich mit?«

Er schüttete sein Eimerchen aus und kam. Kinder machen sich oft an mich ran, ich weiß nicht, warum. Ich habe keine, und die meisten nerven mich.

»Komm schon«, sagte ich, und wir gingen zusammen auf das Haus mit den großen Fenstern zu.

Wir waren ungefähr fünfzig Meter entfernt, als aus dem Eingang ein paar Weißgewandete hasteten. Sie rannten das Rheinufer runter. Dann kamen mehr, nicht nur im weißen Kittel, sondern auch im Blaumann, und die Sekretärinnen in Rock und Bluse. Es war putzig anzuschauen, und ich verstand nicht, wie man bei dieser Schwüle rennen konnte.

»Guck mal, der winkt uns«, sagte der kleine Junge, und in der Tat, einer von den Weißkitteln fuchtelte mit den Armen und rief uns etwas zu, was ich nicht verstand. Aber ich mußte auch nicht mehr verstehen; offensichtlich galt es, sich so schnell wie möglich davonzumachen.

Die erste Explosion schüttete eine Kaskade von Glassplittern über die Straße. Ich griff nach der Hand des kleinen Jungen, aber der riß sich los. Einen Moment war ich wie gelähmt: Ich spürte keine Verletzung, hörte trotz des weiterklirrenden Glases eine große Stille, sah den Jungen rennen, auf den Glassplittern ausrutschen, sich noch einmal fangen, nach zwei schiefen Schritten endgültig fallen und, von seiner Bewegung vorangetrieben, sich überschlagen.

Dann kam die zweite Explosion, der Schrei des kleinen Jungen, der Schmerz im rechten Arm. Dem Knall folgte ein scharfes, gefährliches, bösartiges Zischen. Ein Geräusch, das mich in Panik versetzte.

Den Sirenen, die in der Ferne einsetzten, verdanke ich, daß ich handeln konnte. Sie weckten die im Krieg eingeübten Reflexe des Flüchtens, Helfens, Schutzsuchens und -gebens.

Ich rannte auf den Jungen zu, zog ihn mit meiner linken Hand hoch, zerrte ihn in die Richtung, aus der wir gekommen waren. Seine kleinen Füße konnten nicht Schritt halten, aber er strampelte und ließ nicht los. »Los, Bübchen, lauf, wir müssen hier weg, mach nicht schlapp.« Ehe wir um die Ecke bogen, sah ich zurück. Wo wir gestanden hatten, wuchs eine grüne Wolke in den bleigrauen Himmel.

Den Sanitätswagen, die vorbeirasten, winkte ich vergebens. An Tor 1 nahm sich der Pförtner unser an. Er kannte den kleinen Jungen, der sich blaß, verschrammt und verschreckt an meiner Hand festhielt.

»Richard, um Gottes willen, was ist denn mit dir passiert? Ich ruf gleich deinen Großvater.« Er ging zum Telefon. »Und für Sie hol ich am besten die Sanität. Das sieht böse aus.«

Ein Glassplitter hatte den Arm aufgerissen, und das Blut färbte den Ärmel der hellen Jacke rot. Mir war flau. »Haben Sie einen Schnaps?«

An die nächste halbe Stunde erinnere ich mich nur schwach. Richard wurde abgeholt. Sein Großvater, ein großer, breiter, schwerer Mann mit kahlem, hinten und an der Seite glattrasiertem Schädel und buschigem weißem Schnurrbart, nahm den Enkel mühelos auf den Arm. Die Polizei versuchte, in das Werk zu kommen und den Unfall zu untersuchen, wurde aber zurückgewiesen. Der Pförtner gab mir noch einen zweiten und einen dritten Schnaps. Als die Sanitäter kamen, nahmen sie mich mit zum Werksarzt, der meinen Arm nähte und in eine Schlinge legte.

»Sie sollten noch ein bißchen im Nebenzimmer abliegen«, sagte der Arzt. »Raus kommen Sie jetzt nicht.«

»Wieso komme ich nicht raus?«

»Wir haben Smogalarm, und der gesamte Verkehr ist unterbunden.«

»Wie habe ich das zu verstehen? Sie haben Smogalarm und verbieten, das Zentrum des Smog zu verlassen?«

»Das verstehen Sie ganz falsch. Smog ist ein meteorologisches Gesamtereignis und kennt nicht Zentrum oder Peripherie.«

Ich hielt das für völligen Unsinn. Was es sonst auch für Smog geben mochte – ich hatte eine grüne Wolke gesehen, und die wuchs, und sie wuchs hier auf dem Werksgelände. Auf dem sollte ich bleiben? Ich wollte mit Firner reden.

In seinem Büro war ein Krisenstab eingerichtet worden. Durch die Tür sah ich Polizisten in Grün, Feuerwehrleute in Blau, Chemiker in Weiß und einige graue Herren von der Direktion.

»Was ist eigentlich passiert?« fragte ich Frau Buchendorff.

»Wir hatten eine kleine Panne auf dem Gelände, nichts Ernstes. Nur haben die Behörden dummerweise Smogalarm ausgelöst, und das hat ziemliche Aufregung gegeben. Aber was ist mit Ihnen passiert?«

»Ich hab bei Ihrer kleinen Panne ein paar kleine Kratzer abbekommen.«

»Was hatten Sie denn dort... Ach, Sie waren auf dem Weg zu Schneider. Er ist übrigens heute gar nicht da.«

»Bin ich der einzige Verletzte? Hat es Tote gegeben?«

»Aber wo denken Sie hin, Herr Selb. Ein paar Erste-Hilfe-Fälle, das ist alles. Können wir noch etwas für Sie tun?«

»Sie können mich hier rausschaffen.« Ich hatte keine Lust, mich zu Firner vorzukämpfen und mich mit »Grüß Sie, Herr Selb« begrüßen zu lassen.

Aus dem Büro kam ein Polizist mit diversen Rangabzeichen.

»Sie fahren doch nach Mannheim rüber, Herr Herzog, würden Sie bitte Herrn Selb mitnehmen? Er hat ein paar Kratzer abbekommen, und wir wollen ihm nicht zumuten, noch länger hier zu warten.«

Herzog, ein markiger Typ, nahm mich mit. Vor dem Werkstor standen einige Mannschaftswagen und Reporter.

»Vermeiden Sie doch bitte, sich photographieren zu lassen mit dem Verband.«

Ich hatte überhaupt keine Lust, mich photographieren zu lassen, und als wir an den Reportern vorbeifuhren, bückte ich mich nach dem Zigarettenanzünder unten am Armaturenbrett.

»Wie kommt es, daß der Smogalarm so schnell ausgelöst wurde?« fragte ich auf der Fahrt durch das ausgestorbene Ludwigshafen.

Herzog zeigte sich gut informiert. »Nach den vielen Smogalarmen im Herbst 1984 haben wir in Baden-Württemberg und Rheinland-Pfalz einen Modellversuch gestartet, mit neuen Technologien, auf neuer gesetzlicher Grundlage, kompetenz- und länderübergreifend. Die Idee ist, die Emissionen direkt zu erfassen, mit dem Meteorogramm zu korrelieren und den Smogalarm nicht erst dann auszulösen, wenn es eigentlich schon zu spät ist. Heute ist die Feuertaufe unseres Modells, bisher haben wir nur Probeläufe gehabt.«

»Und wie klappt die Zusammenarbeit mit dem Werk? Ich habe mitbekommen, daß die Polizei an der Pforte zurückgewiesen wurde.«

»Da sprechen Sie einen wunden Punkt an. Die chemische Industrie bekämpft das Gesetz auf allen Ebenen. Zur Zeit läuft die Verfassungsbeschwerde vor dem Bundesverfassungsgericht. Rechtlich hätten wir in das Werk hineingekonnt, aber wir wollen in diesem Stadium die Sache nicht auf die Spitze treiben.«

Der Rauch meiner Zigarette störte Herzog, und er machte das Fenster auf. »O je«, sagte er und kurbelte sofort wieder hoch, »machen Sie doch bitte Ihre Zigarette aus.« Ein stechender Geruch war durch das offene Fenster gedrungen, meine Augen begannen zu tränen, auf der Zunge hatte ich einen beißenden Geschmack, und wir beide bekamen einen Hustenanfall.

»Ist schon gut, daß die Kollegen draußen ihre Atemschutzgeräte aufhaben.« In der Ausfahrt zur Konrad-Adenauer-Brücke passierten wir eine Straßensperre, und die beiden Polizeibeamten, die den Verkehr anhielten, hatten Gasmasken auf. Am Rand der Auffahrt standen fünfzehn oder zwanzig Fahrzeuge, der Fahrer des ersten redete gerade gestikulierend auf die Polizeibeamten ein und gab, ein buntes Tuch vors Gesicht gepreßt, ein lustiges Bild ab.

»Wie soll das heute abend mit dem Berufsverkehr werden?«

Herzog zuckte die Achseln. »Wir müssen abwarten, wie sich das Chlorgas entwickelt. Wir hoffen, im Lauf des Nachmittags die Arbeiter und Angestellten der RCW rausschleusen zu können, das würde das Problem des Berufsverkehrs schon erheblich entlasten. Ein Teil der sonstwo Beschäftigten muß vielleicht am Arbeitsplatz übernachten. Wir würden das dann über Radio und Lautsprecherwagen bekanntmachen. Ich war vorhin erstaunt, wie rasch wir die Straßen leer gekriegt haben.«

»Denken Sie an Evakuierung?«

»Wenn die Chlorgaskonzentration in den nächsten zwölf Stunden nicht um die Hälfte sinkt, müssen wir östlich der Leuschnerstraße und vielleicht auch in der Neckarstadt und im Jungbusch räumen. Aber die Meteorologen machen uns Hoffnung. Wo soll ich Sie absetzen?«

»Wenn's die Kohlenmonoxydkonzentration der Luft erlaubt, wäre ich froh, wenn Sie mich in die Richard-Wagner-Straße vor die Haustür fahren könnten.«

»Allein wegen der Kohlenmonoxydkonzentration hätten wir keinen Smogalarm ausgelöst. Das Schlimme ist das Chlor, da weiß ich die Leute am liebsten zu Hause oder im Büro, jedenfalls nicht auf der Straße.«

Er hielt vor meinem Haus. »Herr Selb«, sagte er noch, »sind Sie nicht der Privatdetektiv? Ich glaube, mein Vorgänger hatte mal mit Ihnen zu tun – erinnern Sie sich an Regierungsrat Bender und die Segelschiffgeschichte?«

»Ich hoffe, wir haben hier nicht auch einen Fall zusammen«, sagte ich. »Wissen Sie schon etwas über die Ursache der Explosion?«

»Haben Sie einen Verdacht, Herr Selb? Sie waren doch

nicht zufällig am Ort des Geschehens. Hat man bei den RCW mit Anschlägen gerechnet?«

»Davon weiß ich nichts. Mein Auftrag ist vergleichsweise harmlos und geht in eine ganz andere Richtung.«

»Wir werden sehen. Vielleicht müssen wir Ihnen im Präsidium noch ein paar Fragen stellen.« Er blickte zum Himmel hoch. »Und jetzt beten Sie für einen kräftigen Wind, Herr Selb.«

Ich ging die vier Treppen zu meiner Wohnung hoch. Der Arm hatte wieder angefangen zu bluten. Aber etwas anderes machte mir Sorgen. Ging mein Auftrag wirklich in eine ganz andere Richtung? War es Zufall gewesen, daß Schneider heute nicht zur Arbeit gekommen war? Hatte ich die Idee mit der Erpressung zu schnell verworfen? Hatte mir Firner am Ende gar nicht alles gesagt?

8

Ja, dann

Ich spülte den Chlorgeschmack mit einem Glas Milch weg und versuchte, mir einen neuen Verband zu machen. Das Telefon unterbrach mich.

»Herr Selb, das waren doch Sie vorhin, der zusammen mit Herzog die RCW verlassen hat? Hat das Werk Sie in die Ermittlungen eingeschaltet?« Tietzke, einer der letzten aufrechten Journalisten. Nach dem Ende des ›Heidelberger Tageblatt‹ hatte er eine Stelle bei der ›Rhein-Neckar-Zeitung‹ gefunden, dort aber einen schweren Stand.

»Welche Ermittlungen? Bekommen Sie man keine falschen Ideen, Tietzke. Ich hatte in anderer Angelegenheit bei den RCW zu tun, und ich wäre Ihnen dankbar, wenn Sie mich nicht gesehen hätten.«

»Ein bißchen mehr müssen Sie mir schon sagen, wenn ich nicht einfach schreiben soll, was ich gesehen habe.«

»Über meinen Auftrag kann ich beim besten Willen nicht reden. Aber ich kann versuchen, Ihnen ein Exklusivinterview mit Firner zu verschaffen. Ich werde heute nachmittag noch mit ihm telefonieren.«

Ich brauchte den halben Nachmittag, bis ich Firner zwischen zwei Sitzungen erwischte. Er konnte Sabotage weder bestätigen noch ausschließen. Schneider liege nach Auskunft seiner Frau mit Mittelohrentzündung im Bett. Also hatte auch ihn interessiert, warum Schneider nicht zur Arbeit gekommen war. Er war unwillig bereit, Tietzke am nächsten Morgen zu empfangen. Frau Buchendorff werde sich mit ihm in Verbindung setzen.

Danach versuchte ich, Schneider anzurufen. Es nahm niemand ab, was alles oder nichts bedeuten konnte. Ich legte mich ins Bett, konnte trotz der Schmerzen im Arm einschlafen und wachte zur Tagesschau wieder auf. In den Nachrichten wurde mitgeteilt, daß die Chlorgaswolke in östlicher Richtung aufsteige und daß die Gefahr, die gar nie bestanden habe, im Laufe des Abends vorbei sei. Die Ausgangssperre, die auch keine gewesen sei, werde um 22 Uhr enden. Ich fand im Eisschrank ein Stück Gorgonzola und machte damit eine Soße zu den Tagliatelle, die ich vor zwei Jahren aus Rom mitgebracht hatte. Es machte Spaß. Mußte erst die Ausgangssperre kommen, damit ich mal wieder kochte. Ich brauchte keine Uhr, um mitzubekommen, wann es 22 Uhr war. Auf den Straßen war ein Lärm, als wäre Waldhof Deutscher Meister geworden. Ich setzte meinen Strohhut auf und ging zum ›Rosengarten‹. Eine Band, die sich ›Just for Fun‹ nannte, spielte Oldies. Die Becken des terrassierten Brunnens waren leer, und die jungen Leute tanzten darin. Ich foxtrottete ein paar Spazierschritte – Kies und Gelenke knirschten.

Am nächsten Morgen fand ich im Briefkasten eine Postwurfsendung der Rheinischen Chemiewerke, in der zum Vorfall eine bis aufs letzte Wort sitzende Stellungnahme abgegeben wurde. »RCW schützt Leben«, erfuhr ich, und daß ein gegenwärtiger Forschungsschwerpunkt die Erhaltung der Lebensfähigkeit des deutschen Waldes sei. Ja, dann.

Der Sendung lag ein kleiner Plastikkubus bei, in den ein gesunder deutscher Tannensamen eingeschweißt war. Das war possierlich anzuschauen. Ich zeigte das Objekt meinem Kater und stellte es auf den Kaminsims.

Beim Bummel über die Planken holte ich meinen Wochenvorrat Sweet Afton, kaufte beim Fleischer auf dem Markt ein warmes Leberkäsbrötchen mit Senf, besuchte meinen Türken mit den guten Oliven, sah den vergeblichen Bemühungen der Grünen zu, mit ihrem Info-Stand am Paradeplatz das Einvernehmen zwischen den RCW und der Bevölkerung Mannheims und Ludwigshafens zu stören, und erkannte unter den Umstehenden Herzog, der sich mit Flugblättern versorgen ließ.

Nachmittags saß ich im Luisenpark. Er kostet was, wie das Tivoli. Also hatte ich zum Jahresanfang erstmals einen Jahresausweis erstanden, den ich amortisieren wollte. Wenn ich nicht den Rentnern zusah, die die Enten fütterten, las ich im ›Grünen Heinrich‹. Frau Buchendorffs Vorname hatte mich darauf gebracht.

Um fünf Uhr ging ich nach Hause. Den Knopf am Smoking anzunähen kostete mich mit meinem kaputten Arm eine gute halbe Stunde. Ich fuhr mit dem Taxi vom Wasserturm zum RCW-Kasino. Über den Eingang war ein Transparent mit chinesischen Schriftzeichen gespannt. An drei Masten flatterten die Fahnen der Volksrepublik China, der Bundesrepublik Deutschland und der RCW im Wind. Rechts und links vom Eingang standen zwei Pfälzerinnen in Tracht und sahen so authentisch aus wie die Barbie-Puppe als Münchner Kindl. Die Vorfahrt der Wagen war in vollem Gang. Es wirkte alles rechtschaffen und würdig.

9

Der Wirtschaft ins Dekolleté gegriffen

Im Foyer stand Schmalz.

»Wie geht es Ihrem Söhnchen?«

»Gut, danke, möchte gerne nachher noch mit Ihnen reden und danken. Bin im Moment unabkömmlich hier.«

Ich ging die Treppe hoch und durch die offenen Flügeltüren in den großen Saal. Man stand in kleinen Grüppchen zusammen, die Kellnerinnen und Kellner servierten Champagner, Orangensaft, Champagner mit Orangensaft, Campari mit Orangensaft und Campari mit Sprudel. Ich schlenderte ein bißchen herum. Es war wie auf jedem Empfang, bevor die Reden gehalten sind und das Büfett eröffnet ist. Ich suchte nach bekannten Gesichtern und fand die Rothaarige mit den Sommersprossen. Wir lächelten uns zu. Firner zog mich in einen Kreis und stellte mir drei Chinesen vor, deren Namen aus San, Yin und Kim in wechselnder Kombination bestanden, sowie Herrn Oelmüller, Leiter des Rechenzentrums. Oelmüller versuchte, den Chinesen zu erklären, was Datenschutz in Deutschland ist. Ich weiß nicht, was sie daran so komisch fanden, jedenfalls lachten sie wie Hollywood-Chinesen in einer Pearl-S.-Buck-Verfilmung.

Dann wurden die Reden gehalten. Korten war fulminant. Er schlug den Bogen von Konfuzius bis Goethe, übersprang Boxeraufstand und Kulturrevolution und erwähnte die ehemalige RCW-Niederlassung in Kiautschou nur, um den Chinesen das Kompliment zu flechten, daß der letzte Niederlassungsleiter dort von den Chinesen ein neues Verfahren der Ultramarin-Herstellung gelernt habe.

Der chinesische Delegationsleiter erwiderte nicht weniger gewandt. Er erzählte von seinen Studienjahren in Karlsruhe, verbeugte sich vor der deutschen Kultur und Wirtschaft von Böll bis Schleyer, redete Technisches, das ich nicht verstand, und schloß mit Goethes »Orient und Okzident sind nicht mehr zu trennen«.

Nach der Rede des rheinland-pfälzischen Ministerpräsidenten hätte auch ein weniger superbes Büfett charismatisch gewirkt. Für die erste Runde wählte ich Safran-Austern in Champagnersoße. Gut, daß es Tische gab. Ich kann Stehempfänge nicht leiden, wo man, mit Zigarette, Glas und Teller jonglierend, eigentlich gefüttert werden müßte. An einem Tisch erspähte ich Frau Buchendorff und einen freien Stuhl. Sie sah bezaubernd aus in ihrem rohseidenen, anilinfarbenen Kostüm. Die Knöpfe ihrer Bluse waren vollzählig.

»Darf ich mich zu Ihnen setzen?«

»Sie können sich einen Stuhl holen, oder wollen Sie die chinesische Sicherheitsexpertin gleich auf den Schoß nehmen?«

»Sagen Sie, haben die Chinesen etwas mitbekommen von der Explosion?«

»Von welcher Explosion? Aber im Ernst, die waren gestern zuerst auf der Burg Eltz und haben danach am Nürburgring den neuen Mercedes ausprobiert. Als sie zurückkamen, war alles vorbei, und die Presse packt die Sache heute vor allem von der meteorologischen Seite an. Wie geht es Ihrem Arm? Sie sind so was wie ein Held – das konnte nun leider nicht in die Zeitungen kommen, obwohl es eine schöne Geschichte abgegeben hätte.«

Die Chinesin trat auf. Sie hatte alles, was einen deutschen Mann von Asiatinnen träumen läßt. Ob sie wirklich die Sicherheitsexpertin war, fand auch ich nicht heraus. Ich fragte, ob es Privatdetektive in China gebe.

»Kein Plivateigentum, keine Plivatdetektive«, antwortete sie und fragte, ob es in der Bundesrepublik Deutschland auch weibliche Privatdetektive gebe. Das führte zu Betrachtungen über die darniederliegende Frauenbewegung. »Ich habe fast alles gelesen, was in Deutschland an Flauenbücheln elschienen ist. Wie kommt es, daß Männel in Deutschland Flauenbüchel schleiben? Ein Chinese wülde sein Gesicht vellielen.« Grückriches China.

Ein Ober übermittelte mir die Einladung an den Tisch von Oelmüller. Auf dem Weg nahm ich als zweiten Gang Seezungenröllchen nach Bremischer Ratsherrenart.

Oelmüller stellte mir seinen Tischgenossen vor, an dem mich die pedantische Kunstfertigkeit beeindruckte, mit der er seine spärlichen Haare auf dem Schädel arrangiert hatte: Professor Ostenteich, Leiter der Rechtsabteilung und Honorarprofessor an der Universität Heidelberg. Nicht zufällig tafelten diese Herren zusammen. Jetzt ging es an die Arbeit. Seit dem Gespräch mit Herzog beschäftigte mich eine Frage.

»Könnten die Herren mir das neue Smogmodell erklären? Herr Herzog von der Polizei hat es mir gegenüber angesprochen und auch erwähnt, daß es nicht ganz unumstritten ist. Was habe ich mir zum Beispiel unter der direkten Erfassung von Emissionen vorzustellen?«

Ostenteich fühlte sich berufen, die Gesprächsleitung zu übernehmen. »Das ist un peu délicat, würden die Franzosen sagen. Sie sollten das Gutachten von Professor Wenzel lesen, das die kompetentielle Problematik minutiös auffächert und die legislative Anmaßung von Baden-Württemberg und Rheinland-Pfalz découvriert. Le pouvoir arrête le pouvoir – die bundesrechtliche Regelung des Immissionsschutzrechts blockiert solche landesrechtlichen Sonderwege. Dazu kommen Eigentumsfreiheit, Schutz der unternehmerischen Betätigung und der betrieblichen Intimsphäre. Darüber meinte der Gesetzgeber sich mit einem Federstrich hinwegsetzen zu können. Mais la vérité est en marche, es gibt noch, heureusement, das Bundesverfassungsgericht in Karlsruhe.«

»Und wie funktioniert nun das neue Smogalarmmodell?« Auffordernd sah ich Oelmüller an.

Ostenteich ließ sich die Gesprächsleitung so leicht nicht entwinden. »Gut, daß Sie auch nach dem Technischen fragen, Herr Selb. Das mag Ihnen unser Herr Oelmüller gleich explizieren. Der Kern, l'essence, unseres Problems: daß Staat und Wirtschaft nur in zuträglichem Neben- und Miteinander stehen, wenn zwischen beiden eine gewisse distance waltet. Und, erlauben Sie mir bitte dieses kühne Bild, hier hat der Staat sich vermessen und der Wirtschaft ins décolleté gegriffen.« Er lachte kräftig, und Oelmüller schloß sich pflichtschuldig an.

Als wieder Ruhe eingekehrt war oder, wie der Franzose sagen würde, silence, sagte Oelmüller: »Technisch ist das

Ganze kein Problem. Grundsätzlich wird im Umwelt-schutz so verfahren, daß die Emissionsträger Wasser oder Luft auf ihre Schadstoffkonzentration untersucht werden. Wenn die zulässigen Werte überschritten sind, wird versucht, die Emissionsquelle zu ermitteln und auszuschalten. Smog kann nun dadurch zustande kommen, daß der eine oder andere Betrieb mehr Emissionen rausläßt, als er darf. Andererseits gibt es auch dann Smog, wenn die Emissionen der einzelnen Betriebe im Rahmen des an sich Zulässigen bleiben, aber das Wetter damit nicht mehr fertig wird.«

»Wie weiß der, der für den Smogalarm zuständig ist, um welche Art von Smog es sich handelt? Er muß doch wohl auf beide Arten ganz verschieden reagieren.« Die Sache fing an, mich zu fesseln, ich stellte den nächsten Gang zum Büfett zurück und fummelte eine Zigarette aus dem gelben Päckchen.

»Richtig, Herr Selb, eigentlich müßte auf beide Arten verschieden reagiert werden, aber sie sind mit den herkömmlichen Methoden schwer auseinanderzuhalten. Passieren kann zum Beispiel, daß der Verkehr stillgelegt wird und die Betriebe ihre Produktion drosseln müssen, obwohl nur ein Kohlekraftwerk die zulässigen Emissionswerte drastisch überschreitet, aber nicht rechtzeitig identifiziert und gestoppt werden kann. Bestechend am neuen Modell der direkten Emissionserfassung ist, daß, jedenfalls theoretisch, die auch von Ihnen zutreffend erkannten Probleme vermieden werden. Über Sensoren werden die Emissionen dort gemessen, wo sie entstehen, und an das regionale Rechenzentrum gemeldet, die somit jederzeit weiß, wo welche Emissionen anfallen. Und nicht nur das, das Zentrum füt-

tert die Emissionsdaten in eine Simulation der in den nächsten 24 Stunden zu erwartenden örtlichen Wetterlage, man
spricht dabei von einem Meteorogramm, und kann den
Smog gewissermaßen antizipieren. Ein Frühwarnsystem,
das sich deswegen in der Praxis nicht so gut ausnimmt, wie
es sich in der Theorie anhört, weil die Meteorologie einfach
immer noch in den Kinderschuhen steckt.«

»Wie sehen Sie den gestrigen Vorfall in diesem Zusammenhang? Hat sich das neue Modell bewährt oder hat es
versagt?«

»Funktioniert hat das Modell gestern schon.« Nachdenklich zwirbelte Oelmüller am Bartende.

»Nein, nein, Herr Selb, hier muß ich die Perspektive des
Technikers doch sogleich zum gesamtwirtschaftlichen Tour
d'horizon weiten. Früher wäre gestern einfach gar nichts
passiert. Statt dessen hatten wir gestern das Chaos mit all
den Lautsprecherdurchsagen, Polizeikontrollen, Ausgangs-
sperren. Und wofür? Die Wolke hat sich ohne Zutun der
Umweltschützer verzogen. Da wurde Angst geschürt und
Vertrauen zerstört und das Image der RCW beeinträchtigt –
tant de bruit pour une omelette. Ich meine, daß dem Bundesverfassungsgericht gerade an diesem Fall das Unverhält-
nismäßige der neuen Regelung klargemacht werden kann.«

»Unsere Chemiker überprüfen, ob die gestrigen Werte
den Smogalarm überhaupt rechtfertigen konnten«, ergriff
Oelmüller wieder das Wort. »Sie haben gleich angefangen,
die Emissionsdaten auszuwerten, die auch wir in unserem
MBI-System, unserem Management- und Betriebsinformationssystem, erfassen.«

»Den On-line-Anschluß an die staatliche Emissionserfassung hat man der Industrie immerhin zugestanden«, sagte Ostenteich.

»Halten Sie es für möglich, Herr Oelmüller, daß der Unfall und die Vorfälle im Computersystem in einem Zusammenhang stehen?«

»Daran habe ich auch schon gedacht. Bei uns werden so gut wie alle Produktionsprozesse elektronisch gesteuert, und es gibt eine Menge Querverbindungen zwischen den Prozeßrechnern und dem MBI-System. Manipulationen vom MBI-System aus – ich kann's nicht ausschließen, trotz aller eingebauter Sicherungen. Über den gestrigen Unfall weiß ich allerdings nicht genug, um sagen zu können, ob ein Verdacht in der Richtung Hand und Fuß hat. Furchtbar, was danach auf uns zukommen könnte.«

Ostenteichs Interpretation des gestrigen Unfalls hatte mich fast vergessen lassen, daß ich noch den Arm in der Schlinge trug. Ich prostete den Herren zu und machte mich auf den Weg zum Büfett. Mit den Hammellendchen in der Kräuterkruste auf dem vorgewärmten Teller suchte ich nach Firners Tisch, als Schmalz auf mich zutrat.

»Dürften meine Frau und ich Herrn Doktor einmal einladen, Kaffee trinken?« Anscheinend hatte Schmalz meinen Doktortitel ausfindig gemacht und gerne aufgegriffen, um einen weiteren Zischlaut zu neutralisieren.

»Das ist überaus liebenswürdig, Herr Schmalz«, bedankte ich mich. »Aber verstehen Sie bitte, daß ich bis zum Abschluß dieses Falls über meine Zeit nicht disponieren kann.«

»Na, dann ein andermal vielleicht.« Schmalz wirkte unglücklich, aber daß der Betrieb vorging, verstand er.

Ich sah mich nach Firner um und fand ihn, als er gerade mit einem Teller vom Büfett zu seinem Tisch steuerte.

Er blieb kurz stehen. »Grüß Sie, haben Sie etwas rausgekriegt?« Er hielt seinen Teller linkisch in Brusthöhe, um einen Rotweinfleck auf dem Smokinghemd zu verdecken.

»Ja«, sagte ich einfach. »Und Sie?«

»Wie darf ich das verstehen, Herr Selb?«

»Stellen Sie sich vor, da ist ein Erpresser, der zunächst durch Manipulationen im MBI-System und dann durch die Verursachung einer Gasexplosion seine Überlegenheit demonstrieren will. Dann fordert er zehn Millionen von den RCW. Wer im Unternehmen würde die Forderung als erster auf den Schreibtisch kriegen?«

»Korten. Weil nur er über einen solchen Betrag entscheiden könnte.« Er runzelte die Stirn und blickte unwillkürlich zu dem leicht erhöhten Tisch, an dem Korten mit dem chinesischen Delegationsleiter, dem Ministerpräsidenten und anderen wichtigen Persönlichkeiten saß. Ich wartete vergeblich auf ein abwiegelndes »Aber Herr Selb, wo denken Sie hin.« Er ließ den Teller sinken. Der Rotweinfleck tat ein übriges, um hinter der Fassade gelassener Souveränität einen angespannten und verunsicherten Firner sichtbar werden zu lassen. Als wäre ich nicht mehr da, machte er gedankenverloren einige Schritte auf das geöffnete Fenster zu. Dann riß er sich zusammen, präsentierte den Teller vor der Brust, nickte mir kurz zu und ging entschlossenen Schritts zu seinem Tisch. Ich ging aufs Klo.

»Na, mein lieber Selb, geht's voran?« Korten stellte sich ans andere Becken und fingerte am Hosenschlitz.

»Meinst du den Fall oder die Prostata?« Er pinkelte und

lachte. Lachte immer lauter, mußte sich mit der Hand an den Kacheln stützen, und dann fiel's auch mir wieder ein. Wir hatten schon einmal so nebeneinander gestanden, im Pissoir vom Friedrich-Wilhelm-Gymnasium. Es war als vorbereitende Maßnahme fürs Schwänzen geplant gewesen; der Klassensprecher sollte, wenn Lehrer Brecher unser Fehlen bemerkt, aufstehen und sagen: »Dem Korten und dem Selb war vorhin schlecht, und sie sind auf dem Abort – ich gehe rasch nach ihnen sehen.« Aber der Lehrer sah selbst nach uns, fand uns fröhlich stehen und ließ uns zur Strafe die Stunde weiter da stehen, ab und zu kontrolliert vom Pedell.

»Gleich kommt Professor Brecher mit dem Monokel«, prustete Korten. »Der Kotzer, gleich kommt der Kotzer« – mir fiel der Spitzname ein, und wir standen mit offenen Hosen, schlugen uns auf die Schultern, und mir kamen die Tränen und tat der Bauch weh vor Lachen.

Damals wär's beinahe böse weitergegangen. Brecher hatte uns dem Rektor gemeldet, und ich sah schon Vater wüten und Mutter weinen und die Freistelle flötengehen. Aber Korten hatte alles auf sich genommen: Er hatte angestiftet, ich bloß mitgemacht. So bekam er den Brief nach Hause, und sein Vater lachte nur.

»Ich muß mal wieder.« Korten knöpfte den Hosenladen zu.

»Schon wieder?« Ich lachte noch. Aber der Spaß war vorbei, und die Chinesen warteten.

10

Erinnerungen an die blaue Adria

Als ich wieder in den Saal kam, war alles im Aufbruch. Im Vorbeikommen fragte Frau Buchendorff, wie ich nach Hause käme, ich könne doch wohl nicht fahren mit meinem Arm.

»Vorhin bin ich mit dem Taxi gekommen.«

»Ich nehme Sie gerne mit, wo wir doch Nachbarn sind. In einer Viertelstunde am Ausgang?«

Die Tische waren verlassen, Stehgrüppchen bildeten und lösten sich. Die Rothaarige stand noch mit einer Flasche bereit, aber alle hatten schon genug getrunken.

»Hallo«, sagte ich zu ihr.

»Hat es Ihnen gefallen auf dem Empfang?«

»Das Büfett war gut. Ich bin erstaunt, daß noch was übrig ist. Aber wo nun noch was übrig ist – können Sie mir für mein Picknick morgen ein kleines Päckchen richten lassen?«

»Für wie viele Personen darf es denn sein?« Sie deutete einen ironischen Knicks an.

»Wenn Sie Zeit haben, für zwei.«

»Oh, das geht nicht. Aber ich lasse Ihnen trotzdem was für zwei einpacken. Einen Moment.«

Sie verschwand durch die Schwingtüren. Als sie wiederkam, hatte sie einen größeren Karton dabei. »Sie hätten das

Gesicht unseres Küchenchefs sehen sollen. Ich habe ihm sagen müssen, daß Sie sonderbar, aber wichtig sind.« Sie kicherte. »Weil Sie mit Herrn Generaldirektor gegessen haben, hat er von sich aus noch eine Forster Bischofsgarten Spätlese dazugelegt.«

Als Frau Buchendorff mich mit dem Karton sah, zog sie die Augenbrauen hoch.

»Ich habe die chinesische Sicherheitsexpertin eingepackt. Haben Sie nicht gesehen, wie klein und zierlich sie ist? Der Delegationsleiter hätte sie nicht mit mir gehen lassen.«

Mit ihr fielen mir immer nur blöde Witze ein. Wäre mir das vor dreißig Jahren passiert, hätte ich mir eingestehen müssen, daß ich verliebt bin. Aber was soll ich davon in einem Alter halten, in dem ich mich nicht mehr verliebe?

Frau Buchendorff fuhr einen Alfa Romeo Spider, einen alten ohne häßlichen Heckspoiler.

»Soll ich das Verdeck zumachen?«

»Normalerweise fahre ich auch im Winter mit Badehose Motorrad.« Es wurde immer schlimmer. Zu allem Überfluß nun auch noch ein Mißverständnis, denn sie schickte sich an, das Verdeck zuzumachen. Und nur, weil ich mich nicht getraut hatte zu sagen, daß es für mich nichts Schöneres gibt, als in einer lauen Sommernacht mit einer schönen Frau am Steuer eines Kabrioletts unterwegs zu sein.

»Nein, lassen Sie, Frau Buchendorff, ich fahre gerne in einer lauen Sommernacht im offenen Sportwagen.«

Wir fuhren über die Hängebrücke, unter uns Rhein und Hafen. Ich sah hinauf in den Himmel und in die Seile. Es war hell und sternenklar. Als wir von der Brücke abschwenkten und ehe wir in die Straßen eintauchten, lag für einen Moment Mannheim mit seinen Türmen, Kirchen und Hochhäusern vor uns. Wir mußten an einer Ampel warten, ein schweres Motorrad hielt neben uns an. »Komm, wir fahren noch zur Adria«, rief das Mädchen auf dem Rücksitz ihrem Freund gegen den Lärm der Maschine in den Helm. Im heißen Sommer 1946 war ich oft an dem Baggersee gewesen, in dessen Namen die Mannheimer und Ludwigshafener ihre Sehnsucht nach dem Süden gelegt haben. Damals waren meine Frau und ich noch glücklich, und ich genoß die Gemeinsamkeit, den Frieden und die ersten Zigaretten. Da fuhr man also immer noch hin, heute rascher und leichter, nach dem Kino ein kurzer Sprung ins Wasser.

Wir hatten die ganze Fahrt nicht gesprochen. Frau Buchendorff war schnell und konzentriert gefahren. Jetzt zündete sie sich eine Zigarette an.

»Die blaue Adria – als ich klein war, sind wir manchmal mit dem Opel Olympia rausgefahren. Es gab Malzkaffee aus der Thermosflasche, kalte Koteletts, und im Weckglas hatten wir Vanillepudding dabei. Mein großer Bruder war, was man einen Halbstarken nannte; mit seiner Victoria Avanti ging er schon eigene Wege. Damals fing die Mode an, nachts noch rasch zum Baden zu fahren. Es kommt mir alles so idyllisch vor, wenn ich heute dran zurückdenke – als Kind habe ich immer gelitten auf diesen Ausflügen.«

Wir waren vor meinem Haus angelangt, aber ich wollte die Nostalgie, die uns beide gepackt hatte, noch ein wenig auskosten.

»Warum gelitten?«

»Mein Vater wollte mir das Schwimmen beibringen, hatte aber keine Geduld. Mein Gott, was habe ich Wasser geschluckt damals.«

Ich dankte ihr fürs Nachhausebringen. »Es war eine schöne Fahrt durch die Nacht.«

»Gute Nacht, Herr Selb.«

11

Scheußliche Sache, das

Mit einem strahlenden Sonntag verabschiedete sich das schöne Wetter. Beim Picknick an der Feudenheimer Schleuse aßen und tranken mein Freund Eberhard und ich viel zuviel. Er hatte ein Holzkistchen mit drei Flaschen sehr ordentlichem Bordeaux dabei, und wir machten den Fehler, danach noch die RCW-Spätlese zu leeren.

Am Montag wachte ich mit flammendem Kopfschmerz auf. Dazu hatte mir der Regen das Rheuma in Rücken und Hüften getrieben. Vielleicht bin ich auch darum mit Schneider falsch umgegangen. Er war wieder aufgetaucht, nicht vom Werkschutz gefunden, sondern einfach so. Ich traf ihn im Labor eines Kollegen; sein eigenes war bei dem Unfall ausgebrannt.

Als ich in den Raum kam, richtete er sich vor dem Kühl-schrank auf. Er war von hohem Wuchs, hager. Er lud mich mit unentschlossener Handbewegung ein, auf einem La-borschemel Platz zu nehmen, und blieb selbst mit hängen-den Schultern vor dem Kühlschrank stehen. Sein Gesicht war grau, die Finger der linken Hand gelb von Nikotin. Der makellos weiße Labormantel sollte den Verfall der Person verbergen. Aber der Mann war am Ende. Wenn er ein Spieler war, dann einer, der verloren und keine Hoffnung mehr hatte. Einer, der freitags den Lottoschein ausfüllt, aber am Samstag gar nicht mehr schaut, ob er gewonnen hat.

»Ich weiß zwar, warum Sie mit mir reden wollen, Herr Selb, aber ich kann Ihnen nichts sagen.«

»Wo waren Sie am Tag des Unfalls? Das werden Sie ja wissen. Und wohin sind Sie verschwunden?«

»Ich bin leider nicht bei bester Gesundheit und war in den letzten Tagen unpäßlich. Der Unfall in meinem Labor hat mich sehr mitgenommen, es sind wichtige Forschungsunterlagen vernichtet worden.«

»Das ist doch keine Antwort auf meine Frage.«

»Was wollen Sie eigentlich von mir? Lassen Sie mich doch in Ruhe.«

In der Tat, was wollte ich eigentlich von ihm? Mir fiel schwer, in ihm den genialen Erpresser zu sehen. Kaputt, wie er war, konnte ich ihn mir nicht einmal als Werkzeug eines Außenstehenden vorstellen. Aber meine Vorstellung hatte mich auch schon getäuscht, und irgend etwas stimmte nicht mit Schneider, und so viele Spuren hatte ich nicht. Sein und mein Pech, daß er in die Akten des Werkschutzes geraten war. Und da waren mein Kater und mein Rheuma und die schmollend weinerliche Art von Schneider, die mich nervte. Wenn ich den nicht mehr kleinkriege, kann ich meinen Beruf gleich an den Nagel hängen. Ich raffte mich zu einer neuen Attacke auf.

»Herr Schneider, hier laufen Ermittlungen wegen Sabotagefällen, die Schäden in Millionenhöhe verursacht haben, und es geht um die Abwehr weiterer Gefahren. Ich bin bei meinen Ermittlungen durchweg auf Kooperation gestoßen. Ihre Unwilligkeit, mich zu unterstützen, macht Sie, ich bin ganz offen, verdächtig. Um so mehr, als es in Ihrer Biographie Phasen krimineller Verstrickung gibt.«

»Mit dem Spielen habe ich doch vor Jahren ein Ende gemacht.« Er zündete sich eine Zigarette an. Seine Hand zitterte. Er machte hastige Züge. »Aber bitte, ich lag zu Hause im Bett, und das Telefon stellen wir am Wochenende oft ab.«

»Aber Herr Schneider. Der Werkschutz war bei Ihnen zu Hause. In Ihrem Haus war niemand.«

»Sie glauben mir ja doch nicht. Da sage ich dann eben gar nichts mehr.«

Das hatte ich schon oft gehört. Manchmal half es, den anderen davon zu überzeugen, daß ich ihm glaube, was immer er sagt. Manchmal hatte ich verstanden, die tiefe Not, die in der kindlichen Reaktion steckt, so anzusprechen, daß aus dem anderen alles herausbrach. Heute war ich weder zum einen noch zum anderen fähig. Ich mochte nicht mehr.

»Gut, dann müssen wir das Gespräch in Anwesenheit des Werkschutzes und Ihres Vorgesetzten fortsetzen. Ich würde Ihnen das gerne ersparen. Aber wenn ich von Ihnen bis heute abend nichts höre… Hier meine Karte.«

Ich wartete seine Reaktion nicht ab und ging raus. Ich stand unter dem Vordach, blickte in den Regen und zündete mir eine Zigarette an. Ob es an den Ufern des Sweet Afton jetzt auch regnete? Ich wußte nicht weiter. Dann fiel mir ein, daß die Burschen vom Werkschutz und vom Rechenzentrum ihre Falle aufgestellt hatten, und ich ging ins Rechenzentrum, um sie mir anzusehen. Oelmüller war nicht da. Einer seiner Mitarbeiter, den das Namensschildchen als Herrn Tausendmilch auswies, zeigte mir am

Bildschirm die Benachrichtigung der Benutzer über die falsche Datei.

»Soll ich's Ihnen ausdrucken lassen? Es macht überhaupt keine Mühe.«

Ich nahm den Ausdruck und ging rüber zu Firners Büro. Weder Firner noch Frau Buchendorff waren da. Eine Schreibkraft erzählte mir etwas über Kakteen. Ich hatte genug für heute und verließ das Werk.

Wäre ich jünger gewesen, wäre ich trotz des Regens an die Adria rausgefahren und hätte den Kater weggeschwommen. Wenn ich einfach in mein Auto hätte steigen können, hätte ich es vielleicht trotz meines Alters getan. Aber mit meinem kaputten Arm konnte ich noch immer nicht fahren. Der Pförtner, derselbe wie am Unfalltag, rief mir ein Taxi.

»Sie sind doch der, wo am Freitag dem Schmalz sein Sohn gebracht hat. Sind Sie der Selb? Dann hab ich was für Sie.«

Er machte sich unter seinem Kontroll- und Alarmpult zu schaffen und kam mit einem Päckchen wieder hoch, das er mir mit Wichtigkeit überreichte.

»Da ist ein Kuchen drin, als Überraschung für Sie. Den hat die Frau Schmalz gebacken.«

Ich nahm ein Taxi zum Herschelbad. In der Sauna war Frauentag. So ließ ich mich zum ›Kleinen Rosengarten‹ fahren, meinem Stammlokal, und aß Saltimbocca Romana. Dann ging ich ins Kino.

Die erste Kinovorstellung am frühen Nachmittag hat ihren Charme, gleichgültig, was gezeigt wird. Das Publikum besteht aus Pennern, Dreizehnjährigen und frustrierten Intellektuellen. Früher, als es sie noch gab, waren in den Frühvorstellungen die Fahrschüler. Frühreife Schüler gingen früher auch zum Schmusen in die Frühvorstellung. Aber Babs, eine befreundete Realschuldirektorin, versichert mir, daß die Schüler in der Schule schmusen und um eins schon ausgeschmust haben.

Ich war in das falsche der sieben Kästchen geraten, aus denen das Kino bestand, und mußte mir ›On Golden Pond‹ ansehen. Ich mochte alle Hauptdarsteller, aber am Ende war ich froh, daß ich keine Frau mehr hatte, keine Tochter und auch keinen kleinen Bastard von Enkel.

Auf dem Heimweg ging ich am Büro vorbei. Ich fand die Nachricht, daß Schneider sich erhängt hatte. Frau Buchendorff hatte sie mit äußerster Sachlichkeit auf den Anrufbeantworter gesprochen und um sofortigen Rückruf gebeten.

Ich schenkte mir einen Sambuca ein.

»Hat Schneider eine Nachricht hinterlassen?«

»Ja. Wir haben sie hier. Wir denken, daß Ihr Fall abgeschlossen ist. Firner würde Sie gerne sehen, um mit Ihnen darüber zu sprechen.«

Ich sagte Frau Buchendorff, daß ich sofort käme, und rief ein Taxi.

Firner war aufgeräumt. »Grüß Sie, Herr Selb. Scheußliche Sache, das. Er hat sich im Labor aufgehängt, an einem Elektrokabel. Eine Auszubildende mußte ihn finden. Wir haben natürlich alles versucht, ihn zu reanimieren. Umsonst. Lesen Sie den Abschiedsbrief durch, wir haben unseren Mann.«

Er übergab mir die Fotokopie eines hastig beschriebenen, anscheinend an die Frau gerichteten Blatts.

Mein Dorle – verzeih. Denk nicht, daß Du mich nicht genug geliebt hast – ohne Deine Liebe hätte ich es schon früher getan. Jetzt kann ich nicht mehr. Sie wissen alles und lassen mir keinen anderen Weg. Ich wollte Dich glücklich machen und Dir alles geben – schenke Gott Dir ein leichteres Leben als in diesen entsetzlichen letzten Jahren. Du verdienst es so sehr. Ich küsse Dich – bis in den Tod Dein Franz.«

»Sie haben Ihren Mann? Das läßt doch alles offen. Ich habe mit Schneider heute früh gesprochen. Es ist das Spiel, das ihn im Griff hatte und in den Tod getrieben hat.«

»Sie sind ein Defätist.« Firner lachte mir mit offenem Mund schallend ins Gesicht.

»Wenn Korten meint, der Fall sei gelöst, kann er ihn mir natürlich jederzeit entziehen. Ich glaube aber, daß Ihre Schlüsse voreilig sind. Und auch nicht ganz ernst gemeint. Oder haben Sie schon Ihre Fangschaltung abgestellt?«

Firner war nicht beeindruckt. »Routine, Herr Selb, Routine. Natürlich lassen wir die Schaltung weiterlaufen. Aber zunächst ist die Sache erledigt. Wir müssen nur noch einige Einzelheiten abklären, vor allem, wie Schneider seine Manipulationen realisieren konnte.«

»Ich bin sicher, daß Sie mich bald wieder anrufen.«

»Wir werden sehen, Herr Selb«, Firner steckte doch tatsächlich den Daumen in die Weste seines dreiteiligen Anzugs und spielte mit den restlichen Fingern den ›Yankeedoodle‹.

Auf dem Heimweg im Taxi dachte ich an Schneider. War ich schuld an seinem Tod? Oder war Eberhard schuld, der zuviel Bordeaux mitgebracht hatte, so daß ich heute verkatert und schroff mit Schneider umgegangen war? Oder der Küchenchef mit seiner Forster Bischofsgarten Spätlese, die uns endgültig geschafft hatte? Oder der Regen und das Rheuma? Die Schuld- und Kausalketten ließen sich unendlich fortverfolgen.

Schneider im weißen Laborkittel kam mir in den nächsten Tagen öfter in den Sinn. Viel zu tun hatte ich nicht. Goedeke verlangte einen weiteren und ausführlicheren Bericht über den untreuen Filialleiter, und ein anderer Auftraggeber wandte sich an mich, weil er nicht wußte, daß er dieselbe Information vom Ordnungsamt hätte bekommen können.

Am Mittwoch, mein Arm war auf dem Weg der Besserung, konnte ich endlich meinen Wagen vom Parkplatz der RCW zurückholen. Das Chlor hatte den Lack angegriffen, das würde ich auf die Rechnung setzen. Der Pförtner begrüßte mich und fragte, ob der Kuchen geschmeckt habe. Ich hatte ihn am Montag im Taxi vergessen.

12

Bei den Käuzchen

Das Problem der Schuld- und Kausalketten trug ich meinen Freunden beim Doppelkopf vor. Ein paarmal im Jahr treffen wir uns mittwochs in den ›Badischen Weinstuben‹ zum Spielen. Eberhard, der Schachgroßmeister, Willy, Ornithologe und Emeritus der Universität Heidelberg, Philipp, Chirurg an den Städtischen Krankenanstalten, und ich.

Philipp ist mit seinen siebenundfünfzig Jahren unser Benjamin, Eberhard unser zweiundsiebzigjähriger Nestor. Willy ist ein halbes Jahr jünger als ich. Wir kommen mit dem Doppelkopfspielen nie sehr weit, wir reden zu gerne.

Ich erzählte von Schneiders Vorleben, seiner Spielleidenschaft und davon, daß ich einen Verdacht gegen ihn hatte, an den ich selber nicht recht glaubte, dessentwegen ich ihn aber hart angefaßt hatte. »Zwei Stunden später hängt sich der Mann auf, ich glaube, nicht wegen meines Verdachts, sondern weil er die Aufdeckung seiner fortdauernden Spielleidenschaft voraussah. Bin ich an seinem Tod schuld?«

»Du bist doch der Jurist«, sagte Philipp. »Habt ihr keine Kriterien für so was?«

»Juristisch bin ich nicht schuld. Aber mich interessiert das menschliche Problem.«

Die drei guckten ratlos. Eberhard sinnierte. »Dann darf ich ja beim Schach nicht mehr gewinnen, weil mein Gegner sensibel sein und sich die Niederlage so zu Herzen nehmen könnte, daß er sich deswegen umbringt.«

»Also, wenn du weißt, daß die Niederlage der Tropfen ist, der sein Depressionsglas zum Überlaufen bringt, dann laß die Finger von ihm und such dir einen anderen Gegner.«

Mit diesem Bescheid Philipps war Eberhard nicht zufrieden. »Was mach ich beim Turnier, wo ich mir den Gegner nicht aussuchen kann?«

»Also, bei den Käuzchen...«, setzte Willy an. »Mir wird immer klarer, warum ich die Käuzchen so liebe. Die fangen ihre Mäuse und Spatzen, versorgen ihre Jungen, leben in ihren Baumhöhlen und Erdlöchern, brauchen keine Gesellschaft und keinen Staat, sind mutig und schneidig, ihren Familien treu, haben tiefe Weisheit im Auge, und so ein weinerliches Gerede über Schuld und Sühne hab ich bei ihnen noch nie gehört. Im übrigen, wenn's euch nicht ums Juristische, sondern ums Menschliche geht: Alle Menschen sind an allem schuld.«

»Komm du mir mal unters Messer. Wenn mir das ausrutscht, weil mich die Krankenschwester scharf macht, sollen dann alle hier schuld sein?« Philipp machte eine weitausholende Handbewegung. Der Ober verstand sie als Bestellung einer weiteren Runde und brachte ein Pils, einen Laufener Gutedel, einen Ihringer Vulkanfelsen und einen Grog von Rum für den erkälteten Willy.

»Na, jedenfalls kriegst du's mit uns allen zu tun, wenn du den Willy verschnipselst.« Ich prostete Willy zu.

Er konnte nicht zurückprosten, sein Grog war noch zu heiß.

»Keine Angst, ich bin doch nicht blöd. Wenn ich dem Willy was tu, können wir ja nicht mehr Doppelkopf spielen.«

»Genau, spielen wir noch eine Runde«, sagte Eberhard. Aber noch ehe Hochzeiten angezeigt und Schweinchen gemeldet werden konnten, faltete er nachdenklich sein Blatt zusammen und legte das Häufchen auf den Tisch. »Nun mal ernsthaft, ich als der Älteste kann das am ehesten ansprechen. Was wird aus uns, wenn einer von uns... na, wenn halt... ihr wißt schon.«

»Wenn nur noch unser drei beisammen sind?« grinste Philipp. »Dann spielen wir Skat.«

»Wissen wir keinen neuen vierten Mann, einen, den wir vielleicht jetzt schon als fünften dazunehmen könnten?«

»Ein Pfarrer wär doch ganz gut, bei unserem Alter.«

»Wir müssen doch nicht immer spielen, wir tun's ja sowieso nicht. Wir könnten doch auch mal einfach essen gehen oder was mit Frauen unternehmen. Ich bring jedem eine Krankenschwester mit, wenn ihr nur wollt.«

»Frauen«, sagte Eberhard mißbilligend und faltete sein Blatt wieder auseinander.

»Das mit dem Essen ist jedenfalls eine Idee.« Willy ließ sich die Karte bringen. Wir bestellten alle. Das Essen war gut, und wir vergaßen Schuld und Tod.

Auf dem Heimweg merkte ich, daß ich zu Schneiders Selbstmord einen großen Abstand gewonnen hatte. Ich war nur noch gespannt, wann Firner sich wieder melden würde.

13

Interessieren Sie die Einzelheiten?

Es passiert nicht oft, daß ich vormittags zu Hause bleibe. Nicht nur, weil ich viel unterwegs bin, sondern weil ich mich dem Büro selbst dann kaum entziehen kann, wenn ich nichts dort verloren habe. Das ist ein Relikt aus meiner Zeit als Staatsanwalt. Vielleicht kommt es auch daher, daß ich als Kind meinen Vater nicht einen einzigen Arbeitstag zu Hause erlebt habe, und damals hatte die Arbeitswoche noch sechs Tage.

Am Donnerstag sprang ich über meinen Schatten. Gestern war mein Videorecorder von der Reparatur zurückgekommen. Ich hatte mir ein paar Kassetten ausgeliehen. Auch wenn man schon seit Jahren kaum noch Western dreht und zeigt – ich bin ihnen treu geblieben.

Es war zehn Uhr. Ich hatte ›Heaven's Gate‹ eingeschoben, den ich im Kino verpaßt hatte und den man dort wohl nicht mehr zu sehen kriegen würde, und sah die Harvard-Absolventen im Frack den Wettlauf zur Abschlußfeier machen. Kris Kristofferson lag gut im Rennen. Da klingelte das Telefon.

»Gut, daß ich Sie erreiche, Herr Selb.«

»Haben Sie gedacht, ich wäre bei diesem Wetter an der blauen Adria, Frau Buchendorff?« Draußen regnete es in Strömen.

»Immer noch der alte Charmeur. Ich verbinde Sie mit Herrn Firner.«

»Grüß Sie, Herr Selb. Wir hatten ja gedacht, der Fall wäre erledigt, aber nun sagt mir Herr Oelmüller, daß es im System wieder losgegangen ist. Ich wäre froh, wenn Sie noch mal rüberkommen könnten, am besten heute. Wie sieht's mit Ihrem Terminkalender aus?«

Wir verständigten uns auf sechzehn Uhr. ›Heaven's Gate‹ dauerte fast vier Stunden, und seine Haut soll man nicht billig verkaufen.

Auf der Fahrt ins Werk dachte ich darüber nach, warum Kris Kristofferson am Schluß geweint hatte. Weil die frühen Wunden nie vernarben? Oder weil sie vernarben und eines Tages nur noch verblaßte Erinnerungen sind?

Der Pförtner am Haupttor begrüßte mich wie einen alten Bekannten, aber die Hand am Mützenschirm. Oelmüller war distanziert. Mit von der Partie war Thomas.

»Ich habe Ihnen ja von der Falle erzählt, die wir geplant und vorbereitet haben«, sagte Thomas. »Heute nun ist sie zugeschnappt…«

»Aber die Maus ist mit dem Speck auf und davon?«

»So kann man das ausdrücken«, meinte Oelmüller säuerlich. »Genau ist folgendes passiert: Gestern früh hat uns der Zentralrechner gemeldet, daß unsere Köderdatei vom Terminal PKR 137 aus angefordert wurde, von einem Benutzer mit der Nummer 23045 ZBH. Der Benutzer, Herr Knobloch, ist in der zentralen Buchhaltung tätig. Er war allerdings zum Zeitpunkt der Datei-Anforderung in einer Besprechung mit drei Herren vom Finanzamt. Und das besagte Terminal steht am anderen Ende des Werks in der Kläranlage und wurde gestern vormittag von unserem eigenen Techniker off line gewartet.«

»Herr Oelmüller will sagen, das Gerät war während der Wartung nicht betriebsbereit«, sekundierte Thomas.

»Das heißt dann doch, daß sich hinter Knobloch und seiner Nummer ein anderer Benutzer und hinter der falschen Terminalnummer ein anderes Terminal verbirgt. Haben Sie nicht damit gerechnet, daß der Täter sich tarnen würde?«

Oelmüller griff meine Frage bereitwillig auf. »Doch, Herr Selb. Ich habe das ganze letzte Wochenende überlegt, wie wir den Täter trotzdem erwischen können. Interessieren Sie die Einzelheiten?«

»Versuchen Sie's mal. Wenn es zu schwierig wird, sag ich's schon.«

»Gut, ich will mich bemühen, verständlich zu bleiben. Wir haben dafür gesorgt, daß auf eine bestimmte Kontrollanweisung durch das System die Terminals, die in Betrieb sind, in ihrem Arbeitsspeicher einen kleinen Schalter setzen. Der Benutzer kann das nicht bemerken. Die Kontrollanweisung wurde in dem Augenblick an die Terminals geschickt, in dem die Köderdatei angesprochen wurde. Unsere Absicht dabei war, alle Terminals, die in dieser Sekunde mit dem System kommunizierten, später anhand des Zustands des Schalters zu identifizieren, und das eben unabhängig von der Terminalnummer, unter der sich der Täter getarnt haben könnte.«

»Kann ich mir das vorstellen wie die Identifizierung eines gestohlenen Autos nicht am falschen Nummernschild, sondern an der Motornummer?«

»Na, so etwa.« Oelmüller nickte mir ermunternd zu.

»Und wie erklären Sie sich dann, daß trotz allem die Maus nicht in der Falle war?«

Thomas antwortete. »Wir haben im Moment keine Erklärung. Woran Sie jetzt vielleicht denken – ein Eingriff von außen scheidet nach wie vor aus. Die Fangschaltung der Post steht noch und hat nichts signalisiert.«

Keine Erklärung. Und das von den Spezialisten. Mich störte meine Abhängigkeit von ihrem Sachverstand. Zwar konnte ich dem, was Oelmüller mir dargelegt hatte, folgen. Aber seine Prämissen konnte ich nicht überprüfen. Womöglich waren die beiden nicht besonders gescheit, und es war kein großes Problem, die Falle zu überlisten. Aber was sollte ich machen? Mich in Computer einarbeiten? Die anderen Spuren verfolgen? Welche anderen Spuren gab es denn? Ich war ratlos.

»Für Herrn Oelmüller und mich ist das Ganze sehr peinlich«, sagte Thomas. »Wir waren sicher, mit der Falle den Täter zu stellen, und haben das dummerweise auch gesagt. Die Zeit drängt, und trotzdem sehe ich nur die Möglichkeit, in mühevoller Kleinarbeit alle unsere Prämissen und Schlußfolgerungen zu überprüfen. Vielleicht sollten wir auch mit dem Hersteller des Systems reden, nicht wahr, Herr Oelmüller? Können Sie uns sagen, Herr Selb, wie Sie weiter vorgehen wollen?«

»Ich muß mir alles erst einmal durch den Kopf gehen lassen.«

»Ich wäre froh, wenn Sie mit uns in Kontakt blieben. Setzen wir uns Montag vormittag wieder zusammen?«

Als wir schon standen und uns verabschiedeten, fiel mir noch einmal der Unfall ein. »Was ist eigentlich bei Ihrer

Suche nach den Ursachen der Explosion herausgekommen, und erfolgte der Smogalarm zu Recht?«

»Den Smogalarm scheint das RRZ zu Recht veranlaßt zu haben. Bei der Unfallursache sind wir jedenfalls so weit, daß es nichts mit unserem Rechner zu tun hat. Ich muß Ihnen nicht sagen, wie erleichtert ich war. Ein gebrochenes Ventil – das haben die Leute vom Anlagenbau zu verantworten.«

14

Lange Leitung

Bei guter Musik kann ich gut nachdenken. Ich hatte die Anlage eingeschaltet, das ›Wohltemperierte Klavier‹ aber noch nicht aufgelegt, weil ich mir in der Küche erst ein Bier holen mußte.

Als ich zurückkam, hatte meine Nachbarin einen Stock tiefer ihr Radio laut gestellt und ließ mich ihren derzeitigen Lieblingsschlager hören. ›We're living in a material world and I'm a material girl…‹

Ich stampfte vergebens auf den Boden. Also zog ich den Hausmantel aus und die Schuhe und das Jackett an, ging eine Treppe tiefer und klingelte. Ich wollte das ›material girl‹ fragen, ob in seiner ›material world‹ nicht doch noch Platz sei für Rücksicht. Auf mein Klingeln wurde nicht geöffnet, und aus der Wohnung drang keine Musik. Offensichtlich war niemand zu Hause. Die anderen Nachbarn waren in Urlaub, und über meiner Wohnung ist nur noch der Speicher.

Dann merkte ich, daß die Musik aus meinem eigenen Lautsprecher kam. Ein Radio habe ich an meine Anlage nicht angeschlossen. Ich spielte am Verstärker rum und kriegte die Musik nicht weg. Ich legte die Platte auf. Bach konnte in den Forti den ominösen anderen Kanal mühelos übertönen, mußte sich die Piani aber mit dem Nachrichtensprecher des Südwestfunks teilen. Irgend etwas schien an meiner Anlage kaputt zu sein.

Vielleicht lag es am Mangel guter Musik, daß mir an dem Abend nicht mehr viel einfiel. Ich spielte ein Szenario durch, in dem Oelmüller der Täter war. Da paßte alles bis auf die Psychologie. Der Schalk und Spieler war er gewiß nicht – konnte er der Erpresser sein? Nach allem, was ich über Computerkriminalität gelegentlich mitbekommen hatte, würde jemand, der mit dem Computer arbeitete, diesen anders für seine kriminellen Zwecke einsetzen. Er würde das System benutzen, aber nicht blamieren.

Am nächsten Morgen suchte ich vor dem Frühstück ein Radiogeschäft auf. Ich hatte meine Anlage noch einmal ausprobiert, und die Störung war weg. Das irritierte mich erst recht. Ich kann es nur schlecht ertragen, wenn die Infrastruktur sich unberechenbar zeigt. Da mag das Auto zwar noch fahren und die Waschmaschine noch waschen – solange nicht auch das letzte unbedeutende Signallämpchen von preußischer Pünktlichkeit ist, habe ich keine Ruhe.

Ich geriet an einen kompetenten jungen Mann. Er hatte Mitleid mit meinem technischen Unverstand, fast hätte er mit freundlicher Herablassung Opa zu mir gesagt. Ich weiß natürlich auch, daß Radiowellen nicht erst durch das Radio angelockt werden, sondern immer da sind. Das Radio macht sie lediglich hörbar, und der junge Mann erklärte mir, daß fast dieselben Schaltkreise, die das im Empfänger leisten, auch im Verstärker vorhanden sind, und unter gewissen atmosphärischen Bedingungen funktionierte der Verstärker als Empfänger. Da war nichts zu machen, das konnte man nur hinnehmen.

Auf dem Weg von der Seckenheimer Straße zu meinem Café in den Arkaden am Wasserturm kaufte ich mir die Zeitung. Immer liegt bei meinem Händler neben meiner ›Süddeutschen‹ die ›Rhein-Neckar-Zeitung‹ aus, und aus irgendeinem Grund setzte sich das Kürzel RNZ in meinem Kopf fest.

Als ich im ›Café Gmeiner‹ vorm Kaffee saß und auf die Eier mit Speck wartete, hatte ich dasselbe Gefühl, wie wenn ich jemandem etwas sagen möchte, aber nicht darauf komme, was. Hatte es mit der RNZ zu tun? Mir fiel ein, daß ich Tietzkes Interview mit Firner nicht gelesen hatte. Aber das war es nicht, wonach ich suchte. Hatte mir nicht gestern jemand von der RNZ erzählt? Nein, Oelmüller hatte vom RRZ geredet, das den Smogalarm zu Recht ausgelöst hatte. Das war die für den Smogalarm und die Emissionsdatenerfassung zuständige Stelle. Aber da war noch etwas, worauf ich nicht kam. Es hatte mit dem Verstärker zu tun, der als Empfänger funktionierte.

Als die Eier mit Speck kamen, bestellte ich noch einen Kaffee. Die Kellnerin brachte ihn erst nach der dritten Aufforderung. »Tut mir leid, Herr Selb, ich hab heut eine lange Leitung. Ich hab gestern auf meiner Tochter ihren Bub aufgepaßt, weil die jungen Leut das Abo beim Theater haben und gestern spät heimgekommen sind. Die Götterdämmerung vom Wagner hat so lange gebraucht.«

Lange Leitung. Natürlich, das war's, die lange Leitung zum RRZ. Herzog hatte mir vom Modell der direkten Emissionsdatenerfassung berichtet. Dieselben Emissionsdaten werden auch im RCW-System erfaßt, hatte Oelmüller gesagt. Und Ostenteich hatte vom On-line-Anschluß der

RCW an das staatliche Überwachungssystem gesprochen. Irgendwie mußten also das Rechenzentrum der RCW und das RRZ zusammenhängen. War es möglich, vom RRZ aus über diesen Zusammenhang in das MBI-System einzudringen? Und war es denkbar, daß die Leute von den RCW dies schlicht vergessen hatten? Ich dachte zurück und erinnerte mich genau, daß von Terminals im Betrieb und von Telefonleitungen nach außen die Rede gewesen war, wenn wir uns über die möglichen Einbruchstellen ins System unterhalten hatten. Eine Leitung zwischen RRZ und RCW, wie ich sie mir im Moment vorstellte, war nie erwähnt worden. Sie gehörte weder zu den Telefonleitungen noch zu den Terminalverbindungen. Sie unterschied sich von diesen wohl dadurch, daß über sie nicht aktiv kommuniziert wurde. Vielmehr wanderte von den ungeliebten Sensoren ein stiller Datenfluß auf irgendwelche Protokollbänder. Daten, die niemanden im Werk interessieren und die man vergessen kann, wenn es nicht gerade einen Alarm oder einen Unfall gibt. Ich verstand, warum das musikalische Durcheinander auf meiner Anlage mich so lange beschäftigt hatte: Die Störung kam von innen.

Ich stocherte in den Speckeiern und in den vielen Fragen herum, die mir durch den Kopf gingen. Vor allem brauchte ich zusätzliche Informationen. Mit Thomas, Ostenteich oder Oelmüller mochte ich jetzt nicht reden. Wenn sie eine RCW-RRZ-Verbindung vergessen hatten, würde sie dies am Ende mehr beschäftigen als die Verbindung selbst. Ich mußte mir das RRZ ansehen und dort jemanden erwischen, der mir die Systemzusammenhänge erklären konnte.

Von der Telefonkabine neben der Toilette rief ich

Tietzke an. Beim RRZ handelte es sich um das ›Regionale Rechenzentrum‹ in Heidelberg. »In gewisser Weise sogar überregional«, sagte Tietzke, »weil Baden-Württemberg und Rheinland-Pfalz dranhängen. Was haben Sie dort vor, Herr Selb?«

»Können Sie es denn nie lassen, Herr Tietzke?« fragte ich zurück und versprach ihm die Rechte an meinen Memoiren.

15

Bam bam, ba bam bam

Ich fuhr geradewegs nach Heidelberg. Einen Parkplatz er-
gatterte ich vor dem Juristischen Seminar. Ich ging die paar
Schritte zum Ebert-Platz, dem früheren Wrede-Platz, und
fand das Regionale Rechenzentrum in dem alten Bau mit
den zwei Eingangssäulen, in dem einst die Deutsche Bank
residiert hatte. In der ehemaligen Schalterhalle saß der
Pförtner.

»Selk vom Springer-Verlag«, stellte ich mich vor. »Ich
möchte gerne mit einem Ihrer Herren von der Emissions-
überwachung reden, das Verlagshaus hat mich angemeldet.«

Er griff zum Telefon. »Herr Mischkey, hier ist jemand
vom Springer-Verlag, der Sie sprechen möchte und sagt,
daß er angemeldet ist. Soll ich ihn hochschicken?«

Ich schaltete mich ein. »Kann ich selber mit Herrn
Mischkey reden?« Und weil der Pförtner an einem Tisch
saß, der nicht mit Glas abgeschirmt war, und weil ich schon
danach gegriffen hatte, gab er mir verdutzt den Hörer.

»Guten Tag, Herr Mischkey, hier Selk vom Springer-
Verlag, dem mit dem Pferdchen, dem wissenschaftlichen,
Sie wissen schon. Wir möchten in unserem Informatik-
Spektrum einen Bericht über das hiesige Modell der direk-
ten Emissionsdatenerfassung bringen, und nachdem ich

mit der Industrie gesprochen habe, würde ich gerne die andere Seite kennenlernen. Können Sie mich empfangen?«

Er hatte nicht viel Zeit, aber bat mich hoch. Sein Zimmer war im zweiten Stock, die Tür stand offen, der Blick ging auf den Platz. Mischkey saß mit dem Rücken zur Tür am Terminal, auf dem er konzentriert und mit großer Geschwindigkeit zweifingrig tippte. Über die Schulter rief er: »Kommen Sie nur rein, ich bin gleich fertig.«

Ich sah mich um. Der Tisch und die Stühle lagen voll mit Computerausdrucken und Zeitschriften vom ›Computer-Magazin‹ bis zur amerikanischen Ausgabe des ›Penthouse‹. An der Wand war eine Tafel, auf der in verwischter Kreide ›Happy Birthday, Peter‹ stand. Daneben streckte mir Einstein die Zunge raus, an der anderen Wand hingen Filmplakate und ein Szenenphoto, das ich keinem Film zuordnen konnte. Ich trat näher, um es mir genauer anzusehen. »Madonna«, sagte er, ohne aufzublicken.

»Madonna?«

Jetzt sah er hoch. Ein ausgeprägtes, knochiges Gesicht mit tiefen Querfalten auf der Stirn, einem kleinen Schnauz, einem eigensinnigen Kinn und einem wirren, vollen und schon ergrauenden Haarschopf darüber. Seine Augen blitzten mich vergnügt durch eine Brille von ausgesuchter Häßlichkeit an. Waren die Kassenarztbrillen der frühen Fünfziger wieder in Mode? Er hatte Jeans an und einen dunkelblauen Pullover, kein Hemd. »Will sie Ihnen aus meiner Filmdatei gerne auf den Bildschirm holen.« Er winkte mich zu sich, tippte einige Befehle ein, und der Bildschirm beschrieb sich blitzschnell. »Und kennen Sie das, daß man nach einer Melodie sucht, die einem nicht einfällt? Problem jedes Schlagerfans und Filmfreaks? Habe ich auch gelöst mit meiner Datei. Mögen Sie die Musik Ihres Lieblingsfilms hören?«

»Barry Lyndon«, sagte ich, und sekundenschnell erklang piepsig, aber unverkennbar der Anfang der Sarabande von Händel, bam bam, ba bam bam. »Das ist ja doll«, sagte ich.

»Was führt Sie her, Herr Selk? Sie sehen, ich bin im Moment sehr beschäftigt und habe kaum Zeit. Um die Emissionsdaten geht's?«

»Genau, um die oder vielmehr um einen Bericht über sie in unserem Informatik-Spektrum.«

Ein Kollege kam ins Zimmer. »Spielst du wieder mit deinen Dateien rum? Bleibt der Meldedatenabgleich für die Kirchen an mir hängen – ich muß dir sagen, daß ich das höchst unkollegial finde.«

»Darf ich Ihnen meinen Kollegen Gremlich vorstellen? Er heißt wirklich so, aber mit e. – Jörg, das ist Herr Selk vom Informatik-Spektrum. Er möchte über das Betriebsklima im RRZ berichten. Mach weiter, du bist gerade authentisch.«

»Also Peter, also wirklich…« Gremlich blies die Backen auf. Ich schätzte beide auf Mitte Dreißig, aber der eine wirkte wie ein reifer Fünfundzwanziger und der andere wie ein schlecht gealterter Fünfziger. Gremlichs Grämlichkeit wurde durch den Safarianzug und das lange, sich lichtende Haar nur unterstrichen. Ich fühlte mich bestätigt in meiner Politik, mein nicht mehr fülliges Haar stets kurz zu tragen. Einmal mehr fragte ich mich, ob sich an meinem Haarbestand in meinem Alter noch etwas ändern werde oder ob der Haarausfall abgeschlossen war wie das Kinderkriegen bei einer Frau nach den Wechseljahren.

»Den Bericht hättest du übrigens schon längst über dein Terminal abrufen können. Ich sitze gerade an der Auswertung der Verkehrszählung. Die muß heute noch raus. Ja, Herr Selk, und deswegen sieht es schlecht aus mit uns beiden. Oder laden Sie mich zum Mittagessen ein? Zu McDonald's?«

Wir verabredeten uns auf halb eins.

Ich schlenderte durch die Hauptstraße, ein eindrucksvolles Zeugnis des kommunalpolitischen Zerstörungswillens der siebziger Jahre. Es nieselte gerade nicht. Doch das Wetter konnte sich noch nicht entscheiden, was es am Wochenende bieten sollte. Ich nahm mir vor, Mischkey nach dem Meteorogramm zu fragen. Im Darmstädter-Hof-Zentrum fand ich einen Plattenladen. Manchmal entnehme ich dem Zeitgeist Proben, kaufe mir die repräsentative Platte oder das repräsentative Buch, gehe in ›Rambo II‹ oder sehe mir eine Wahldiskussion an. Madonna war gerade im Angebot. Das Mädchen an der Kasse sah mich an und fragte, ob sie die Platte als Geschenk einpacken sollte. »Nein, seh ich so aus?«

Ich trat aus dem ›Darmstädter Hof‹ und sah den Bismarckplatz vor mir. Ich hätte den alten Herrn auf seinem Sockel gerne besucht. Aber der Verkehr ließ mich nicht. Im Tabakladen am Eck kaufte ich eine Schachtel Sweet Afton, und dann war es auch schon Zeit.

16

Wie das Wettrüsten

Bei McDonald's war Hochbetrieb. Mischkey drängelte sich und mich gekonnt vor. Auf seine Empfehlung nahm ich für den kleinen Hunger einen Fishmac mit Mayonnaise, eine kleine Portion Pommes frites mit Ketchup und einen Kaffee.

Mischkey, groß und schlank, bestellte einen Viertelpfünder mit Käse, eine große Portion Pommes frites, drei Ketchup-Portionspackungen, noch einen kleinen Hamburger »für den kleinen Hunger danach«, einen Apple Pie, dazu zwei Milchshakes und einen Kaffee.

Für das volle Tablett bezahlte ich knapp 25 Mark.

»Nicht teuer, oder? Für ein Mittagessen für zwei. Danke für die Einladung.«

Wir fanden zunächst keine zwei Plätze an einem Tisch. Ich wollte einen Stuhl zu einem freien Platz dazustellen, aber der Stuhl war festgeschraubt. Ich war verblüfft; weder als Staatsanwalt noch als Privatdetektiv war ich dem Delikt des Restaurantstuhldiebstahls begegnet. Schließlich installierten wir uns an einem Tisch mit zwei Schülern, die neidisch auf Mischkeys Menü schielten.

»Herr Mischkey, die direkte Emissionsdatenerfassung hat nach der Volkszählung zum ersten großen Rechtsstreit mit Informatikbezug geführt, dem ersten auch, der wieder vor das Bundesverfassungsgericht gekommen ist. Das Informatik-Spektrum möchte von mir einen juristischen Bericht, und juristischer Journalismus ist auch mein Gebiet. Aber ich merke, daß ich technisch noch mehr durchblicken muß, und dazu hätte ich gerne von Ihnen ein paar Auskünfte.«

»Mhm.« Er mampfte zufrieden seinen Viertelpfünder.

»In welchem Datenverbund stehen Sie denn mit den Industrieunternehmen, bei denen Sie die Emissionen überwachen?«

Mischkey schluckte hinunter. »Dazu kann ich Ihnen tausend Sachen sagen, von der Übertragungstechnologie von Bits, Bytes und Baud, von der Hardware, der Software, pipapo. Was wollen Sie wissen?«

»Vielleicht kann ich als Jurist die Fragen nicht hinreichend präzis stellen. Ich wüßte gerne, wie zum Beispiel ein Smogalarm ausgelöst wird.«

Mischkey packte gerade den Hamburger für den kleinen Hunger danach aus und verteilte großzügig Ketchup darauf. »Das ist eigentlich banal. Dort, wo die relevanten Schadstoffe im Werk austreten, sind Sensoren angebracht, die uns über festinstallierte Leitungen rund um die Uhr den Schadstoffanfall melden. Wir protokollieren die Werte, und gleichzeitig gehen sie in unser Meteorogramm ein. Das Meteorogramm ist das Ergebnis der Wetterdaten, die wir vom Deutschen Wetterdienst kriegen. Wenn die Werte zu hoch sind oder das Wetter mit ihnen nicht mehr fertig wird, gibt's bei uns im RRZ einen Alarmton, und die Smogalarm-Maschinerie läuft an, was letzte Woche ganz ausgezeichnet geklappt hat.«

»Man hat mir gesagt, daß die Werke dieselben Emissionsdaten bekommen wie Sie. Wie läuft das technisch? Hängen die auch an den Sensoren dran, wie zwei Lampen an einem Doppelstecker?«

Mischkey lachte. »So etwa könnte man sagen. Technisch ist es ein bißchen anders. Weil's in den Werken nicht nur einen, sondern viele Sensoren gibt, faßt man die einzelnen Leitungen schon im Werk zusammen. Von dieser Sammelstelle, wenn Sie so wollen, kommen die Daten über die Standleitung zu uns. Und das jeweilige Werk bezieht wie wir die Daten aus der Sammelstelle.«

»Wie sicher ist das? Ich habe mir überlegt, daß die Industrie ein Interesse haben könnte, die Daten zu fälschen.«

Das fesselte Mischkeys Aufmerksamkeit, und er ließ den Apple Pie unangebissen wieder sinken. »Für einen Nichttechniker stellen Sie ganz pfiffige Fragen. Ich will auch gerne was dazu sagen. Aber ich finde, wir sollten nach diesem Apple Pie«, er schaute zärtlich auf das kränkelnde Backwerk, das ein synthetisches Zimtaroma verbreitete, »nicht hier bleiben, sondern das Mittagessen im Café an der Akademiestraße abschließen.« Ich griff nach der Zigarette und konnte mein Feuerzeug nicht finden. Mischkey konnte mir als Nichtraucher auch nicht helfen.

Den Weg zum Café nahmen wir durch das Kaufhaus Horten; Mischkey kaufte sich das neue ›Penthouse‹. Wir verloren uns im Gewühl kurz aus den Augen, fanden uns aber am Ausgang wieder.

Im Café bestellte sich Mischkey eine Schwarzwälder Kirschtorte, einen gemischten Obstkuchen und ein Schweinsohr zu seinem Kännchen Kaffee. Mit Sahne.

Offenbar war er ein schlechter Futterverwerter. Schlanke, die so reinschichten können, machen mich neidisch.

»Wie wär's jetzt mit einer pfiffigen Antwort auf meine pfiffige Frage?« nahm ich den Faden auf.

»Theoretisch gibt es zwei offene Flanken. Einmal kann man an den Sensoren rummachen, aber die sind so gut verplombt, daß das nicht unbemerkt bliebe. Die andere Einbruchstelle ist die Sammelstelle mit dem Anschluß der Werksleitung. Da haben sich die Politiker auf einen Kompromiß eingelassen, den ich für ganz faul halte. Denn letztlich kann man nicht ausschließen, daß von diesem Anschluß aus die Emissionsdaten gefälscht oder, noch schlimmer, die Programmstrukturen des Smogalarm-Systems manipuliert werden. Natürlich haben wir Sicherungen eingebaut, die wir ständig verfeinern, aber Sie können sich das wie beim Wettrüsten vorstellen. Jedes Abwehrsystem kann durch ein neues Angriffssystem überlistet werden und umgekehrt. Eine unendliche und unendlich teure Spirale.«

Ich hatte die Zigarette im Mund und klopfte alle Taschen nach meinem Feuerzeug ab. Natürlich wieder vergebens. Da holte Mischkey aus der rechten Brusttasche seiner feinen Nappalederjacke zwei in Pappe und Plastik eingeschweißte Einwegfeuerzeuge, eines rosa, das andere schwarz. Mischkey brach die Packung auf.

»Darf's das Rosa sein, Herr Selk? Eine Aufmerksamkeit des Hauses Horten.« Er zwinkerte mir zu, schob das Rosa über den Tisch und gab mir mit dem Schwarzen Feuer.

›Ehemaliger Staatsanwalt hehlt Feuerzeuge.‹ Ich sah die Schlagzeile vor mir und spielte ein bißchen mit dem Feuerzeug herum, ehe ich es einsteckte und Mischkey dankte.

»Und wie ist es umgekehrt? Könnte man auch vom RRZ aus in den Werkscomputer eindringen?«

»Wenn die Werksleitung in den Computer führt und nicht in eine davon isolierte Datenstation, dann… Aber eigentlich müßten Sie das jetzt selbst wissen, nach allem, was ich gesagt habe.«

»Also stehen Sie sich wirklich wie die beiden Supermächte gegenüber, mit Angriffs- und Abwehrwaffen.«

Mischkey zupfte sich am Ohrläppchen. »Seien Sie vorsichtig mit Ihren Vergleichen, Herr Selk. Die Amerikaner, das kann in Ihrem Bild ja nur die kapitalistische Industrie sein. Dann bleibt für uns vom Staat die Rolle der Russen. Als Angehöriger des öffentlichen Dienstes«, er setzte sich auf, nahm die Schultern zurück und machte ein staatstragendes Gesicht, »muß ich diese impertinente Unterstellung mit aller Schärfe zurückweisen.« Er lachte, sank zusammen und aß sein Schweinsohr.

»Noch was«, sagte er. »Manchmal amüsiert mich der Gedanke, daß die Industrie, die diesen für uns so schädlichen Kompromiß erkämpft hat, sich dafür insofern selbst bestraft hat, als jetzt natürlich über unser Netz der eine Konkurrent das System des anderen manipulieren kann. Ist das nicht hübsch, das RRZ als Drehscheibe der Industriespionage?« Er ließ die Kuchengabel auf dem Teller kreiseln. Als sie anhielt, zeigte die Spitze auf mich.

Ich unterdrückte einen Seufzer. Mischkeys amüsantes Gedankenspiel ließ den Kreis der Verdächtigen explosionsartig anwachsen. »Eine interessante Variante. Herr Mischkey, Sie haben mir sehr geholfen. Falls mir noch was einfällt, darf ich Sie anrufen? Hier ist meine Karte.« Ich fingerte aus meiner Brieftasche die Visitenkarte mit meiner privaten Anschrift und Telefonnummer, auf der ich als freier Journalist Gerhard Selk firmiere.

Den Weg zum Ebertplatz hatten wir gemeinsam.

»Was sagt Ihr Meteorogramm über das kommende Wochenende?«

»Gut wird's, kein Smog und nicht einmal Regen. Es sieht nach einem Wochenende im Schwimmbad aus.«

Wir verabschiedeten uns. Ich fuhr über den Römerkreisel in die Bergheimerstraße, um dort zu tanken. Ich konnte das Benzin nicht durch die Leitung laufen hören, ohne an die Leitungen zwischen RCW und RRZ und jetzt noch wer weiß was für Unternehmen zu denken. Wenn mein Fall ein Fall von Industriespionage war, dachte ich auf der Autobahn, dann fehlte da noch was. Die Vorkommnisse im RCW-System, an die ich mich erinnerte, paßten nicht zu einem Spionagefall. Es sei denn – hatte der Spion mit ihnen seine Fährte verwischen wollen? Aber hatte er dazu nicht nur dann Anlaß, wenn er befürchten mußte, man sei ihm auf die Fährte gekommen? Und warum sollte er das befürchten müssen? War eines der ersten Vorkommnisse vielleicht geeignet, ihn zu entlarven? Ich mußte mir die Berichte nochmals ansehen. Und ich mußte bei Firner anrufen und mir über das Wochenende eine Liste der an das Smogalarmsystem angeschlossenen Betriebe besorgen lassen.

Ich erreichte Mannheim. Es war drei Uhr, die Jalousien der Mannheimer Versicherung hatten schon ihre Feierabendstellung eingenommen. Nur die Fenster, die das nachts beleuchtete M ergaben, waren noch im Dienst. M wie Mischkey, dachte ich.

Der Mann gefiel mir. Er gefiel mir auch als Verdächtiger. Da war der Spieler, der Tüftler und der Schalk, nach dem ich von Anfang an gesucht hatte. Er hatte die nötige Phantasie, die nötige Kompetenz und saß an der richtigen Stelle. Aber mehr als ein Gefühl war das nicht. Und wenn ich ihn damit stellen wollte, würde er mich souverän abblitzen lassen.

Ich würde ihn am Wochenende beschatten. Mehr als das Gefühl für die Person hatte ich noch nicht, und ich sah nicht, wie ich seine Spur anders verfolgen sollte. Vielleicht würde er auch eine Bewegung machen, die mich auf neue Ideen brächte. Wenn es Winter gewesen wäre, hätte ich mich in der Buchhandlung für das Wochenende mit Literatur über Computerkriminalität eingedeckt. Beschatten ist im Winter ein kaltes und hartes Geschäft. Aber im Sommer geht's, und Mischkey wollte ins Schwimmbad.

17

Schämen Sie sich!

Daß Mischkey derzeit in Heidelberg am Burgweg 9 wohnte, einen Citroën DS Kabriolett mit dem Kennzeichen HD-CZ 985 fuhr, unverheiratet und kinderlos war, als Regierungsrat rund 55 000 Mark verdiente und bei der Bank für Gemeinwirtschaft einen persönlichen Kredit über 30 000 Mark hatte, den er ordentlich abzahlte, sagte mir noch am Freitag mein Kollege Hemmelskopf vom Kreditinformationsdienst. Am Samstag war ich um sieben am Burgweg.

Der Burgweg ist ein kleines, für den Verkehr gesperrtes Stück Straße und führt in seinem oberen Teil als Fußweg zum Schloß. Die Bewohner der etwa fünf Häuser im unteren Teil dürfen ihre Autos dort parken und haben einen Schlüssel zur Schranke, die den Burgweg vom Unteren Faulen Pelz abtrennt. Ich war froh, Mischkeys Auto dort stehen zu sehen. Es war eine Schönheit, flaschengrün mit blitzendem Chrom und cremefarbenem Verdeck. Dahin also war der persönliche Kredit geflossen. Mein eigenes Auto parkte ich in der Haarnadelkurve der Neuen Schloßstraße, von der eine steile gerade Treppe zum Burgweg hinunterführt. Mischkeys Auto stand mit der Schnauze bergaufwärts; wenn er losfahren würde, müßte ich genügend Zeit haben, gleichzeitig mit ihm im Unteren Faulen Pelz zu sein. Ich stellte mich so hin, daß ich den Eingang sehen konnte, ohne vom Haus aus gesehen zu werden.

Um halb neun ging in dem Haus, das ich für das Nebenhaus gehalten hatte, in meiner Augenhöhe ein Fenster auf, und Mischkey streckte sich nackt in der schon milden Morgenluft. Ich konnte gerade noch hinter die Litfaßsäule wischen. Ich lugte hervor, er gähnte, machte Rumpfbeugen und hatte mich nicht bemerkt.

Um neun Uhr verließ er das Haus, ging auf den Markt vor der Heiliggeistkirche, aß dort zwei Lachsbrötchen, trank im Drugstore in der Kettengasse einen Kaffee, flirtete mit der exotischen Schönen hinter der Bar, telefonierte, las die ›Frankfurter Rundschau‹, spielte ein Blitzschach, machte noch ein paar Besorgungen, ging nach Hause, um die Einkäufe abzustellen und mit einer großen Tasche wieder rauszukommen, und stieg ins Auto. Jetzt ging's zum Baden, er trug ein Leibchen mit der Aufschrift ›Greatful Dead‹, abgeschnittene Jeans, Jesussandalen und hatte dünne bleiche Beine.

Mischkey mußte sein Auto wenden, aber die Schranke unten war offen, und so hatte ich alle Mühe, rechtzeitig mit meinem Kadett hinter ihm zu sein, ein Auto zwischen uns. Ich konnte die Musik aus seiner voll aufgedrehten Stereoanlage hören. ›He's a pretender‹, sang Madonna.

Es ging auf die Autobahn nach Mannheim. Dort fuhr er mit achtzig am ADAC-Pavillon und am Verwaltungsgerichtshof vorbei und den Oberen Luisenpark entlang. Plötzlich bremste er scharf und bog nach links ab. Als der Gegenverkehr auch mich abbiegen ließ, sah ich Mischkeys Auto nicht mehr. Langsam fuhr ich weiter und hielt nach dem grünen Kabriolett Ausschau. An der Ecke zur Rathenaustraße hörte ich laute Musik, die plötzlich erstarb. Ich tastete mich weiter. Mischkey stieg aus dem Auto und ging ins Eckhaus.

Ich weiß nicht, was mir zuerst ein- oder auffiel, die Anschrift oder das Auto von Frau Buchendorff, das vor der Christuskirche silbrig glänzte. Ich drehte die rechte Scheibe runter und beugte mich rüber, um einen Blick auf das Haus zu werfen. Durch schmiedeeisernes Gitter und verwilderten Garten sah ich auf den Balkon im ersten Stock. Frau Buchendorff und Mischkey küßten sich.

Daß ausgerechnet die beiden etwas miteinander hatten! Es paßte mir ganz und gar nicht. Jemand beschatten, der einen kennt, ist schon lausig, aber wenn man entdeckt wird, kann man eine zufällige Begegnung vortäuschen und sich damit leidlich aus der Affäre ziehen. Das geht natürlich grundsätzlich auch bei zweien, aber nicht hier. Würde Frau Buchendorff mich ihm als Privatdetektiv Selb oder Mischkey mich ihr als freien Journalisten Selk vorstellen? Wenn es zum Baden gehen würde, müßte ich draußen bleiben. Schade, ich hatte mich darauf gefreut und extra meine Bermudas eingepackt. Sie küßten sich innig. War da noch etwas, was mir nicht paßte?

Ich setzte darauf, daß die beiden mit Mischkeys Auto fahren würden. Es stand schon mit offenem Verdeck da. Ich fuhr ein Stück weiter in der Rathenaustraße und parkte so ein, daß ich Gartentor und Citroën in meinen Rückspiegeln hatte.

Nach einer halben Stunde fuhren sie an mir vorbei, und ich versteckte mich hinter der ›Süddeutschen‹. Dann folgte ich ihnen durch den Suezkanal zum Stollenwörth-Weiher.

Er liegt im Süden der Stadt, und an ihm gibt es zwei Vereinsschwimmbäder. Frau Buchendorff und Mischkey gingen ins Postbad. Ich stand mit meinem Auto vor dem Eingang. Wie lange baden verliebte junge Leute heutzutage? Zu meiner Zeit am Müggelsee konnte das Stunden dauern, vermutlich hatte sich das nicht gravierend geändert. Ich hatte mit dem Baden zwar schon in der Rathenaustraße abgeschlossen gehabt, aber die Aussicht, drei Stunden im Wagen zu sitzen oder am Wagen zu lehnen, ließ mich nach einer anderen Lösung suchen. Ob man dieses Bad vom anderen einsehen könnte? Es war jedenfalls einen Versuch wert.

Ich fuhr zum gegenüberliegenden Schwimmbad und packte in meine Badetasche das Zeiss-Fernglas. Ich habe es von meinem Vater geerbt, er war Berufsoffizier und hat damit den Ersten Weltkrieg verloren. Ich löste die Eintrittskarte, zog die Bermudas an und den Bauch ein und trat in die Sonne.

Ich fand einen Platz, von dem aus ich das andere Bad einsehen konnte. Die Liegewiese war voll mit Familien, Gruppen, Paaren und Singles, und selbst unter den Muttis hatten einige den baren Busen gewagt.

Als ich mein Fernglas aus der Tasche holte, trafen mich die ersten strafenden Blicke. Ich richtete es auf die Bäume, auf die paar Möwen, die es gab, und auf eine Plastikente auf dem See. Hätte ich nur meinen ornithologischen Atlas mitgenommen, dachte ich, damit könnte ich jetzt vertrauensbildende Maßnahmen versuchen. Kurz bekam ich das andere Bad ins Gesichtsfeld; was die Entfernung anlangte, hätte ich die beiden mit meinem Fernglas gut beschatten können. Aber man ließ mich nicht.

»Schämen Sie sich!« sagte ein Familienvater, dem der Bauch über die Badehose und die Brüste über den Bauch flossen. Er und seine Frau waren das letzte, was ich mit oder ohne Fernglas anschauen wollte. »Wenn Sie nicht sofort aufhören, Sie Spanner, Sie, dann schlag ich Ihnen das Ding kaputt.«

Es war absurd. Die Männer um mich herum wußten nicht, wo sie die Augen hinwenden sollten, sei's, um alles, sei's, um nichts zu sehen, und es ist wohl nicht zu altmodisch anzunehmen, daß die Frauen wußten, was sie taten. Und da war ich, den das alles nicht interessierte – nicht, daß es mich nicht hätte interessieren können, aber jetzt interessierte es mich wirklich nicht, jetzt hatte ich nur meinen Auftrag im Kopf. Und ausgerechnet ich wurde der Geilheit verdächtigt, angeklagt, überführt und schuldig gesprochen.

Man kann solche Leute nur mit ihren eigenen Waffen schlagen. »Schämen Sie sich«, sagte ich, »bei Ihrer Figur sollten Sie wirklich ein Oberteil anziehen«, und steckte mein Fernglas in die Tasche. Außerdem stand ich auf und überragte ihn um Haupteslänge. Er ließ es bei mißbilligenden Mundbewegungen bewenden.

Ich sprang in den Weiher und schwamm hinüber zum anderen Bad. Dort ging ich gar nicht erst an Land; Frau Buchendorff und Mischkey hatten sich nahe am Wasser in die pralle Sonne gelegt. Mischkey war gerade dabei, eine Flasche Rotwein zu öffnen. Das gab mir, so dachte ich, jedenfalls eine Stunde Zeit. Ich schwamm zurück. Mein

Kontrahent hatte ein Hawaiihemd angezogen, löste mit seiner Frau Kreuzworträtsel und ließ mich in Ruhe. Ich holte mir eine Bockwurst mit viel Senf und Pommes frites und las meine ›Süddeutsche‹.

Eine Stunde später wartete ich mit meinem Auto wieder vor dem anderen Bad. Aber erst um sechs kamen die beiden durch das Drehkreuz. Mischkeys dünne Beinchen waren rot, Frau Buchendorff trug ihr schulterlanges Haar offen und unterstrich ihre Bräune durch ein blaues Seidenkleid. Dann fuhren sie zu ihr in die Rathenaustraße. Als sie wieder rauskamen, hatte sie eine kühn karierte, dreiviertellange Bundfaltenhose an und darüber einen schwarzen Lederstrickpulli, er kam mit einem hellen Leinenanzug. Sie gingen die paar Schritte zum Steigenberger Hotel in der Augusta-Anlage und dort in die Bar. Ich drückte mich in der Hotelhalle rum, bis ich sie mit ihren Gläsern von der Bar ins Restaurant gehen sah. Jetzt ging ich an die Bar und bestellte mir einen Aviateur. Der Barmann machte große Augen, ich erklärte ihm die Mischung, und er nickte beifällig. Wir kamen ins Gespräch.

»Wir haben ein verdammtes Glück«, sagte er. »Eben kam ein Paar in die Bar, wollte im Restaurant essen. Da rutschte dem Mann eine Karte aus der Brieftasche und mir auf die Theke. Er hat sie zwar gleich wieder eingesteckt, aber ich habe doch gesehen, was drauf stand: Inspecteur de bonne table und dabei das Michelin-Männchen. Das war einer von denen, wissen Sie, die den Führer machen. Wir sind ein gutes Restaurant, aber ich habe trotzdem dem Maître de service gleich gesagt, was Sache ist, jetzt kriegen die beiden einen Service und ein Essen, wie sie es nicht vergessen werden.«

»Und Sie kriegen endlich Ihren Stern oder wenigstens drei gekreuzte Gäbelchen und Löffelchen.«

»Wollen wir hoffen.«

Inspecteur de bonne table – Teufel auch. Ich glaube nicht, daß es echte Ausweise dieser Art gibt, war fasziniert von Mischkeys Phantasie, und zugleich war mir nicht wohl angesichts dieser kleinen Hochstapelei. Auch der Zustand der deutschen Gastronomie machte mir Sorgen. Mußte man schon zu solchen Mitteln greifen, um einen anständigen Service zu bekommen?

Ich konnte die Beschattung für heute getrost abbrechen. Die beiden würden nach einem letzten Calvados zu Frau Buchendorff oder auch zu Mischkey nach Heidelberg gehen. Bei einem sonntagmorgendlichen Spaziergang zur Christuskirche würde ich schnell feststellen können, ob beide Autos, kein Auto oder nur Frau Buchendorffs Auto vor dem Haus in der Rathenaustraße stünden.

Ich ging nach Hause, fütterte den Kater mit Dosenfutter, mich mit Ravioli und ging zu Bett. Ich las noch ein bißchen im ›Grünen Heinrich‹ und wünschte mich vor dem Einschlafen an den Zürichsee.

18

Die Unsauberkeit der Welt

Am Sonntag morgen holte ich mir Tee und Butterkekse ans Bett und dachte nach. Ich war sicher: Ich hatte meinen Mann. Mischkey entsprach in allem dem Bild, das ich mir vom Täter gemacht hatte, war Tüftler, Spieler und Schalk, und der hochstaplerische Zug rundete das Täterbild ab. Als Mitarbeiter des RRZ hatte er die Gelegenheit, in die Systeme der angeschlossenen Unternehmen einzudringen, als Freund von Frau Buchendorff das Motiv, dies gerade bei den RCW zu tun. Die Gehaltserhöhung für die Chefsekretärinnen war eine anonyme Freundlichkeit für die Freundin gewesen.

Diese Indizien allein würden vor Gericht, wenn es dort mit rechten Dingen zuginge, nicht ausreichen. Gleichwohl waren sie für mich überzeugend genug, um mich weniger überlegen zu lassen, ob er's war, als wie ich ihn überführen könnte.

Ihn konfrontieren, vor Zeugen, damit er unter der Last seiner Schuld zusammenbricht – albern. Ihm eine Falle stellen, zusammen mit Oelmüller und Thomas, diesmal gezielt und besser vorbereitet – zum einen wußte ich nicht, ob das Erfolg haben würde, zum anderen wollte ich das Duell mit Mischkey selbst und mit meinen Mitteln austragen. Kein Zweifel, dieser Fall war einer von denen, die mich persönlich packten. Vielleicht forderte er mich sogar zu persönlich heraus. Ich empfand eine unsaubere Mischung aus beruflichem Ehrgeiz, Respekt für den Gegner, keimender Eifersucht, klassischer Rivalität zwischen Jäger und Gejagtem, Neid auf Mischkeys Jugend. Ich weiß zwar, daß dies die Unsauberkeit der Welt ist, der nur die Heiligen entrinnen und die Fanatiker meinen, entrinnen zu können. Gleichwohl stört sie mich manchmal. Weil so wenige sie sich eingestehen, denke ich dann, nur ich litte unter ihr. Auf der Universität in Berlin hatte mein Lehrer Carl Schmitt uns Studenten eine Theorie vorgetragen, die reinlich zwischen dem politischen und dem persönlichen Feind unterschied, und alle waren überzeugt und fühlten sich in ihrem Antisemitismus gerechtfertigt. Schon damals hatte mich beschäftigt, ob die anderen die Unsauberkeit ihrer Gefühle nicht aushalten konnten und bemänteln mußten oder ob meine Fähigkeit, zwischen Persönlichem und Sachlichem gefühlsmäßig eine klare Grenze zu ziehen, unterentwickelt war.

Ich machte mir noch einen Tee. Konnte die Überführung über Frau Buchendorff laufen? Konnte ich Mischkey über Frau Buchendorff dazu bringen, noch einmal und diesmal identifizierbar in das RCW-System einzugreifen? Oder konnte ich mich Gremlichs und seines zweifellos vorhandenen Wunschs, Mischkey eins auszuwischen, bedienen? Mir fiel nichts Überzeugendes ein. Ich würde mich auf mein Talent zur Improvisation verlassen müssen.

Das weitere Beschatten konnte ich mir sparen. Aber zum ›Kleinen Rosengarten‹, wo ich die Freunde sonntags manchmal zum Mittagessen treffe, nahm ich nicht den gewohnten Weg über Wasserturm und Ring, sondern ging an der Christuskirche vorbei. Mischkeys Citroën war weg, und Frau Buchendorff arbeitete im Garten. Ich wechselte die Straßenseite, um sie nicht begrüßen zu müssen.

19

Grüß Gott im Himmel wie auf Erden

»Guten Morgen, Frau Buchendorff. Wie war Ihr Wochenende?« Sie saß um halb neun noch vor der Zeitung und hatte die Sportseite aufgeschlagen. Sie hatte die Liste der zirka sechzig Betriebe, die an das Smogalarmsystem angeschlossen waren, in einer grünen Plastikhülle für mich bereitliegen. Ich bat sie, meinen Termin mit Oelmüller und Thomas abzusagen. Ich wollte die beiden erst nach der Lösung des Falls und am liebsten auch dann nicht mehr sehen.

»Schwärmen Sie auch für unser Tenniswunderkind, Frau Buchendorff?«

»Was meinen Sie mit ›auch‹? Wie Sie selbst oder wie Millionen anderer deutscher Frauen?«

»Ich find ihn schon faszinierend.«

»Spielen Sie?«

»Sie werden lachen, es fällt mir schwer, Gegner zu finden, die ich nicht gleich vom Platz fege. Allein können mich jüngere Spieler manchmal einfach deswegen besiegen, weil sie die bessere Kondition haben. Aber im Doppel, mit einem ordentlichen Partner, bin ich fast unschlagbar. Spielen Sie?«

»Um den Mund mal so voll zu nehmen wie Sie, Herr Selb, so gut, daß die Männer Komplexe kriegen.« Sie stand auf. »Gestatten Sie, daß ich mich vorstelle. Südwestdeutsche Juniorenmeisterin 1968.«

»Eine Flasche Champagner gegen die Minderwertigkeitskomplexe«, bot ich an.

»Was heißt denn das?«

»Das heißt, daß ich Sie nach Strich und Faden besiegen, Ihnen aber zum Trost eine Flasche Champagner mitbringen werde. Allerdings, wie gesagt, lieber im gemischten Doppel. Haben Sie einen Partner?«

»Ja, ich habe jemand«, sagte sie kampfeslustig. »Wann soll's denn sein?«

»Ich würde gerne gleich heute nachmittag um fünf, nach der Arbeit. Dann steht es nicht länger zwischen uns. Aber da ist's vielleicht schwierig, einen Platz zu bekommen?«

»Das kriegt mein Freund schon hin. Er kennt anscheinend jemand von der Platzreservierung.«

»Wo spielen wir?«

»Auf unserem RCW-Platz. Das ist drüben in Oggersheim, ich kann Ihnen einen Plan mitgeben.«

Ich machte, daß ich ins Rechenzentrum kam, und ließ mir von Herrn Tausendmilch, »das muß aber bitte unter uns bleiben«, einen Ausdruck des aktuellen Stands der Tennisplatzreservierung geben. »Sind Sie um fünf Uhr noch da?« fragte ich ihn. Er hatte um halb fünf Schluß, war aber jung und erklärte sich bereit, mir Punkt fünf noch einen Ausdruck machen zu lassen. »Ich will Herrn Direktor Firner gerne auf Ihre Einsatzbereitschaft aufmerksam machen.« Er strahlte.

Als ich zum Haupttor ging, begegnete mir Schmalz. »Hat der Kuchen gemundet?« erkundigte er sich. Ich hoffte, daß der Taxifahrer ihn gegessen hatte. »Sagen Sie Ihrer Frau doch bitte meinen herzlichen Dank. Er hat ganz ausgezeichnet geschmeckt. Wie geht es Ihrem Richard?«

»Danke. Recht gut.«

Armer Richard. Nie würde es dir in den Augen deines Vaters sehr gut gehen dürfen.

Im Auto sah ich mir den Ausdruck der Tennisplatzreservierung an, obwohl mir schon davor klar war, daß ich die Reservierung für Mischkey oder für Buchendorff, nach der ich suchte, nicht fände. Dann saß ich einfach eine Weile im Wagen und rauchte. Eigentlich müßten wir gar nicht Tennis spielen; wenn Mischkey heute nachmittag um fünf da und ein Platz für uns reserviert war, hatte ich ihn. Trotzdem fuhr ich in die Herzogenriedschule, um Babs, die mir noch einen Gefallen schuldete, für das gemischte Doppel in die Pflicht zu nehmen. Es war große Pause, und Babs hatte recht: An allen Ecken schmuste es. Viele Schüler hatten den Walkman um, ob sie nun allein oder in Gruppen herumstanden, spielten oder schmusten. Reichte ihnen nicht, was sie von der Außenwelt mitbekamen, oder war es ihnen so unerträglich?

Ich erwischte Babs im Lehrerzimmer, wo sie mit zwei Referendaren über Bergengruen diskutierte. »Doch, wir sollten ihn wieder in der Schule lesen«, sagte der eine. »Der Großtyrann und das Gericht – wie da das Politische jenseits kurzatmiger Tagesaktualität entfaltet wird, braucht unsere Jugend.« Der andere sekundierte: »Heute ist wieder so viel Furcht in der Welt, und Bergengruens Botschaft heißt: Fürchtet euch nicht!«

Babs war etwas ratlos. »Ist Bergengruen nicht hoffnungslos überholt?«

»Aber Frau Direktor«, kam es unisono, »von Böll und Frisch und Handke will doch heute niemand mehr etwas wissen – wie sollen wir die Jugend denn sonst an das Moderne heranführen?«

»Grüß Gott im Himmel wie auf Erden«, unterbrach ich und nahm Babs beiseite. »Entschuldige bitte, du mußt heute nachmittag mit mir Tennis spielen. Ich brauche dich wirklich dringend.«

Sie umarmte mich, verhalten, wie es sich fürs Lehrerzimmer gehörte. »Ja, ist denn das die Möglichkeit! Hattest du mir nicht für das Frühjahr einen Ausflug nach Dilsberg versprochen? Und läßt dich erst wieder sehen, wenn du was willst. Schön, daß du gekommen bist, aber sauer bin ich schon.«

So sah sie mich auch an, zugleich erfreut und schmollend.

Babs ist eine lebendige und großzügige Frau, klein und stämmig, mit flinken Bewegungen. Ich kenne nicht viele Frauen von Fünfzig, die sich so leger kleiden und geben können, ohne den Charme ihres Alters einer aufgesetzten Jugendlichkeit zu opfern. Sie hat ein flächiges Gesicht, eine tiefe Querfalte auf der Nasenwurzel, einen vollen, entschlossenen und manchmal strengen Mund, braune Augen unter fleischigen Lidern und kurzgeschnittenes graues Haar. Sie lebt mit ihren zwei herangewachsenen Kindern, Röschen und Georg, die sich bei ihr zu wohl fühlen, um den Sprung in die Selbständigkeit zu schaffen.

»Solltest du wirklich unseren Vatertagsausflug nach Edenkoben vergessen haben? Wenn das so ist, dann ist's wohl eher an mir, sauer zu sein.«

»O weh – wann und wo muß ich Tennis spielen? Und erfahre ich, warum?«

»Ich hole dich um Viertel nach vier ab, zu Hause, oder?«

»Und bringst mich um sieben zur Liedertafel, wir proben heute abend.«

»Will ich gerne machen. Wir spielen von fünf bis sechs, auf dem RCW-Tennisplatz in Oggersheim, ein gemischtes Doppel mit einer Chefsekretärin und ihrem Freund, dem Hauptverdächtigen meines derzeitigen Falles.«

»Wie aufregend«, sagte Babs. Manchmal hatte ich das Gefühl, daß sie meinen Beruf nicht ernst nahm.

»Wenn du noch mehr wissen willst, kann ich's dir auf der Fahrt erzählen. Und wenn nicht, macht's auch nichts, du mußt sowieso natürlich und unbefangen sein.«

Es klingelte.

Es klingelte wahrhaftig noch so, wie es zu meiner Schulzeit geklingelt hatte. Babs und ich traten auf den Gang, und ich sah die Schüler in die Klassenzimmer strömen. Es waren nicht nur andere Kleider und andere Haare, sondern auch andere Gesichter als damals. Sie kamen mir zerrissener vor, wissender und ihres Wissens nicht froh. Die Kinder hatten eine herausfordernde, gewaltsame und zugleich unsichere Art, sich zu bewegen. Die Luft vibrierte von ihrem Geschrei und Gelärm. Fast fühlte ich mich bedroht, und ich war bedrückt.

»Wie hältst du's hier aus, Babs?«

Sie verstand mich nicht. Vielleicht wegen des Lärms. Sie sah mich fragend an.

»Also dann, bis heute nachmittag.« Ich gab ihr einen Kuß. Ein paar Schüler pfiffen.

Ich genoß die Ruhe meines Autos, fuhr ins Horten-Parkhaus, kaufte Champagner, Tennissöckchen und zwei Kassetten für den Bericht, den ich heute abend diktieren müßte.

20

Ein schönes Paar

Babs und ich waren kurz vor fünf am Platz. Weder das grüne noch das silberne Kabriolett stand da. Es war mir recht, der erste zu sein. Meine Tennissachen hatte ich schon zu Hause angezogen, den Champagner ließ ich kalt stellen. Dann setzten Babs und ich uns auf die oberste Stufe der Treppe, die von der bewirtschafteten Terrasse des Vereinshauses zu den Plätzen führte. Wir hatten den Parkplatz im Blick.

»Bist du aufgeregt?« fragte sie mich. Auf der Fahrt hatte sie nichts weiter wissen wollen. Jetzt fragte sie nur aus Anteilnahme.

»Ja. Vielleicht sollte ich mit dem Arbeiten aufhören. Mich nehmen die Fälle mehr mit als früher. Hier wird's dadurch schwer, daß ich den Hauptverdächtigen ganz sympathisch finde. Du wirst ihn ja gleich kennenlernen. Ich denke, Mischkey wird dir gefallen.«

»Und die Chefsekretärin?«

Spürte sie, daß Frau Buchendorff nicht nur eine Statistin des Verdachts war?

»Die find ich auch sympathisch.«

Wir saßen nicht gut auf den Stufen. Wer bis fünf gespielt hatte, ging jetzt auf die Terrasse, und die Nachfolger kamen aus den Umkleideräumen und drängelten die Treppe hinab.

»Fährt dein Verdächtiger ein grünes Kabriolett?«

Als auch für mich der Blick frei war, sah ich, daß Mischkey und Frau Buchendorff gerade vorgefahren waren. Er sprang aus dem Wagen, lief um ihn herum und riß ihr mit tiefer Verbeugung den Schlag auf. Sie stieg lachend aus und gab ihm einen Kuß. Ein schönes, beschwingtes, glückliches Paar.

Frau Buchendorff sah uns, als sie am Fuß der Treppe waren. Sie winkte mit der Rechten und gab Peter mit der Linken einen auffordernden Stups. Auch er hob begrüßend den Arm – da erkannte er mich, und seine Bewegung gefror, und sein Gesicht erstarrte. Für einen Moment hörte die Welt auf, sich zu drehen, und die Tennisbälle standen in der Luft, und es war ganz still.

Dann lief der Film wieder an. Die beiden standen bei uns, wir gaben uns die Hand, und ich hörte Frau Buchendorff sagen: »Mein Freund, Peter Mischkey, und das ist Herr Selb, von dem ich dir schon erzählt habe.« Ich sagte die erforderlichen Vorstellungsformeln.

Mischkey begrüßte mich, als sähen wir uns zum erstenmal. Er spielte die Rolle gefaßt und gekonnt, mit den passenden Gesten und dem richtigen Lächeln. Aber es war die falsche Rolle, und fast tat es mir leid, daß er sie mit solcher Bravour spielte, und hätte ich mir statt dessen das richtige »Herr Selb? Herr Selk? Ein Mann mit vielen Gesichtern?« gewünscht.

Wir gingen zum Platzwart. Platz 8 war auf den Namen Buchendorff reserviert; der Platzwart wies ihn uns kurzangebunden und unwillig zu, in einen Streit mit einem älteren Ehepaar verwickelt, das darauf bestand, einen Platz vorbestellt zu haben. »Schauen Sie doch bitte selbst, die Plätze sind alle vergeben, und Ihr Name ist nicht auf der Liste.« Er schwenkte das Terminal so, daß sie es sehen konnten. »Das lasse ich nicht mit mir machen«, sagte der Mann, »ich habe den Platz schon vor einer Woche reserviert.« Die Frau hatte schon aufgegeben. »Ach, laß doch, Kurt. Vielleicht hast du dich mal wieder getäuscht.«

Mischkey und ich tauschten einen kurzen Blick. Er machte ein uninteressiertes Gesicht, aber seine Augen sagten mir, daß er ausgespielt hatte.

Wir lieferten uns ein Spiel, das ich nie vergessen werde. Es war, als wollten Mischkey und ich nachholen, was zuvor an offenem Kampf gefehlt hatte. Ich spielte über meine Kräfte, aber Babs und ich verloren nach Strich und Faden.

Frau Buchendorff war fröhlich. »Ich habe einen Trostpreis für Sie, Herr Selb. Wie wär's mit einer Flasche Champagner auf der Terrasse?«

Sie war die einzige, die das Spiel unbefangen genossen hatte, und hielt mit der Bewunderung für ihren Partner und ihre Gegner nicht hinterm Berg. »Ich hab dich gar nicht wiedererkannt, Peter. Dir geht's gut heute, nicht?«

Mischkey versuchte zu strahlen. Er und ich sagten nicht viel beim Champagner. Die beiden Frauen hielten das Gespräch in Gang. Babs sagte: »Eigentlich war es kein Doppel. Wenn ich nicht schon so alt wäre, würde ich hoffen, daß ihr beiden Männer um mich gespielt habt. Aber so müssen Sie die Umworbene sein, Frau Buchendorff.« Und dann ging es zwischen den beiden Frauen um Alter und Jugend, Männer und Liebhaber, und wenn Frau Buchendorff eine frivole Bemerkung machte, gab sie dem stummen Misch-key gleich einen Kuß.

In der Umkleidekabine war ich mit Mischkey allein.

»Wie geht das jetzt weiter?« fragte er.

»Ich werde den RCW meinen Bericht vorlegen. Was die dann machen, weiß ich nicht.«

»Können Sie Judith draußen lassen?«

»Das ist nicht so einfach. Sie war ja in gewisser Weise der Köder. Wie soll ich sonst erklären, daß ich Ihnen auf die Schliche gekommen bin?«

»Müssen Sie schreiben, wie Sie mir auf die Schliche ge-kommen sind? Genügt's nicht, wenn ich einfach zugebe, daß ich das MBI-System geknackt habe?«

Ich dachte nach. Ich glaubte nicht, daß er mich reinlegen wollte, vor allem sah ich nicht, wie er mich reinlegen konnte. »Ich will's versuchen. Aber machen Sie mir keine krummen Touren. Sonst muß ich den anderen Bericht noch nachreichen.«

Auf dem Parkplatz trafen wir die beiden Frauen. Sah ich Frau Buchendorff heute zum letztenmal? Der Gedanke versetzte mir einen Stich.

»Bis bald?« verabschiedete sie sich. »Wie kommen Sie übrigens mit Ihrem Fall voran?«

21

Unser Seelchen

Mein Bericht für Korten wurde kurz. Trotzdem brauchte ich fünf Stunden und zwei Flaschen Cabernet Sauvignon, bis ich um Mitternacht mit dem Diktat fertig war. Der ganze Fall rollte noch einmal an mir vorbei, und es war nicht einfach, Frau Buchendorff außen vor zu lassen.

Ich beschrieb die Verbindung RCW/RRZ als die offene Flanke des MBI-Systems, über die nicht nur Leute vom RRZ, sondern auch andere an das RRZ angeschlossene Betriebe bei den RCW eindringen konnten. Von Mischkey borgte ich mir die Charakterisierung des RRZ als Drehscheibe der Industriespionage. Ich empfahl die Abkopplung der Emissionsdaten-Protokollierung vom Zentralsystem.

Dann schilderte ich in bereinigter Form den Gang meiner Ermittlungen, von meinen Gesprächen und Recherchen im Werk bis hin zu einer fiktiven Konfrontation mit Mischkey, bei der er sich zu den Eingriffen bekannt und sich bereit erklärt hatte, ein Geständnis mit Offenlegung der technischen Einzelheiten gegenüber dem RCW zu wiederholen.

Mit leerem, schwerem Kopf ging ich ins Bett. Ich träumte von einem Tennismatch in einem Eisenbahnwagen. Der Schaffner, mit Gasmaske und schweren Gummischuhen, versuchte unentwegt den Teppich wegzuziehen, auf dem ich spielte. Als es ihm gelang, spielten wir auf gläsernem Boden weiter, unter uns sausten die Schwellen davon. Meine Partnerin war eine gesichtslose Frau mit schweren, hängenden Brüsten. Ich hatte bei ihren kräftigen Bewegungen die ganze Zeit Angst, sie würde durchs Glas brechen. Als sie es tat, wachte ich entsetzt und erleichtert auf.

Am Morgen ging ich in die Kanzlei zweier junger Anwälte in der Tattersallstraße, deren unausgelastete Sekretärin gelegentlich für mich schreibt. Die Anwälte spielten an ihrem Terminal Amigo. Die Sekretärin sicherte mir den Bericht für elf Uhr zu. Dann, im Büro, sah ich meine Post durch, zumeist Prospekte für Alarm- und Überwachungsanlagen, und rief Frau Schlemihl an.

Sie zierte sich sehr, aber am Ende hatte ich doch meine Verabredung mit Korten zum Mittagessen im Kasino. Ehe ich den Bericht holte, buchte ich im Reisebüro auf den Planken für die Nacht einen Flug nach Athen. Anna Bredakis, eine Freundin aus gemeinsamer Studienzeit, hatte mich zwar gebeten, mich reichlich vor meiner Ankunft bei ihr anzumelden. Sie mußte für unsere Segelfahrt die von ihren Eltern geerbte Jacht in Schuß bringen lassen und aus ihren Nichten und Neffen eine Mannschaft zusammenstellen. Ich wollte mich lieber in Piräus in den Hafenkneipen herumtreiben als im ›Mannheimer Morgen‹ von Mischkeys Verhaftung lesen und mich von Frau Buchendorff mit Firner verbinden lassen, der mir mit glatter Zunge zu meinem Erfolg gratuliert.

Ich kam eine halbe Stunde zu spät zum Essen mit Korten, aber damit konnte ich niemandem nichts beweisen. »Sie sind Herr Selb?« fragte mich am Empfang eine graue

Maus, die zuviel Rouge aufgelegt hatte. »Dann ruf ich gleich mal rüber zum Herrn Generaldirektor. Wenn Sie sich bitte so lange gedulden wollen.«

Ich wartete in der Empfangshalle. Korten kam und begrüßte mich kurz angebunden. »Geht's nicht weiter, mein lieber Selb? Muß ich dir helfen?«

Es war der Ton, in dem der reiche Onkel den lästigen, Schulden machenden und um Geld bettelnden Neffen begrüßt. Ich sah ihn verblüfft an. Er mochte viel zu tun haben und gestreßt und genervt sein, aber genervt war ich auch.

»Müssen mußt du nur die Rechnung bezahlen, die hier im Umschlag mit drin liegt. Im übrigen kannst du dir anhören, wie ich deinen Fall gelöst habe, aber es auch bleibenlassen.«

»Nicht so empfindlich, mein Lieber, nicht so empfindlich. Warum hast du Frau Schlemihl nicht gleich gesagt, worum es geht?« Er nahm mich am Arm und führte mich wieder in den Blauen Salon. Meine Blicke suchten vergebens nach der Rothaarigen mit den Sommersprossen.

»Du hast den Fall also gelöst?«

Ich gab ihm kurz den Inhalt meines Berichtes wieder. Als ich bei der Suppe auf die Fehlleistungen seiner Mannschaft zu sprechen kam, nickte er ernst. »Verstehst du jetzt, warum ich das Heft noch nicht aus der Hand geben kann? Alles nur Mittelmaß.« Dazu hatte ich nichts zu sagen. »Und was ist das für einer, dieser Mischkey?« fragte er.

»Wie stellst du dir jemanden vor, der für euer Werk hunderttausend Rhesusäffchen ordert und Kontonummern löscht, die mit 13 anfangen?«

Korten schmunzelte.

»Genau«, sagte ich, »ein lustiger Vogel und außerdem ein blitzgescheiter Informatiker. Wenn ihr den in eurem Rechenzentrum gehabt hättet, wäre es zu den Pannen nicht gekommen.«

»Und wie hast du diesen blitzgescheiten Vogel gestellt?«

»Was ich dazu sagen mag, steht in meinem Bericht. Ich habe keine Lust, mich jetzt noch groß darüber auszulassen, irgendwie fand ich Mischkey sympathisch, und es ist mir nicht leichtgefallen, ihn zu überführen. Ich fände es schön, wenn ihr ihn nicht so ganz streng, nicht ganz hart – du verstehst schon, nicht wahr?«

»Selb, unser Seelchen«, lachte Korten. »Das hast du nie gelernt, die Sachen ganz oder gar nicht zu machen.« Nachdenklicher kam dann: »Aber vielleicht ist gerade das deine Stärke – sensibel kommst du hinter Sachen und Leute, sensibel pflegst du deine Skrupel, und letztlich funktionierst du doch.«

Es verschlug mir die Rede. Warum so aggressiv und zynisch? Kortens Bemerkung hatte mich erwischt, wo es weh tat, und er wußte das und blinzelte vergnügt.

»Keine Angst, mein lieber Selb, wir werden schon kein unnötiges Porzellan zerschlagen. Und was ich über dich gesagt habe – ich schätze das an dir, versteh mich nicht falsch.«

Er machte es noch schlimmer und schaute mir mild ins Gesicht. Selbst wenn an seinen Worten was dran war – heißt Freundschaft nicht, behutsam mit den Lebenslügen des anderen umgehen? Aber es war nichts dran. In mir stieg die Wut hoch.

Ich mochte keinen Nachtisch mehr. Und den Kaffee wollte ich auch lieber im ›Café Gmeiner‹ trinken. Und Korten mußte um zwei in die Sitzung.

Ich fuhr um acht nach Frankfurt und flog nach Athen.

ZWEITER TEIL

I

Zum Glück mag Turbo Kaviar

Im August war ich wieder in Mannheim.

Ich bin immer gerne in die Ferien gefahren, und die Wochen in der Ägäis lagen unter hellem blauem Glanz. Aber seit ich älter bin, komme ich auch gerne wieder nach Hause. Meine Wohnung habe ich nach Klaras Tod bezogen. Gegen ihren Geschmack hatte ich mich in der Ehe nicht durchsetzen können, und so habe ich mit Sechsundfünfzig die Freuden des Einrichtens nachgeholt, die andere schon in jungen Jahren genießen. Ich mag meine zwei schweren Ledersofas, die ein Vermögen gekostet haben und auch dem Kater standhalten, das alte Apothekerregal, in dem meine Bücher und Platten stehen, und im Arbeitszimmer das Schiffsbett, das ich mir in die Nische gebaut habe. Ich freue mich bei der Rückkehr auch stets auf Turbo, den ich von der Nachbarin zwar gut versorgt weiß, der ohne mich aber doch auf seine stille Art leidet.

Ich hatte die Koffer abgestellt und die Tür aufgeschlossen und sah vor mir, während Turbo an meinem Hosenbein hing, einen gewaltigen Präsentkorb, der auf dem Boden im Flur abgestellt war.

Die Tür der Nachbarwohnung öffnete sich, und Frau Weiland begrüßte mich. »Schön, daß Sie wieder da sind, Herr Selb. Meine Güte, sind Sie braun. Ihr Kater hat Sie sehr vermißt, gell, dudududu. Haben Sie den Korb schon gesehen? Der kam vor drei Wochen mit einem Chauffeur von den RCW. Schade um die schönen Blumen. Hab mir noch überlegt, ob ich sie in eine Vase stellen soll, aber dann wären sie jetzt auch hin. Die Post liegt wie immer auf Ihrem Schreibtisch.«

Ich bedankte mich und suchte hinter meiner Wohnungstür Schutz vor ihrem Redeschwall.

Von der Gänseleberpastete bis zum Malossol-Kaviar waren alle Delikatessen dabei, die ich mochte und die ich nicht mochte. Zum Glück mag Turbo Kaviar. Die beiliegende Briefkarte mit künstlerischem Firmenlogo war von Firner unterzeichnet. Die RCW dankten mir für meine unschätzbaren Dienste.

Sie hatten auch gezahlt. In der Post fand ich meine Kontoauszüge, Urlaubskarten von Eberhard und Willy und die unvermeidlichen Rechnungen. Den ›Mannheimer Morgen‹ hatte ich vergessen abzubestellen; Frau Wieland hatte die Zeitungen säuberlich auf meinem Küchentisch geschichtet. Ich blätterte sie durch, ehe ich sie in den Müllsack tat, und schmeckte den faden Geschmack abgestandener politischer Aufregung.

Ich packte aus und warf eine Waschmaschine an. Dann machte ich meine Einkäufe, ließ von Bäckersfrau, Metzgermeister und Kolonialwarenhändler mein erholtes Aussehen bewundern und fragte nach Neuigkeiten, als müsse während meiner Abwesenheit wunder was passiert sein.

Es war die Zeit der Schulferien. Die Geschäfte und Straßen waren leerer, mein Autofahrerblick entdeckte an den unwahrscheinlichsten Stellen freie Parkplätze, und über der Stadt lag sommerliche Stille. Ich hatte aus den Ferien jene Leichtigkeit mitgebracht, die einen nach der Rückkehr die vertraute Umgebung zunächst neu und anders erleben läßt. Dies alles gab mir ein Gefühl des Schwebens, das ich noch auskosten wollte. Den Gang ins Büro verschob ich auf den Nachmittag. Bang spazierte ich zum ›Kleinen Rosengarten‹: Würde er wegen Betriebsferien geschlossen sein? Aber schon von weitem sah ich Giovanni mit der Serviette überm Arm im Gartentor stehen.

»Du wiedär zurück von Griechän? Griechän nix gut. Komm, ich dich machän Gorgonzolaspaghetti.«

»Si, Ittaker prima.« Wir spielten unser Deutscher-un-terhält-sich-mit-Gastarbeiter-Spiel.

Giovanni brachte mir den Frascati und erzählte mir von einem neuen Film. »Das wäre eine Rolle für Sie gewesen, ein Killer, der auch Privatdetektiv hätte sein können.«

Nach Gorgonzolaspaghetti, Kaffee und Sambuca, nach einem Stündchen mit der ›Süddeutschen‹ in den Anlagen am Wasserturm, nach einem Eis und einem weiteren Kaffee bei ›Gmeiner‹ stellte ich mich meinem Büro. Es war gar nicht so schlimm. Mein Anrufbeantworter hatte meine Abwesenheit bis zum Heutigen mitgeteilt und keine Nachrichten aufgenommen. In der Post fand ich neben den Mitteilungen des Bundesverbandes Deutscher Detektive, dem Steuerbescheid, Werbesendungen und einer Einladung zur Subskription des Evangelischen Staatslexikons zwei Briefe. Thomas bot mir einen Lehrauftrag an der Mannheimer

Fachhochschule im Studiengang Diplom-Sicherheitswart an. Die Vereinigten Heidelberger Versicherungen baten mich, sie sogleich nach meiner Rückkehr aus dem Urlaub zu kontaktieren.

Ich wischte ein bißchen Staub, blätterte in den Mitteilungen, holte die Flasche Sambuca, die Dose mit den Kaffeebohnen und das Glas aus dem Schreibtisch und schenkte mir ein. Ich verweigere mich zwar dem Klischee vom Whisky im Schreibtisch des Privatdetektivs, aber eine Flasche muß sein. Dann sprach ich den neuen Text auf meinen Anrufbeantworter, vereinbarte mit den Heidelberger Versicherungen einen Termin, verschob die Antwort auf Thomas' Angebot auf irgendwann und ging nach Hause. Den Nachmittag und Abend verbrachte ich auf dem Balkon und erledigte Kleinkram. Über den Kontoauszügen kam ich ins Rechnen und stellte fest, daß ich mit den bisherigen Aufträgen fast schon mein Jahrespensum erfüllt hatte. Und das nach dem Urlaub. Sehr beruhigend.

Es gelang mir, meinen Schwebezustand noch in die nächsten Wochen hineinzuretten. Den Versicherungsbetrugsfall, den ich übernommen hatte, bearbeitete ich ohne Engagement. Sergej Mencke, mittelmäßiger Ballettänzer am Mannheimer Nationaltheater, hatte seine Beine hoch versichert und alsbald das eine kompliziert gebrochen. Er würde nie mehr tanzen können. Es ging um eine Million, und die Versicherung wollte Gewißheit, daß alles mit rechten Dingen zugegangen war. Die Vorstellung, daß sich jemand selbst das Bein brach, war mir entsetzlich. Als ich ein kleiner Junge war, erzählte mir meine Mutter zur Illustration männlicher Willensstärke, Ignatius von Loyola habe sich das Bein, als es nach einem Bruch falsch zusammengewachsen war, selbst mit dem Hammer wieder gebrochen. Ich habe Selbstverstümmler immer verabscheut, den kleinen Spartaner, der sich vom Fuchs den Bauch zerfleischen ließ, Mucius Scaevola und Ignatius von Loyola. Eine Million hätten sie meinetwegen alle kriegen können, wenn sie dadurch aus den Schulbüchern verschwunden wären. Mein Ballettänzer sagte, der Bruch sei beim Zuschlagen der schweren Tür seines Volvos passiert; er habe am fraglichen Abend hohes Fieber gehabt, trotzdem einen Auftritt durchstehen müssen und sei danach nicht mehr ganz bei sich gewesen. Deswegen habe er die Tür zugeschlagen, obwohl sein Bein noch draußen war. Ich saß lange in meinem Auto und versuchte mir vorzustellen, ob so etwas möglich sei. Viel mehr konnte ich wegen der Theaterferien, die seine Kollegen und Freunde in alle Winde zerstreut hatten, nicht tun.

Manchmal dachte ich an Frau Buchendorff und an Mischkey. In den Zeitungen hatte ich über seinen Fall nichts gefunden. Als ich einmal angelegentlich in der Rathenaustraße spazierenging, waren die Läden im ersten Stock geschlossen.

2

Am Auto war alles in Ordnung

Es war reiner Zufall, daß ich ihre Nachricht an einem Nachmittag Mitte September rechtzeitig vorfand. Normalerweise höre ich die nachmittags eingegangenen Anrufe erst am Abend oder am nächsten Morgen ab. Frau Buchendorff hatte am Nachmittag angerufen und gefragt, ob sie mich nach der Arbeit noch sprechen könne. Ich hatte meinen Regenschirm vergessen, mußte deswegen noch mal ins Büro, sah das Signal auf dem Anrufbeantworter und rief zurück. Wir verabredeten uns für fünf Uhr. Sie hatte eine kleine Stimme.

Kurz vor fünf war ich in meinem Büro. Ich machte Kaffee, spülte die Tassen, ordnete die Papiere auf meinem Schreibtisch, lockerte die Krawatte, öffnete den obersten Kragenknopf, rückte die Krawatte wieder zurecht und schob die Stühle vor meinem Schreibtisch hin und her. Am Ende standen sie da, wo sie immer stehen. Frau Buchendorff war pünktlich.

»Ich weiß gar nicht, ob ich hätte kommen sollen. Vielleicht bilde ich mir nur was ein.«

Außer Atem stand sie neben der Zimmerpalme. Sie lächelte unsicher, war blaß und hatte Schatten unter den Augen. Als ich ihr aus dem Mantel half, waren ihre Bewegungen fahrig.

»Setzen Sie sich. Mögen Sie einen Kaffee?«

»Seit Tagen trinke ich nur noch Kaffee. Aber ja, geben Sie mir bitte eine Tasse.«

»Mit Milch und Zucker?«

Sie war mit ihren Gedanken anderswo und antwortete nicht. Dann sah sie mich mit einer Entschlossenheit an, die ihre Zweifel und Unsicherheiten gewaltsam unterdrückte.

»Verstehen Sie was von Mord?«

Vorsichtig stellte ich die Tassen ab und setzte mich hinter meinen Schreibtisch.

»Ich habe an Mordfällen gearbeitet. Warum fragen Sie?«

»Peter ist tot, Peter Mischkey. Es war ein Unfall, sagen sie, aber ich kann es einfach nicht glauben.«

»Um Gottes willen!« Ich stand auf und ging hinter dem Schreibtisch auf und ab. Mir war flau. Ich hatte im Sommer auf dem Tennisplatz ein Stück von Mischkeys Lebendigkeit zerstört, und jetzt war er tot.

Hatte ich damals nicht auch für sie etwas kaputtgemacht? Warum kam sie jetzt trotzdem zu mir?

»Sie haben ihn zwar nur das eine Mal beim Tennisspielen erlebt, und da hat er ganz schön wild gespielt, und es stimmt, er war auch ein wilder Fahrer, aber er hatte nie einen Unfall und fuhr immer so sicher und konzentriert – dazu paßt nicht, was jetzt passiert sein soll.«

Also wußte sie nichts von dem Treffen zwischen Mischkey und mir in Heidelberg. Und das Tennisspiel würde sie auch nicht so erwähnen, wenn sie wüßte, daß ich Mischkey überführt hatte. Anscheinend hatte er ihr nichts erzählt und hatte sie auch als Firners Sekretärin nichts mitbekommen. Ich wußte nicht, was ich davon halten sollte.

»Mischkey hat mir gut gefallen, und es tut mir furchtbar leid, Frau Buchendorff, von seinem Tod zu hören. Aber wir wissen beide, daß auch der beste Fahrer nicht gegen Unfälle gefeit ist. Warum, meinen Sie, war es kein Unfall?«

»Kennen Sie die Eisenbahnbrücke zwischen Eppelheim und Wieblingen? Da ist es passiert, vor zwei Wochen. Nach dem Polizeibericht geriet Peter auf der Brücke ins Schleudern, durchbrach das Geländer und stürzte auf die Gleise, nicht auf die der Durchgangsstrecke, sondern auf die dazwischen. Er war angegurtet, aber das Auto begrub ihn unter sich. Es brach ihm den Halswirbel, und er war auf der Stelle tot.« Sie schluchzte auf, holte das Taschentuch heraus und schneuzte sich. »Entschuldigen Sie. Er fuhr die Strecke jeden Donnerstag; nach der Sauna im Eppelheimer Schwimmbad probte er mit seiner Band in Wieblingen. Er war musikalisch, wissen Sie, und wirklich gut am Klavier. Die Strecke über die Brücke ist fast schnurgerade, die Fahrbahn war trocken, und die Sicht war gut. Manchmal gibt's da Nebel, aber an dem Abend nicht.«

»Gibt es Zeugen?«

»Die Polizei hat keine ermittelt. Und es war auch spät, gegen 23 Uhr.«

»Das Auto wurde technisch untersucht?«

»Die Polizei sagt, daß am Auto alles in Ordnung gewesen ist.«

Nach Mischkey mußte ich nicht fragen. Man hatte ihn in die Gerichtsmedizin gebracht, und wenn dort Alkohol oder Herzversagen oder ähnliche Ausfälle festgestellt worden wären, hätte die Polizei es Frau Buchendorff gesagt.

Für einen Moment sah ich Mischkey auf dem steinernen Seziertisch liegen. Als junger Staatsanwalt mußte ich oft bei Leichenöffnungen zugegen sein. Mir kam das Bild in den Kopf, wie sie ihm am Ende Holzwolle in die Bauchhöhle stopften und ihn mit großen Stichen zunähten.

»Vorgestern war die Beerdigung.«

Ich dachte nach. »Sagen Sie, Frau Buchendorff, gibt es außer dem Hergang Gründe, aus denen Sie an der Unfallversion zweifeln?«

»In den letzten Wochen habe ich ihn oft nicht wiedererkannt. Er war mißmutig, abweisend, in sich gekehrt, saß viel zu Hause, hat kaum noch was mit mir unternehmen mögen. Hat mich einmal glatt rausgeschmissen. Und allen meinen Fragen ist er ausgewichen. Manchmal dachte ich, er hätte eine andere, aber dann hing er wieder mit einer Innigkeit an mir, die er früher nicht gezeigt hatte. Mich hat das ganz ratlos gemacht. Als ich einmal besonders eifersüchtig war, bin ich … Sie denken vielleicht, ich komme mit meinem Kummer nicht zurecht und bin hysterisch. Aber was an dem Nachmittag passiert ist …«

Ich schenkte ihr Kaffee nach und sah sie auffordernd an.

»Es war an einem Mittwoch, den wir uns beide freigenommen hatten, um einmal wieder mehr Zeit füreinander zu haben. Der Tag fing schon schlecht an; es war auch nicht so, daß wir mehr Zeit füreinander haben wollten, sondern ich wollte, daß er mehr Zeit für mich hat. Nach dem Mittagessen sagte er dann plötzlich, daß er jetzt für zwei Stunden wegmuß, ins Rechenzentrum. Ich merkte ganz genau, daß das nicht stimmte, und war enttäuscht und wütend und spürte seine Kälte und sah ihn bei der anderen und tat etwas, was ich eigentlich ganz mies finde.« Sie biß sich auf die Lippe. »Ich bin ihm hinterhergefahren. Er fuhr nicht ins Rechenzentrum, sondern in die Rohrbacher Straße und über den Steigerweg den Berg hoch. Es war leicht, ihm zu folgen. Er fuhr zum Ehrenfriedhof. Ich hab immer aufgepaßt, daß gehörig Abstand zwischen uns ist. Als ich am Ehrenfriedhof ankam, hatte er seinen Wagen schon abgestellt und betrat den breiten Mittelweg. Sie kennen doch den Ehrenfriedhof mit diesem Weg, der in den Himmel zu führen scheint? Am Ende steht ein fast mannsgroßer, kaum behauener sarkophagähnlicher Sandsteinblock. Auf den ging er zu. Ich verstand überhaupt nichts und hielt mich hinter den Bäumen verborgen. Als er den Sandsteinblock fast erreicht hatte, traten dahinter zwei Männer hervor, rasch und leise, wie aus dem Nichts. Peter sah von einem zum anderen; er schien sich einem zuwenden zu wollen, aber nicht zu wissen, welchem.

Dann ging alles blitzschnell. Peter wandte sich nach rechts, der Mann zu seiner Linken machte zwei Schritte, packte ihn von hinten und hielt ihn fest. Der Kerl rechts boxte ihm in den Magen, noch mal und noch mal. Es war ganz unwirklich. Die Männer wirkten irgendwie unbeteiligt, und Peter machte keine Anstalten, sich zu wehren. Vielleicht war er genauso gelähmt wie ich. Es war auch ganz schnell vorbei. Als ich losrannte, nahm der Schläger Peter noch die Brille von der Nase, mit einer fast sorgsamen Bewegung, ließ sie fallen und zertrat sie. Ebenso lautlos und plötzlich, wie alles geschehen war, ließen sie von Peter ab und verschwanden wieder hinter dem Sandsteinblock. Ich hörte sie noch eine Weile durch den Wald davonlaufen.

Als ich bei Peter ankam, war er zusammengesunken und lag gekrümmt auf der Seite. Ich habe dann – aber das ist jetzt ja egal. Er hat mir nie erzählt, warum er zum Ehrenfriedhof gefahren ist und zusammengeschlagen wurde. Er hat mich auch nie gefragt, warum ich ihm nachgefahren bin.«

Wir schwiegen beide. Was sie erzählt hatte, klang nach der Arbeit von Profis, und ich verstand, warum sie an Peters Unfalltod zweifelte.

»Nein, ich glaube nicht, daß Sie hysterisch sind. Gibt es noch etwas, das Ihnen merkwürdig vorgekommen ist?«

»Kleinigkeiten, zum Beispiel, daß er wieder zu rauchen anfing. Und seine Blumen eingehen ließ. Er muß auch zu seinem Freund seltsam gewesen sein. Ich habe mich mal mit ihm getroffen in der Zeit, weil ich nicht weiterwußte, und er war auch besorgt. Ich bin froh, daß Sie mir glauben. Als ich der Polizei vom Ehrenfriedhof erzählen wollte, hat die das gar nicht interessiert.«

»Und wollen Sie jetzt von mir, daß ich die Ermittlungen durchführe, die die Polizei vernachlässigt hat?«

»Ja. Ich denke, daß Sie nicht billig sind. Ich kann Ihnen zehntausend Mark geben, und dafür hätte ich gerne Gewißheit über Peters Tod. Brauchen Sie einen Vorschuß?«

»Nein, Frau Buchendorff. Ich brauche keinen Vorschuß, und ich sage Ihnen im Moment auch nicht zu, daß ich den Fall übernehme. Was ich machen kann, ist sozusagen eine Voruntersuchung: Ich muß die naheliegenden Fragen stellen, Spuren überprüfen und kann erst dann entscheiden, ob ich wirklich in den Fall einsteige. Das wird nicht sehr teuer werden. Sind Sie damit einverstanden?«

»Gut, machen wir es so, Herr Selb.«

Ich notierte mir einige Namen, Adressen und Daten und versprach, sie auf dem laufenden zu halten. Ich brachte sie an die Tür. Draußen regnete es noch immer.

3

Ein silberner Christophorus

Mein alter Freund bei der Heidelberger Polizei ist Hauptkommissar Nägelsbach. Er wartet auf seine Pensionierung;
seit er mit fünfzehn als Bote bei der Staatsanwaltschaft
Heidelberg angefangen hat, hat er zwar schon den Kölner
Dom, den Eiffelturm, das Empire State Building, die Lo-
monossow-Universität und das Schloß Neuschwanstein
aus Streichhölzern gebaut, aber den Nachbau des Vatikans,
der sein eigentlicher Traum und ihm neben dem Polizei-
dienst nur zuviel ist, hat er auf den Ruhestand verschoben.
Ich bin gespannt. Mit Interesse habe ich die künstlerische
Entwicklung meines Freundes verfolgt. Bei seinen früheren Arbeiten sind die Streichhölzer alle etwas kürzer. Damals haben seine Frau und er die Schwefelköpfchen mit der
Rasierklinge abgetrennt; er wußte noch nicht, daß die
Zündholzfabriken auch kopflose Streichhölzer abgeben.
Mit den längeren Streichhölzern haben die späteren Bauten etwas gotisch Ragendes bekommen. Weil seine Frau
ihm mit den Streichhölzern nicht mehr helfen mußte, begann sie, ihm bei der Arbeit vorzulesen. Sie fing mit dem
Ersten Buch Mose an und ist gerade bei der ›Fackel‹ von
Karl Kraus. Hauptkommissar Nägelsbach ist ein gebilde-
ter Mann.

Ich hatte ihn am Morgen angerufen, und als ich um zehn

Uhr bei ihm in der Polizeidirektion war, machte er mir eine Ablichtung des Polizeiberichts.

»Seit es den Datenschutz gibt, weiß bei uns niemand mehr, was er noch darf. Ich habe beschlossen, auch nicht mehr zu wissen, was ich nicht darf«, sagte er und gab mir den Bericht. Es waren nur ein paar Seiten.

»Wissen Sie, wer den Unfall aufgenommen hat?«

»Das war Hesseler. Ich dachte mir schon, daß Sie den sprechen wollen. Sie haben Glück, er ist heute vormittag hier, und ich habe Sie ihm angekündigt.«

Hesseler saß an seiner Schreibmaschine und tippte mühsam. Ich werde nie verstehen, warum man Polizisten nicht richtig Schreibmaschine schreiben beibringt. Es sei denn, die Verdächtigen und Zeugen sollen durch den Anblick des tippenden Polizisten gefoltert werden. Es ist eine Folter; der Polizist bearbeitet die Schreibmaschine hilflos und gewaltsam, sieht dabei unglücklich und verbissen aus, ist zugleich ohnmächtig und zum äußersten entschlossen – eine brisante und beängstigende Mischung. Und wenn man nicht zur Aussage bewogen wird, dann wird man jedenfalls davon abgehalten, die einmal gemachte, vom Polizisten in Form und Schrift gebrachte Aussage zu ändern, mag der Polizist sie noch so sehr verfremdet haben.

»Angerufen hat uns jemand, der nach dem Unfall über die Brücke gefahren ist. Sein Name steht im Bericht. Als wir hinkamen, war der Arzt gerade eingetroffen und zum Unfallfahrzeug hinuntergeklettert. Er sah gleich, daß nichts mehr zu tun war. Wir haben die Straße gesperrt und die Spuren gesichert. Es gab nicht viel zu sichern. Da war die Bremsspur, die zeigt, daß der Fahrer zugleich gebremst und das Steuer nach links gerissen hat. Warum er das gemacht hat, dafür gab's keine Anhaltspunkte. Nichts hat darauf hingedeutet, daß ein anderes Fahrzeug beteiligt war, keine Glassplitter, keine Lackspuren, keine weitere Bremsspur, nichts. Schon ein komischer Unfall, aber da hat halt der Fahrer die Herrschaft über sein Fahrzeug verloren.«

»Wo steht das Fahrzeug?«

»Beim Abschleppunternehmen Beisel, hinter dem Zweifarbenhaus. Der Sachverständige hat es untersucht, ich denke, der Beisel verschrottet es demnächst. Die Standgebühren sind schon jetzt höher als der Schrottwert.«

Ich bedankte mich. Ich ging bei Nägelsbach vorbei, um mich zu verabschieden.

»Kennen Sie ›Hedda Gabler‹?« fragte er mich.

»Wieso?«

»Die kam gestern abend bei Karl Kraus vor, und ich habe nicht verstanden, ob sie sich ertränkt oder erschossen hat oder keines von beidem, und ob sie es am Meer oder in einer Weinlaube getan hat. Manchmal schreibt der Karl Kraus schon schwer.«

»Ich weiß nur noch, daß es eine Heldin von Ibsen ist. Lassen Sie sich das Stück doch als nächstes vorlesen. Karl Kraus kann man gut unterbrechen.«

»Ich will mit meiner Frau reden. Es wäre das erste Mal, daß wir unterbrechen.«

Dann fuhr ich zu Beisel. Er war nicht da, ein Arbeiter von ihm zeigte mir das Wrack.

»Wissen Sie, was mit dem Auto wird? Sind Sie Verwandtschaft?«

»Ich denke, es soll verschrottet werden.« Von rechts hinten betrachtet, hätte man es fast für unversehrt halten können. Das Verdeck war beim Unfall nach hinten zusammengefaltet gewesen und vom Abschleppunternehmen oder vom Sachverständigen wegen des Regens hochgeklappt worden; es war heil. Links war das Auto vorne völlig eingedrückt und seitlich aufgerissen. Achse und Motorblock waren nach rechts versetzt, die Kühlerhaube war zum V gefaltet, die Windschutzscheibe und die Kopfstützen lagen auf dem Rücksitz.

»Ah, verschrottet. Sie sehen ja auch, daß an dem Auto nichts mehr dran ist.« Dabei guckte er so offensichtlich verstohlen auf die Anlage, daß es mir auffiel. Sie war völlig intakt.

»Ich nehme Ihnen die Anlage schon nicht raus. Aber könnte ich mir das Auto jetzt allein anschauen?« Ich steckte ihm zehn Mark zu, und er ließ mich allein.

Ich ging noch mal um das Auto herum. Seltsam, auf den rechten Scheinwerfer hatte Mischkey mit einem schwarzen Klebeband ein Kreuz geklebt. Wieder faszinierte mich die fast unversehrt wirkende rechte Seite. Als ich genau hinsah, entdeckte ich die Flecken. Sie waren auf dem flaschengrünen Lack nicht leicht zu sehen, es waren auch nicht viele. Aber sie sahen nach Blut aus, und ich fragte mich, wie es da hingekommen war. Hatte man Mischkey auf dieser Seite aus dem Wagen gezogen? Hatte Mischkey überhaupt geblutet? Hatte sich jemand bei der Bergung verletzt? Vielleicht war es unwichtig, aber ob es Blut war, interessierte mich jetzt doch so, daß ich mit meinem Schweizer Offiziersmesser dort, wo die Flecken waren, ein bißchen Lack in ein kleines leeres Filmdöschen abkratzte. Philipp würde mir die Probe analysieren lassen.

Ich schlug das Verdeck zurück und schaute in das Innere. Auf dem Fahrersitz fand ich kein Blut. Die Seitentaschen in den Türen waren leer. Am Armaturenbrett klebte ein silberner Christophorus. Ich riß ihn ab, vielleicht würde Frau Buchendorff ihn mögen, auch wenn er bei Mischkey versagt hatte. Das Radio- und Kassettengerät erinnerte mich an den Samstag, an dem ich Mischkey von Heidelberg nach Mannheim gefolgt war. Es war noch eine Kassette drin, die ich rausnahm und einsteckte.

Von Automechanik verstehe ich nicht viel. Deswegen verzichtete ich darauf, tumb in den Motorraum zu starren oder unter das Wrack zu kriechen. Was ich gesehen hatte, reichte mir für eine Vorstellung von der Kollision des Autos mit dem Geländer und dem Sturz auf die Gleise. Ich holte meine kleine Rollei aus der Manteltasche und machte ein paar Aufnahmen. Beim Bericht, den mir Nägelsbach mitgegeben hatte, waren Photos dabei, aber in der Kopie war darauf wenig zu erkennen.

4

Ich schwitzte alleine

Zurück in Mannheim, fuhr ich als erstes in die Städtischen Krankenanstalten. Ich fand Philipps Zimmer, klopfte an und trat ein. Er versteckte gerade den Aschenbecher mit rauchender Zigarette in der Schreibtischschublade. »Ach, du bist's.« Er war erleichtert. »Ich habe der Oberschwester versprochen, nicht mehr zu rauchen. Was führt dich zu mir?«

»Ich möchte dich um einen Gefallen bitten.«

»Bitte mich bei einem Kaffee drum, wir gehen in die Kantine.« Als er mir mit wehendem weißem Mantel vorauseilte und für jede hübsche Schwester einen losen Spruch hatte, sah er aus wie Peter Alexander als Graf Danilo. In der Kantine tuschelte er mir etwas über die blonde Schwester drei Tische weiter zu. Sie warf einen Blick herüber, den Blick eines blauäugigen Haifisches. Ich mag Philipp, aber wenn ihn eines Tages ein solcher Haifisch verspeist, hat er's verdient.

Ich holte mein Filmdöschen aus der Tasche und stellte es vor ihn hin.

»Klar kann ich dir einen Film entwickeln lassen in unserem Röntgenlabor. Aber daß du inzwischen Bilder machst, die du dich nicht mehr ins Photogeschäft zu bringen traust – nein, Gerd, das haut mich um.«

Philipp hatte wirklich nur das eine im Kopf. War das bei mir mit Ende Fünfzig auch so gewesen? Ich dachte zurück. Nach den schalen Ehejahren mit Klara hatte ich die ersten Jahre meiner Witwerschaft als zweiten Frühling erlebt. Aber ein zweiter Frühling voller Romantik – Philipps Bonvivanterie war mir fremd.

»Falsch, Philipp. Im Döschen ist ein bißchen Lackstaub mit was dran, und ich muß wissen, ob das Blut ist, wenn's geht mit Blutgruppe. Und das stammt nicht etwa von einer Defloration auf meiner Kühlerhaube, wie du schon wieder denkst, sondern aus einem Fall, den ich bearbeite.«

»Das muß sich doch nicht ausschließen. Aber wie auch immer, ich veranlasse das schon. Ist es eilig? Willst du drauf warten?«

»Nein, ich ruf morgen wieder an. Wie ist's übrigens, gehen wir mal wieder einen Wein trinken?«

Wir verabredeten uns für Sonntag abend in den ›Badischen Weinstuben‹. Als wir zusammen aus der Kantine kamen, rannte er plötzlich los. Eine fernöstliche Schwesternhelferin war in den Lift getreten. Er schaffte es noch, ehe die Tür sich schloß.

Im Büro tat ich, was ich schon lange hätte tun sollen. Ich rief in Firners Büro an, wechselte mit Frau Buchendorff ein paar Worte und ließ mich mit Firner verbinden.

»Grüß Sie, Herr Selb. Was steht an?«

»Ich möchte mich sehr für den Korb bedanken, der mich bei der Rückkehr aus dem Urlaub erwartet hat.«

»Ah, Sie waren im Urlaub. Wo ist es denn hingegangen?«

Ich erzählte ihm von der Ägäis, von der Jacht, und daß ich in Piräus ein Schiff voll mit RCW-Containern gesehen hatte. Er war als Student mit dem Rucksack durch den Peloponnes gewandert und hatte jetzt gelegentlich dienstlich in Griechenland zu tun. »Wir versiegeln die Akropolis gegen die Erosion, ein Unesco-Projekt.«

»Sagen Sie, Herr Firner, wie ist mein Fall weitergegangen?«

»Wir sind Ihrem Rat gefolgt und haben die Emissionsdatenaufzeichnung von unserem System abgekoppelt. Wir haben das gleich nach Ihrem Bericht gemacht und seitdem auch keinerlei Ärger mehr gehabt.«

»Und was haben Sie mit Mischkey gemacht?«

»Wir haben ihn vor ein paar Wochen einen Tag lang hier gehabt, und er hatte uns eine Menge zu sagen über die Systemzusammenhänge, Einbruchstellen und Sicherungsmöglichkeiten. Fähiger Mann das.«

»Die Polizei haben Sie nicht eingeschaltet?«

»Das erschien uns letztlich nicht opportun. Von der Polizei geht es an die Presse – auf diese Art Publicity legen wir keinen Wert.«

»Und der Schaden?«

»Auch das haben wir überlegt. Wenn es Sie interessiert: Einige unserer Herren fanden es zunächst unerträglich, Mischkey einfach laufenzulassen, nachdem sich der von ihm verursachte Schaden auf fünf Millionen hochrechnen läßt. Aber am Ende hat sich zum Glück die ökonomische Vernunft gegen den juristischen Standpunkt durchgesetzt. Auch gegen die juristische Überlegung von Oelmüller und Ostenteich, die den Fall Mischkey im Prozeß vor dem Bundesverfassungsgericht vortragen wollten. Das war nicht dumm gedacht; vor dem Bundesverfassungsgericht sollte am Fall Mischkey demonstriert werden, welchen Gefährdungen die Unternehmen durch die neue Emissionsregelung ausgesetzt sind. Aber auch das hätte unerwünschte Publicity gebracht. Außerdem hören wir aus dem Wirtschaftsministerium von Signalen aus Karlsruhe, nach denen ein weiterer Vortrag unsererseits nicht mehr nötig ist.«

»Also Ende gut, alles gut.«

»Das würde mir etwas zynisch klingen, nachdem zu erfahren war, daß Mischkey das Opfer eines Autounfalls geworden ist. Aber Sie haben recht, für das Werk hat die Sache alles in allem ein gutes Ende genommen. Sehen wir Sie mal wieder hier? Ich wußte gar nicht, daß der General und Sie so alte Freunde sind, er hat davon erzählt, als meine Frau und ich unlängst den Abend in seinem Haus verbracht haben. Sie kennen sein Haus an der Ludolf-Krehl-Straße?«

Ich kannte Kortens Haus in Heidelberg, eines der ersten, das in den späten fünfziger Jahren auch unter Gesichtspunkten des Personen- und Objektschutzes gebaut worden war. Ich erinnere mich noch daran, wie mir Korten eines Abends mit Stolz das Drahtseilbähnchen vorführte, das sein am steilen Hang hoch über der Straße liegendes Haus mit dem Eingangstor verbindet. »Falls der Strom ausfällt, fährt es über mein Notstromaggregat.«

Firner und ich verabschiedeten uns mit ein paar Artigkeiten. Es war vier Uhr, zu spät, um das versäumte Mittagessen nachzuholen, zu früh, um schon Abend zu essen. Ich ging ins Herschelbad.

Die Sauna war leer. Ich schwitzte allein, schwamm allein

unter der hohen Kuppel mit ihren byzantinischen Mosa-
iken, fand mich allein im irisch-römischen Dampfbad und
auf der Dachterrasse. In das große weiße Laken gehüllt,
schlief ich in der Ruhehalle auf meinem Liegestuhl ein. Philipp fuhr Rollschuh durch lange Krankenhauskorridore.
Die Säulen, an denen er vorbeifuhr, waren wohlgeformte
Frauenbeine. Manchmal bewegten sie sich. Philipp wich
ihnen mit lachendem Gesicht aus. Ich lachte ihm entgegen.
Da sah ich plötzlich, daß es ein Schrei war, der sein Gesicht
aufriß. Ich wachte auf und dachte an Mischkey.

5

Ach Gott, was heißt schon gut

Der Inhaber des ›Café O‹ hat seine Persönlichkeit in einer Einrichtung verwirklicht, die alles vereint, was Ende der siebziger Jahre modisch war, von den nachgemachten Fin-de-siècle-Lampen über die handbetriebene Orangensaft-presse bis zu den Bistro-Tischchen mit den marmornen Platten. Ich möchte ihn nicht kennenlernen.

Frau Mügler, die Tänzerin, erkannte ich an ihrem streng nach hinten gekämmten, in einem kleinen Pferdeschwanz endenden schwarzen Haar, ihrer knochigen Weiblichkeit und ihrem eigentlichen Blick. Soweit sie wie Pina Bausch aussehen konnte, hatte sie es geschafft.

Sie saß am Fenster und trank ein Glas handgepreßten Orangensaft.

»Selb. Wir haben gestern miteinander telephoniert.« Sie sah mich mit hochgezogener Braue an und nickte kaum merklich. Ich setzte mich zu ihr. »Nett, daß Sie sich Zeit nehmen. Meine Versicherung hat zu dem Unfall von Herrn Mencke noch einige Fragen, die seine Kollegen vielleicht beantworten können.«

»Wieso kommen Sie gerade auf mich? Ich kenne Sergej nicht besonders gut, bin noch nicht lange dabei hier in Mannheim.«

»Sie sind einfach die erste, die wieder aus den Ferien

9

zurück ist. Sagen Sie, hat Herr Mencke in den letzten Wochen vor dem Unfall einen besonders erschöpften, nervösen Eindruck gemacht? Wir suchen nach einer Erklärung für den befremdlichen Unfallhergang.«

Ich bestellte einen Kaffee, sie nahm noch einen Orangensaft.

»Ich habe Ihnen schon gesagt, ich kenne ihn nicht gut.«

»Ist Ihnen etwas aufgefallen?«

»Er war sehr still, wirkte manchmal bedrückt, aber was heißt schon aufgefallen? Vielleicht ist er immer so, ich bin ja erst ein halbes Jahr dabei.«

»Wissen Sie, wer aus dem Mannheimer Ballett ihn besonders gut kennt?«

»Die Hanne war mal näher mit ihm befreundet, soviel ich weiß. Und mit Joschka ist er viel zusammen, glaube ich. Vielleicht können die Ihnen weiterhelfen.«

»War Herr Mencke ein guter Tänzer?«

»Ach Gott, was heißt schon gut. War kein Nurejew, aber ich bin auch keine Bausch. Sind Sie gut?«

Ich bin kein Pinkerton, hätte ich sagen können. Ich bin kein Gerling, hätte eher zu meiner Rolle gepaßt. Aber ist damit noch Staat zu machen?

»Einen Versicherungsagenten wie mich finden Sie nicht noch mal. Können Sie mir die Nachnamen von Hanne und Joschka geben?«

Ich hätte mir die Frage sparen können. Sie war ja noch nicht lange dabei, »und beim Theater duzen wir uns alle. Wie heißen Sie mit Vornamen?«

»Hieronymus. Meine Freunde nennen mich Ronnie.«

»Das wollte ich gar nicht wissen, wie Ihre Freunde Sie

nennen. Ich denke, daß die Vornamen etwas mit der Persönlichkeit zu tun haben.«

Ich wäre gern schreiend weggelaufen. Statt dessen dankte ich, zahlte an der Theke und ging leise.

6

Ästhetik und Moral

Am nächsten Morgen rief ich Frau Buchendorff an. »Ich würde mir gerne Mischkeys Wohnung und Sachen ansehen. Können Sie dafür sorgen, daß ich reinkomme?«

»Fahren wir nach Büroschluß zusammen rüber. Soll ich Sie um halb vier abholen?«

Frau Buchendorff und ich fuhren über die Dörfer nach Heidelberg. Es war Freitag, die Leute kamen früh von der Arbeit und bereiteten Haus, Hof, Garten, Auto und sogar den Bürgersteig auf das Wochenende vor. Herbst lag in der Luft. Ich spürte mein Rheuma kommen und hätte das Verdeck lieber zugehabt, aber wollte nicht alt wirken und sagte nichts. In Wieblingen dachte ich an die Eisenbahnbrücke auf dem Weg nach Eppelheim. Ich würde in den nächsten Tagen hinfahren. Jetzt, mit Frau Buchendorff, erschien mir der Umweg wenig passend. »Hier geht's nach Eppelheim«, sie zeigte hinter der kleinen Kirche nach rechts. »Ich hab das Gefühl, ich muß mir die Stelle mal anschauen, ich schaff's nur noch nicht.«

Sie stellte das Auto ins Parkhaus am Kornmarkt. »Ich hab uns angekündigt. Peter teilte die Wohnung mit einem Bekannten, der an der TH Darmstadt arbeitet. Ich hab zwar einen Schlüssel, wollte aber nicht einfach in die Wohnung platzen.«

Ihr fiel nicht auf, daß ich den Weg zu Mischkeys Wohnung kannte. Ich versuchte nicht, den Unkundigen zu spielen. Auf unser Klingeln öffnete niemand, und Frau Buchendorff schloß die Haustür auf. Im Hausflur stand kühle Kellerluft. »Der Keller unter dem Haus geht zwei Stockwerke tief in den Berg.«

Der Boden war aus schweren Sandsteinplatten. An der mit Delfter Muster gekachelten Wand lehnten Fahrräder. Die Briefkästen waren alle schon einmal aufgebrochen worden. Bunte Glasfenster ließen nur wenig Licht auf die ausgetretenen Treppenstufen fallen.

»Wie alt ist das Haus?« fragte ich, während wir in den zweiten Stock stiegen.

»Ein paar hundert Jahre. Peter mochte es sehr gerne. Er hat schon als Student hier gewohnt.«

Mischkeys Teil der Wohnung bestand aus zwei großen, ineinandergehenden Zimmern. »Sie müssen nicht hierbleiben, Frau Buchendorff, wenn ich mich hier umsehe. Wir können uns nachher im Café treffen.«

»Danke, aber ich schaff das schon. Wissen Sie denn, was Sie suchen?«

»Hm«, ich orientierte mich. Das Vorderzimmer war Arbeitszimmer, mit großem Tisch am Fenster, Klavier und Regalen an den übrigen Wänden. In den Regalen Leitzordner und Stöße von Computerausdrucken. Durch das Fenster sah ich auf die Dächer der Altstadt und den Heiligenberg. Im zweiten Zimmer standen das Bett mit einer Patchwork-Decke darüber, drei Sessel aus der Ära des Nierentisches, ein ebensolcher, ein Schrank, Fernsehapparat und Musikanlage. Vom Fenster aus sah ich nach links zum

Schloß hoch, nach rechts auf die Litfaßsäule, hinter der ich vor Wochen gestanden hatte.

»Er hatte keinen Computer?« fragte ich erstaunt.

»Nein. Er hatte allerhand private Sachen auf der Anlage im RRZ. «

Ich wandte mich den Regalen zu. Die Bücher handelten von Mathematik, Informatik, Elektronik und künstlicher Intelligenz, von Filmen und Musik. Daneben eine wunderschöne Gottfried-Keller-Ausgabe und stapelweise Science-fiction. Auf den Rücken der Leitzordner war von Rechnungen und Steuern, Garantiescheinen, Gebrauchsanweisungen, Zeugnissen und Urkunden, Reisen, der Volkszählung und mir schwer verständlichen Computerdingen die Rede. Ich griff mir den Ordner mit Rechnungen und blätterte darin. Im Ordner mit Zeugnissen erfuhr ich, daß Mischkey in der Quarta einen Preis gewonnen hatte. Auf dem Schreibtisch lag ein Stoß Papiere, den ich durchsah. Neben Privatpost, unerledigten Rechnungen, Programmentwürfen und Noten fand ich einen Zeitungsausschnitt.

»RCW *ehrten ältesten Rheinfischer. Bei seiner gestrigen Ausfahrt wurde der 95 Jahre alt gewordene Rheinfischer Rudi Balser von einer Abordnung der* RCW, *geführt von Generaldirektor Dr. Dr. h. c. Korten, überrascht. ›Ich wollte es mir nicht nehmen lassen, diesem großen alten Mann der Rheinfischerei persönlich zu gratulieren. 95 Jahre und noch frisch wie ein Fisch im Rhein.‹ Unser Bild hält den Moment fest, in dem sich Generaldirektor Dr. Dr. h. c. Korten mit dem Jubilar freut und ihm einen Präsentkorb...«*

Das Bild zeigte im Vordergrund deutlich den Präsentkorb; es war der gleiche, den ich bekommen hatte. Dann fand ich die Kopie eines kurzen Zeitungsartikels vom Mai 1970.

»Wissenschaftler als Zwangsarbeiter in den RCW? *Das Institut für Zeitgeschichte hat ein heißes Eisen angepackt. Der letzte Band der Schriftenreihe der ›Vierteljahrshefte für Zeitgeschichte‹ beschäftigt sich mit der Zwangsarbeit jüdischer Wissenschaftler in der deutschen Industrie von 1940 bis 1945. Danach sollen unter anderen namhafte jüdische Chemiker unter entwürdigenden Bedingungen an der Entwicklung von chemischen Kampfstoffen gearbeitet haben. Der Pressesprecher der* RCW *verwies auf die für 1972 zum hundertjährigen Jubiläum der* RCW *geplante Festschrift, in der sich ein Beitrag mit der Firmengeschichte unter dem Nationalsozialismus und dabei auch mit den ›tragischen Vorgängen‹ befassen werde.«*

Warum hatte das Mischkey interessiert? »Können Sie einen Moment kommen«, bat ich Frau Buchendorff, die im anderen Zimmer im Sessel saß und aus dem Fenster sah. Ich zeigte ihr die Zeitungsartikel und fragte sie, ob ihr dazu was einfalle.

»Ja, Peter hatte sich in der letzten Zeit immer wieder bei mir über dies und das erkundigt, was mit den RCW zu tun hat. Früher hat er das nicht getan. Zu der Sache mit den jüdischen Wissenschaftlern habe ich ihm auch den Artikel aus unserer Festschrift kopieren müssen.«

»Und woher sein Interesse kam, hat er nicht gesagt?«

»Nein, ich habe ihn auch nicht gedrängt, was dazu zu

sagen, weil das Reden miteinander am Schluß oft so schwierig war.«

Ich fand die Kopie des Festschriftartikels im Leitzordner ›Reference Chart Webs‹. Er stand bei den Computerausdrucken. Das R, das C und das W waren mir ins Auge gefallen, als ich den resignierenden Abschiedsblick auf die Regale warf. Der Ordner war voll mit Zeitungs- und anderen Artikeln, etwas Korrespondenz, ein paar Broschüren und Computerausdrucken. Soweit ich sehen konnte, hatte das ganze Material mit den RCW zu tun. »Ich kann den Ordner doch mitnehmen?« Frau Buchendorff nickte. Wir verließen die Wohnung.

Auf der Heimfahrt über die Autobahn war das Verdeck zu. Ich saß mit dem Ordner auf den Knien und fühlte mich dabei wie ein Pennäler. Unvermittelt fragte mich Frau Buchendorff: »Sie waren doch Staatsanwalt, Herr Selb. Warum haben Sie eigentlich aufgehört?«

Ich holte mir eine Zigarette aus der Packung und zündete sie an. Als die Pause zu lang wurde, sagte ich: »Ich sage gleich was auf Ihre Frage, ich brauche nur noch einen Moment.« Wir überholten einen Lastzug mit gelben Planen und der roten Aufschrift ›Wohlfarth‹. Ein großer Name für ein Speditionsunternehmen. An uns brummte ein Motorrad vorbei.

»Nach Kriegsende wollte man mich nicht mehr. Ich war überzeugter Nationalsozialist gewesen, aktives Parteimitglied und ein harter Staatsanwalt, der auch Todesstrafen gefordert und gekriegt hat. Es waren spektakuläre Prozesse dabei. Ich glaubte an die Sache und verstand mich als Soldat an der Rechtsfront, an der anderen Front konnte ich nach meiner Verwundung gleich zu Beginn des Krieges nicht mehr eingesetzt werden.« Das Schlimmste war vorbei. Warum hatte ich Frau Buchendorff nicht einfach die bereinigte Version erzählt? »Nach 1945 war ich zunächst bei meinen Schwiegereltern auf dem Bauernhof, dann im Kohlenhandel, und danach ging's langsam als Privatdetektiv los. Für mich hatte die Arbeit als Staatsanwalt keine Perspektive mehr. Ich sah mich nur als nationalsozialistischen Staatsanwalt, der ich gewesen war und auf keinen Fall mehr sein konnte. Mein Glaube war verlorengegangen. Sie können sich wahrscheinlich nicht vorstellen, wie man überhaupt an den Nationalsozialismus glauben konnte. Aber Sie sind mit dem Wissen aufgewachsen, das wir nach 1945 erst Stück um Stück bekamen. Schlimm war's mit meiner Frau, die eine schöne blonde Nazisse war und auch blieb, bis sie zur vollschlanken Wirtschaftswunderdeutschen wurde.« Über meine Ehe wollte ich nicht mehr erzählen. »Um die Zeit der Währungsreform begann man, belastete Kollegen wieder einzustellen. Da hätte ich wohl auch wieder zur Justiz gekonnt. Aber ich sah, was die Bemühung um die Wiedereinstellung und die Wiedereinstellung selbst aus den Kollegen machte. Anstelle von Schuld hatten sie nur noch das Gefühl, man habe ihnen mit der Entlassung Unrecht getan und die Wiedereinstellung sei eine Art Wiedergutmachung. Das widerte mich an.«

»Das klingt mehr nach Ästhetik als nach Moral.«

»Ich sehe den Unterschied immer weniger.«

»Können Sie sich nichts Schönes vorstellen, das unmoralisch ist?«

»Ich verstehe, was Sie meinen, Riefenstahl, ›Triumph des

Willens‹ und so. Aber seit ich älter bin, finde ich die Choreographie der Masse, die Imponierarchitektur Speers und seiner Epigonen und den tausend Sonnen hellen Atomblitz einfach nicht mehr schön.«

Wir standen vor der Haustür, und es ging auf sieben. Ich hätte Frau Buchendorff gerne in den ›Kleinen Rosengarten‹ eingeladen. Aber ich getraute mich nicht.

»Frau Buchendorff, mögen Sie noch zum Essen mit mir in den ›Kleinen Rosengarten‹ kommen?«

»Das ist nett, vielen Dank, aber ich möchte nicht.«

7

Eine Rabenmutter

Ganz gegen meine Gewohnheit hatte ich den Ordner zum Essen mitgenommen.

»Arbeitän und essän nix gut. Machän Magen kaputt.« Giovanni tat, als wolle er mir den Ordner wegnehmen. Ich hielt ihn fest. »Wir immer arbeiten, wir Deutsche. Nix dolltsche vita.«

Ich bestellte Calamari mit Reis. Auf Spaghetti verzichtete ich, weil ich in Mischkeys Ordner keine Soßenflecken machen wollte. Dafür spritzte mir der Barbera auf Mischkeys Brief an den ›Mannheimer Morgen‹, mit dem er ein Inserat aufgegeben hatte.

»*Historiker der Universität Hamburg sucht für sozial- und wirtschaftsgeschichtliche Studie mündliche Zeugnisse von Arbeitern und Angestellten der* RCW *aus der Zeit vor 1948. Diskretion und Unkostenerstattung. Zuschriften unter Chiffre 379628.*«

Ich fand elf Zuschriften, teils mit krakeliger Handschrift, teils mühsam getippt, die mit nicht viel mehr als Name, Adresse und Telefonnummer auf das Inserat reagierten. Eine Zuschrift kam aus San Francisco.

Ob etwas aus den Kontakten geworden war, war dem

Ordner nicht zu entnehmen. Der Ordner enthielt überhaupt keine Aufzeichnungen Mischkeys, keinen Hinweis, warum er die Sammlung angelegt und was er mit ihr im Sinn gehabt hatte. Ich fand den von Frau Buchendorff kopierten Beitrag zur Festschrift, ferner die kleine Broschüre einer Basisgruppe Chemie, ›100 Jahre RCW – 100 Jahre sind genug‹, mit Aufsätzen über Arbeitsunfälle, Streikniederschlagungen, Kriegsgewinne, Kapital- und Politikverflechtungen, Zwangsarbeit, Gewerkschaftsverfolgung und Parteispenden. Sogar ein Aufsatz über RCW und die Kirchen war dabei, mit einem Bild von Reichsbischof Müller vor einem großen Erlenmeyerkolben. Mir fiel ein, daß ich während meiner Berliner Studienzeit ein Fräulein Erlenmeyer kennengelernt hatte. Sie war sehr reich, und Korten meinte, sie stamme aus der Familie des Vaters besagten Kolbens. Ich hatte es ihm geglaubt, die Ähnlichkeit war unübersehbar. Was wohl aus Reichsbischof Müller geworden war?

Die Zeitungsartikel im Ordner datierten zurück bis 1947. Sie galten alle den RCW, schienen im übrigen aber wahllos zusammengestellt. Die Bilder, in der Kopie manchmal undeutlich, zeigten Korten zunächst als schlichten Direktor, dann als Generaldirektor, zeigten seine Vorgänger, Generaldirektor Weismüller, der bald nach 1945 in Ruhestand ging, und Generaldirektor Tyberg, den Korten 1967 abgelöst hatte. Vom hundertjährigen Jubiläum hatte der Photograph festgehalten, wie Korten die Gratulation Kohls entgegennahm und neben diesem klein, zart und vornehm wirkte. In den Artikeln war von Bilanzen, Karrieren und Produkten und wieder von Unfällen und Pannen die Rede.

Giovanni räumte den Teller ab und stellte mir wortlos einen Sambuca hin. Ich bestellte einen Kaffee dazu. Am Nebentisch saß eine Frau von Vierzig und las die ›Brigitte‹. Auf dem Titelblatt erkannte ich, daß es um die Frage ›Sterilisiert – und was nun?‹ ging. Ich faßte mir ein Herz.

»Ja, was denn nun?«

»Wie bitte?« Sie sah mich irritiert an und bestellte einen Amaretto. Ich fragte sie, ob sie öfter hier sei.

»Ja«, sagte sie, »nach der Arbeit gehe ich immer hier essen.«

»Sind Sie sterilisiert?«

»Stellen Sie sich vor, ich bin sterilisiert. Und danach habe ich ein Kind gekriegt, ein süßer Bengel.« Sie legte die ›Brigitte‹ aus der Hand.

»Doll«, sagte ich. »Und genehmigt die ›Brigitte‹ das?«

»Der Fall kommt bei ihr nicht vor. Es geht vielmehr um die unglücklichen Frauen und Männer, die nach der Sterilisation ihren Kinderwunsch entdecken.« Sie nippte an ihrem Amaretto.

Ich zerknackte eine Kaffeebohne. »Mag Ihr Sohn nicht italienisch essen? Was macht er abends?«

»Würde es Ihnen etwas ausmachen, wenn ich mich zu Ihnen an den Tisch setze, ehe ich die Antwort durch das ganze Lokal schreie?«

Ich stand auf, rückte ihr einladend den Stuhl zurecht und sagte, daß ich mich freuen würde, wenn sie – na eben, was man so sagt. Sie brachte ihr Glas mit und zündete sich eine Zigarette an. Ich schaute sie mir genauer an, die etwas müden Augen, der trotzige Zug um den Mund, die vielen kleinen Falten, das glanzlose aschblonde Haar, den Ring im einen Ohr und das Pflaster am anderen. Wenn ich nicht aufpaßte, würde ich drei Stunden später mit der Frau im Bett liegen. Wollte ich aufpassen?

»Um auf Ihre Frage zu antworten – mein Sohn ist in Rio, bei seinem Vater.«

»Was macht er da?«

»Manuel ist jetzt acht Jahre alt und geht in Rio in die Schule. Sein Vater hat in Mannheim studiert. Fast hätte ich ihn geheiratet, wegen der Aufenthaltserlaubnis. Als es soweit war mit dem Kind, mußte er nach Brasilien zurück, und wir haben uns darauf geeinigt, daß er es mitnimmt.« Ich guckte irritiert. »Jetzt halten Sie mich wohl für eine Rabenmutter. Aber ich habe mich ja nicht umsonst sterilisieren lassen.«

Sie hatte recht. Ich hielt sie für eine Rabenmutter, jedenfalls eine befremdliche Mutter, und hatte keine rechte Lust, weiter zu flirten. Als ich länger schwieg, fragte sie:

»Warum hat Sie die Sterilisationskiste eigentlich interessiert?«

»Das ging assoziativ los, über das Titelblatt der ›Brigitte‹. Dann haben Sie mich interessiert, wie Sie die Frage souverän aufgegriffen haben. Jetzt ist's mir zu souverän, wie Sie über Ihren Sohn reden. Vielleicht bin ich für diese Art Souveränität zu altmodisch.«

»Souveränität läßt sich nicht teilen. Schade, daß sich Vorurteile immer bestätigen.« Sie nahm ihr Glas und wollte gehen.

»Sagen Sie mir gerade noch, was Ihnen zu RCW einfällt?« Sie sah mich abweisend an. »Ich verstehe schon, die Frage klingt dumm. Aber die RCW beschäftigen mich derzeit den ganzen Tag, und ich sehe vor lauter Bäumen den Wald nicht.«

Sie antwortete ernsthaft. »Mir fällt eine Menge dazu ein. Ich will es Ihnen auch sagen, weil mir irgendwas an Ihnen gefallen hat. RCW heißt für mich Rheinische Chemiewerke, Antibabypillen, vergiftete Luft und vergiftetes Wasser, Macht, Korten...«

»Wieso Korten?«

»Ich habe ihn massiert. Ich bin nämlich Masseurin.«

»Masseurin? Ich dachte, das heißt Masseuse?«

»Die Masseusen sind unsere unkeuschen Schwestern. Korten kam ein halbes Jahr lang mit Rückenproblemen, und er erzählte bei der Massage ein bißchen von sich und seiner Arbeit. Manchmal kamen wir richtig ins Diskutieren. Einmal hat er gesagt ›Verwerflich ist nicht, Leute auszunutzen, es ist nur taktlos, sie dies merken zu lassen.‹ Das hat mich lange beschäftigt.«

»Korten war mein Freund.«

»Warum ›war‹? Er lebt doch noch.«

Ja, warum ›war‹. Hatte ich unsere Freundschaft inzwischen zu Grabe getragen? »Selb, unser Seelchen« – immer wieder war es mir in der Ägäis durch den Kopf gegangen und kalt den Rücken hinuntergefahren. Verschüttete Erinnerungen waren hochgekommen und hatten sich, mit Phantasien vermischt, als Träume in den Schlaf gedrängt. Aus einem Traum war ich mit einem Schrei und im Schweiß aufgewacht: Korten und ich machten eine Bergwanderung durch den Schwarzwald – ich wußte genau, daß es der Schwarzwald war, trotz hoher Felsen und tiefer Schluchten. Wir waren zu dritt, ein Klassenkamerad war dabei, Kimski oder Podel. Der Himmel war tiefblau, die Luft schwer und zugleich von unwirklicher Durchsichtigkeit. Plötzlich brachen Steine ab und polterten lautlos den Abhang hinunter, und wir pendelten an einem Seil, das zerreißen wollte. Über uns war Korten und sah mich an, und ich wußte, was er von mir erwartete. Noch mehr Felsen stürzten stumm ins Tal; ich versuchte mich anzukrallen, das Seil festzumachen und den dritten hochzuziehen. Es gelang mir nicht, mir kamen Tränen der Hilflosigkeit und Verzweiflung. Ich holte das Taschenmesser hervor und begann das Seil unter mir durchzuschneiden. »Ich muß es tun, ich muß«, dachte ich und schnitt. Kimski oder Podel stürzte in die Tiefe. Ich konnte alles zugleich sehen, rudernde Arme, immer kleiner und ferner, Milde und Spott in Kortens Augen, als wäre alles nur ein Spaß. Jetzt konnte er mich hochziehen, und als er mich fast oben hatte, schluchzend und zerkratzt, kam wieder »Selb, unser Seelchen«, und das Seil riß, und …

»Was ist mit Ihnen los? Wie heißen Sie übrigens? Mein Name ist Brigitte Lauterbach.«

»Gerhard Selb. Wenn Sie kein Auto dabeihaben – darf ich Sie nach diesem holprigen Abend mit meinem holprigen Opel nach Hause bringen?«

»Ja, gerne. Ich hätte mir sonst ein Taxi genommen.«

Brigitte wohnte in der Max-Joseph-Straße. Aus dem Abschiedskuß auf beide Wangen wurde eine lange Umarmung.

»Magst du noch mit hochkommen, du blöder Typ? Mit einer sterilisierten Rabenmutter?«

8

Ein Blut für alle Tage

Während sie den Wein aus dem Eisschrank holte, stand ich mit der Unbeholfenheit des ersten Mals in ihrem Wohnzimmer. Man ist noch sensibel für das, was nicht stimmt: die Wellensittiche im Käfig, das Peanuts-Poster an der Wand, Fromm und Simmel im Regal, Roger Whittaker auf dem Plattenteller. Nichts von alledem hatte sich Brigitte zuschulden kommen lassen. Trotzdem war die Sensibilität da – steckt sie am Ende immer nur in einem selbst?

»Darf ich mal anrufen?« rief ich in die Küche.

»Nur zu. Das Telephon steht in der obersten Kommodenschublade.«

Ich zog die Schublade auf und wählte Philipps Nummer. Ich mußte es achtmal klingeln lassen, bis er abnahm.

»Hallo?« Seine Stimme klang ölig.

»Philipp, Gerd am Apparat. Ich hoffe, ich störe dich.«

»Exakt, du komischer Schnüffler, du komischer. Ja, es war Blut, Blutgruppe Null, Rhesusfaktor negativ, ein Blut für alle Tage sozusagen, Alter der Probe zwischen zwei und drei Wochen. Sonst noch was? Entschuldige, ich bin hier voll in Anspruch genommen. Du hast sie doch gesehen, gestern, die kleine Indonesierin im Aufzug. Sie hat ihre Freundin mitgebracht. Hier geht die Post ab.«

Brigitte war mit der Flasche und zwei Gläsern ins Zimmer gekommen, hatte eingeschenkt und mir ein Glas gebracht. Ich hatte ihr die Mithörmuschel gegeben, und Brigitte sah mich bei Philipps letzten Sätzen belustigt an.

»Kennst du jemand bei der Gerichtsmedizin in Heidelberg, Philipp?«

»Nein, sie arbeitet nicht bei der Gerichtsmedizin. Bei McDonald's auf den Planken arbeitet sie. Wieso?«

»Ich will nicht die Blutgruppe von Big Mac, sondern von Peter Mischkey, der von der Gerichtsmedizin in Heidelberg untersucht wurde. Und ich möchte wissen, ob du die rauskriegen kannst. Darum.«

»Das muß doch nicht jetzt sein. Komm lieber vorbei, wir besprechen das morgen beim Frühstück. Aber bring dir eine mit. Ich strampel mich doch nicht ab, damit du absahnst.«

»Muß es eine Asiatin sein?«

Brigitte lachte. Ich legte den Arm um sie. Sie kuschelte sich spröde an mich.

»Nein, bei mir ist's wie im Bordell in Mombasa, alle Rassen, alle Klassen, alle Farben, alle Sparten. Und falls du wirklich kommst, bring noch was zum Trinken mit.«

Er legte auf. Ich legte auch den anderen Arm um Brigitte. Sie lehnte sich in meinen Armen zurück und sah mich an. »Und nun?«

»Jetzt nehmen wir die Flasche und die Gläser und die Zigaretten und die Musik mit rüber ins Schlafzimmer und legen uns ins Bett.«

Sie gab mir einen kleinen Kuß und sagte mit geschämiger Stimme: »Geh du schon vor, ich komme gleich.«

Sie ging ins Bad. Ich fand bei ihren Platten eine von George Winston, legte sie auf, ließ die Schlafzimmertür offen, knipste das Nachttischlämpchen an, zog mich aus und legte mich in ihr Bett. Ich genierte mich ein bißchen. Das Bett war breit und roch frisch. Wenn wir heute nacht nicht gut schlafen würden, wären allein wir schuld.

Brigitte kam ins Schlafzimmer, nackt, nur mit dem Ohrring im rechten und dem Pflaster am linken Ohrläppchen. Sie pfiff die Musik von George Winston mit. Sie war ein bißchen schwer in den Hüften, hatte Brüste, die mit ihrer Größe beim besten Willen nicht umhinkonnten, sich sanft zu neigen, breite Schultern und hervortretende Schlüsselbeine, die ihr etwas Verletzliches gaben. Sie schlüpfte unter die Decke und in meine Armbeuge.

»Was hast du am Ohr?« fragte ich.

»Och«, sie lachte verlegen, »ich habe mir beim Kämmen sozusagen den Ring aus dem Ohr gekämmt. Es hat nicht weh getan, ich hab nur geblutet wie eine Sau. Übermorgen hab ich den Termin beim Chirurgen. Der schneidet die Rißwunde glatt und macht sie wieder zusammen.«

»Darf ich dir den anderen Ohrring rausmachen? Sonst hab ich Angst, ihn dir auch noch rauszureißen.«

»So ein Leidenschaftlicher bist du?« Sie machte ihn sich selber raus.

»Komm, Gerhard, laß dir die Armbanduhr abmachen.« Es war schön, wie sie sich über mich beugte und an meinem Arm nestelte. Ich zog sie zu mir herunter. Ihre Haut war glatt und duftig. »Ich bin müde«, sagte sie mit verschlafener Stimme. »Erzählst du mir eine Einschlafgeschichte?«

Ich fühlte mich wohl. »Es war einmal ein kleiner Rabe. Er hatte, wie alle Raben, eine Mutter.« Sie knuffte mich in die Seite. »Die Mutter war schwarz und schön. Sie war so schwarz, daß alle anderen Raben neben ihr grau waren, und sie war so schön, daß alle anderen neben ihr häßlich waren. Sie selbst wußte das nicht. Ihr Sohn, der kleine Rabe, sah und wußte es wohl. Er wußte noch viel mehr: daß schwarz und schön besser ist als grau und häßlich, daß Rabenväter so gut und so schlecht sind wie Rabenmütter, daß man am richtigen Ort falsch und am falschen richtig sein kann. Eines Tages, nach der Schule, flog der kleine Rabe in die Irre. Er sagte sich zwar, daß ihm nichts würde passieren können: In der einen Richtung müßte er irgendwann auf seinen Vater und in der anderen irgendwann auf seine Mutter stoßen. Trotzdem hatte er Angst. Er sah unter sich ein weites, weites Land mit kleinen Dörfern und großen glänzenden Seen. Das war putzig anzuschauen, ihm aber erschreckend unbekannt. Er flog und flog und flog...« Brigittes Atem war gleichmäßig geworden. Sie kuschelte sich noch mal in meinem Arm zurecht und begann mit leicht geöffnetem Mund leise zu schnarchen. Ich zog vorsichtig den Arm unter ihrem Kopf hervor und machte das Licht aus. Sie drehte sich auf die Seite. Ich mich auch, und wir lagen wie die Löffelchen im Besteckkasten.

Als ich aufwachte, war es kurz nach sieben, und sie schlief noch. Ich schlich mich aus dem Schlafzimmer, schloß die Tür hinter mir, suchte und fand die Kaffeemaschine, setzte sie in Betrieb, zog Hemd und Hose an, nahm Brigittes Schlüsselbund von der Kommode und kaufte in der Langen Rötterstraße Croissants. Ich war mit dem Tablett und dem Kaffee und den Croissants an ihrem Bett, ehe sie aufwachte.

Es war ein schönes Frühstück. Und danach auch schön noch mal zusammen unter der Decke. Dann mußte sie sich um ihre Samstagvormittagspatienten kümmern. Ich wollte sie an ihrer Massagepraxis im Collini-Center absetzen, aber sie ging lieber zu Fuß. Wir verabredeten nichts. Aber als wir uns vor der Haustür umarmten, konnten wir uns kaum trennen.

9

Lange ratlos

Schon lange hatte ich keine Nacht bei einer Frau verbracht. Danach ist die Rückkehr in die eigene Wohnung wie die Rückkehr in die eigene Stadt nach den Ferien. Der kurze Schwebezustand, ehe die Normalität einen wiederhat.

Ich machte mir einen Rheumatee, rein vorbeugend, und vertiefte mich noch mal in Mischkeys Ordner. Obenauf der kopierte Zeitungsartikel, der auf Mischkeys Schreibtisch gelegen, und den ich in den Ordner geschoben hatte. Ich las den dazugehörigen Festschriftsbeitrag mit dem Titel ›Die zwölf dunklen Jahre‹. Er handelte nur knapp von der Zwangsarbeit jüdischer Chemiker. Ja, es hatte sie gegeben, aber mit den jüdischen Chemikern hatten auch die RCW unter dieser Zwangssituation gelitten. Anders als bei anderen großen deutschen Unternehmen seien die Zwangsarbeiter alsbald nach dem Krieg großzügig abgefunden worden. Der Autor legte unter Hinweis auf Südafrika dar, daß dem modernen Industrieunternehmen jede Art von Zwangsbeschäftigungsverhältnissen wesensmäßig fremd sei. Im übrigen sei es gelungen, durch die Beschäftigung im Werk das Leiden in den Konzentrationslagern zu verringern; nachweislich sei die Überlebensquote der RCW-Zwangsarbeiter höher gewesen als die der durchschnittlichen KZ-Population. Ausgiebig behandelte der Autor den

Anteil der RCW am Widerstand, gedachte der verurteilten kommunistischen Arbeiter und schilderte eingehend den Prozeß gegen den späteren Generaldirektor Tyberg und seinen damaligen Mitarbeiter Dohmke.

Der Prozeß kam mir wieder in Erinnerung. Ich hatte damals die Untersuchung geführt, die Anklage hatte mein Chef, Oberstaatsanwalt Södelknecht, vertreten. Die beiden RCW-Chemiker waren wegen Sabotage und eines mir nicht mehr erinnerlichen Verstoßes gegen die Rassengesetze zum Tode verurteilt worden. Tyberg gelang die Flucht, Dohmke wurde hingerichtet. Das Ganze muß Ende 1943, Anfang 1944 gewesen sein. Anfang der fünfziger Jahre war Tyberg aus den USA zurückgekehrt, nachdem er dort sehr schnell mit einem eigenen chemischen Betrieb reüssiert hatte, trat wieder in die RCW ein und wurde bald darauf Generaldirektor.

Ein Großteil der Zeitungsartikel galt dem Brand im März 1978. Die Presse hatte den Schaden auf vierzig Millionen Mark beziffert, keine Toten oder Verletzten gemeldet und Äußerungen der RCW wiedergegeben, nach denen das von den verbrannten Pestiziden freigesetzte Gift für den menschlichen Organismus absolut ungefährlich sei. Mich faszinieren solche Erkenntnisse der chemischen Industrie: Da vernichtet ein und dasselbe Gift den Kakerlaken, der den atomaren Holocaust aller Voraussicht nach überleben wird, und ist für uns Menschen nicht schädlicher als ein Barbecue am Holzkohlengrill. Aus dem ›Stadtstreicher‹ fand sich dazu eine Dokumentation der Gruppe ›Die Chlorgrünen‹, nach der beim Brand die Sevesogifte TCDD, Hexachlorophen und Trichloräthylen freigesetzt worden waren. Zahlreiche verletzte Arbeiter seien in einer Nacht-und-Nebel-Aktion in die betriebseigene Kurklinik im Luberon verbracht worden. Dann gab es noch eine Reihe von Kopien und Ausschnitten zu Kapitalbeteiligungen der RCW und zu einer letztlich folgenlosen Beanstandung des Bundeskartellamts. Es ging um die Rolle des Werks auf dem Pharma-Markt.

Vor den Computerausdrucken saß ich lange ratlos. Ich fand Daten, Namen, Zahlen, Kurven und mir unverständliche Kürzel wie BAS, BOE und HST. Waren das die Ausdrucke der Dateien, die Mischkey im RRZ privat geführt hatte? Ich wollte mit Gremlich reden.

Um elf fing ich an, die Telephonnummern anzurufen, die sich bei den Zuschriften auf Mischkeys Inserat befanden. Ich war Professor Selk von der Universität Hamburg, der den Kontakt aufgreifen wollte, den sein Kollege für das sozial- und wirtschaftsgeschichtliche Forschungsprojekt angebahnt hatte. Meine Gesprächspartner zeigten sich verblüfft; mein Kollege habe ihnen doch gesagt, daß ihre mündlichen Zeugnisse für das Forschungsprojekt nichts hergäben. Ich war irritiert; ein Anruf nach dem anderen mit demselben nichtssagenden Ergebnis. Bei einigen bekam ich immerhin mit, daß Mischkey auf ihre Aussagen deswegen keinen Wert gelegt hatte, weil sie erst nach 1945 bei den RCW zu arbeiten begonnen hatten. Sie waren verärgert, weil mein Kollege bei einem Inserat, das gleich auf das Kriegsende abgestellt hätte, ihnen die Mühe der Zuschrift hätte ersparen können. »Unkostenerstattung hat es geheißen, kriegen wir jetzt von Ihnen unser Geld?«

Kaum hatte ich aufgelegt, klingelte es bei mir.

»Bei dir kommt man ja nie durch. Mit welcher Frau hast du denn so lange telephoniert?« Babs wollte sichergehen, daß ich den geplanten gemeinsamen Konzertbesuch am Abend nicht vergessen hatte. »Ich bringe Röschen und Georg mit. Denen hat ›Diva‹ so gut gefallen, daß sie sich Wilhelmenia Fernandez nicht entgehen lassen wollen.«

Natürlich hatte ich's vergessen. Und eine Windung meines Gehirns war während des Ordnerstudiums abgeschweift und hatte die Frage einer Abendgestaltung unter Einbeziehung Brigittes hin- und hergewendet. Ob es noch Karten gab?

»Um Viertel vor acht am ›Rosengarten‹? Vielleicht bringe ich noch jemanden mit.«

»Also doch eine Frau am Telephon gewesen. Ist sie hübsch?«

»Sie gefällt mir.«

Es war nur noch eine Frage der Vollständigkeit, daß ich an Vera Müller in San Francisco schrieb. Es gab nichts, wonach ich sie präzise fragen konnte. Vielleicht hatte Mischkey ihr präzise Fragen gestellt, mein Brief versuchte, eben dies herauszubekommen. Ich nahm ihn und ging zur Hauptpost am Paradeplatz. Auf dem Heimweg kaufte ich fünf Dutzend Schnecken für nach dem Konzert. Für Turbo besorgte ich frische Leber; ich hatte ein schlechtes Gewissen, weil ich ihn die ganze Nacht allein gelassen hatte.

Wieder zu Hause, wollte ich mir ein Sandwich machen, mit Sardinen, Zwiebeln und Oliven. Frau Buchendorff ließ mich nicht dazu kommen. Sie hatte am Vormittag im Werk für Firner noch etwas schreiben müssen, war auf dem Heimweg durch die Zollhofstraße an den ›Traber-Pilsstuben‹ vorbeigekommen und war sich ganz sicher, davor einen der Schläger vom Ehrenfriedhof erkannt zu haben.

»Ich stehe hier in der Telephonzelle. Er ist noch nicht wieder rausgekommen, denke ich. Können Sie gleich kommen? Wenn er wegfährt, fahr ich ihm nach. Fahren Sie wieder nach Hause, wenn ich nicht hier bin, ich rufe Sie dann wieder an, wenn ich kann.« Ihre Stimme überschlug sich.

»Mein Gott, Mädchen, mach keinen Quatsch. Es langt, wenn du dir die Autonummer merkst. Ich komme sofort.«

10

Fred hat Geburtstag

Im Treppenhaus überrannte ich beinahe Frau Weiland, beim Rausfahren nahm ich fast Herrn Weiland mit. Ich fuhr über den Bahnhof und die Konrad-Adenauer-Brücke, vorbei an erbleichenden Fußgängern und errötenden Ampeln. Als ich nach fünf Minuten in der Zollhofstraße vor den ›Traber-Pilsstuben‹ hielt, stand Frau Buchendorffs Auto noch gegenüber im Halteverbot. Von ihr selbst keine Spur. Ich stieg aus und ging in die Kneipe. Eine Theke, zwei, drei Tische, Musikbox und Flipper, etwa zehn Gäste und die Wirtin. Frau Buchendorff hatte ein Pilsglas in der einen und eine Bulette in der anderen Hand. Ich stellte mich zu ihr an die Theke. »Grüß dich, Judith. Bist du auch mal wieder in der Gegend?«

»Hallo, Gerhard. Trinkst du ein Pils mit?«

Zum Pils bestellte ich zwei Buletten. Der Typ an ihrer anderen Seite sagte: »Die Fleischlaberln, die macht der Chefin ihre Mutter.« Judith stellte mir ihn vor. »Das ist der Fred. Ein echter Wiener. Er hat was zu feiern, sagt er. Fred, das ist der Gerhard.«

Für einen hellen Samstagmittag hatte er schon tüchtig gefeiert. Mit der ramponierten Leichtigkeit des Betrunkenen bewegte er sich zur Musikbox, stützte sich bei der Wahl der Platten so auf, als sei nichts, und stellte sich, als er zurückkam, zwischen Judith und mich. »Die Chefin, unsere Silvia, ist ja auch aus Österreich. Drum feier ich meinen Geburtstag am liebsten bei ihr im Lokal. Und schaut's, da hab ich mein Geburtstagsgeschenk.« Er tätschelte Judith mit breiter Hand den Po.

»Was machst du beruflich, Fred?«

»Marmor und Rotwein, Import und Export. Und selbst?«

»In der Sicherheitsbranche, Objekt- und Personen-schutz, Leibwächter, Bodyguard, Hundeführer und so. Einen Pfundskerl wie dich könnt ich brauchen. Nur mit dem Alkohol müßtest du langsam tun.«

»So, so, Sicherheit.« Er stellte das Glas ab. »Es gibt ein-fach nichts Sicherers als einen festen Arsch. Gell, Schatzi?« Er griff auch mit der Hand, die das Glas abgestellt hatte, nach Frau Buchendorffs Gesäß. Judiths Po.

Sie drehte sich um, schlug Fred mit aller Kraft auf die Finger und sah ihn dabei schelmisch an. Es tat ihm weh, er nahm die Hände weg, war ihr aber nicht böse.

»Und was machst du hier mit der Sicherheit?«

»Ich suche Leute für einen Auftrag. Da steckt ne Menge drin, für mich, für die Leute, die ich finde, und für den Auf-traggeber, für den ich die Leute suche.«

Freds Gesicht ließ Interesse erkennen. Vielleicht, weil seine Hände auf Judiths Po im Moment nichts zu tun haben durften, tippte mir die eine mit dem wulstigen Zeigefinger auf die Brust. »Is des net a paar Nummern z' groß für dich, Opa?«

Ich ergriff seine Hand, drückte sie nach unten und bog dabei seinen Zeigefinger um. Dabei guckte ich ihm treu-herzig in die Augen. »Wie alt bist du geworden, Fred? Bist doch nicht der Richtige für mich? Macht nichts, komm, ich geb dir einen aus.«

Freds Gesicht war schmerzhaft verzogen. Als ich losließ, schwankte er einen Augenblick. Sollte er auf mich losgehen oder ein Pils mit mir trinken? Dann fiel sein Blick auf Judith, und ich wußte, wie es weitergehen würde.

Sein »Gut, trink ma noch a Pils« war die Ouvertüre für den Schlag, der mich links am Brustkorb traf. Aber schon hatte ich mein Knie zwischen seine Beine gerammt. Er krümmte sich, die Hände an den Hoden. Als er sich aufrichtete, traf ihn meine rechte Faust mit aller Kraft mitten auf die Nase. Er riß die Hände hoch, um das Gesicht zu schützen, nahm sie wieder runter und betrachtete ungläubig das Blut an seinen Händen. Ich griff nach seinem Glas und schüttete es ihm über den Kopf. »Prost, Fred.«

Judith war zur Seite getreten, die anderen Gäste hielten sich im Hintergrund. Nur die Wirtin kämpfte mit in der ersten Linie. »Geht's, wenn's an Wirbel machen wollt's, geht's raus«, sagte sie und war schon dabei, mich Richtung Ausgang zu drängeln.

»Aber, meine Teuerste, haben Sie denn nicht gesehen, daß wir miteinander gescherzt haben? Wir vertragen uns schon, gell, Fred?« Fred wischte sich das Blut von den Lippen. Er nickte und sah sich suchend nach Judith um.

Die Wirtin hatte sich mit schnellem Blick durch ihre Kneipe überzeugt, daß wieder Ruhe und Ordnung eingekehrt waren. »Na, dann geb ich euch doch einfach ein Schnapserl aus«, sagte sie beschwichtigend. Sie hatte ihre Kneipe im Griff.

Während sie sich hinter dem Tresen zu schaffen machte

und Fred sich auf die Toilette verdrückte, kam Judith zu mir. Sie sah mich besorgt an. »Er war dabei am Ehrenfriedhof. Ist alles in Ordnung?« Sie sprach leise.

»Er hat mir zwar die Rippen gebrochen, aber wenn Sie künftig einfach Gerd zu mir sagen, komm ich drüber weg«, antwortete ich. »Ich würde dann auch einfach Judith zu dir sagen.«

Sie lächelte. »Ich finde, du nützt die Situation aus, aber ich will mal nicht so sein. Ich hab mir dich grad im Trenchcoat vorgestellt.«

»Und?«

»Du brauchst keinen«, sagte sie.

Fred kam von der Toilette zurück. Er hatte dort vor dem Spiegel seinem Gesicht einen zerknirschten Ausdruck gegeben und entschuldigte sich sogar.

»Für dein Alter bist net schlecht beinand. Tut mir leid, daß ich ausfällig geworden bin. Weißt, im Grunde ist's net einfach, so ohne Familie alt zu werden, und an meinem Geburtstag wird mir das immer ganz arg bewußt.«

Unter Freds Freundlichkeit glimmten Tücke und hintersinniger Charme des Wiener Zuhälters.

»Manchmal geht mir einfach der Gaul durch, Fred. Das mit dem Pils wär nicht nötig gewesen. Ich kann's nicht mehr zurücknehmen«, er hatte noch ganz feuchte, verklebte Haare, »aber sei mir halt nicht mehr böse. Nur wenn's um die Frauen geht, werd ich gemein.«

»Was wollen wir jetzt machen?« fragte Judith mit unschuldigem Augenaufschlag.

»Erst bringen wir Fred, dann bring ich dich nach Hause«, bestimmte ich.

Die Wirtin sprang mir bei. »Gell, Fredl, daß dich nach Haus bringen laßt. Dein Auto kannst später holen. Nimmst a Taxi.«

Wir packten Fred in mein Auto. Judith folgte uns. Fred gab an, im Jungbusch zu wohnen, »in der Werftstraße, gleich beim alten Polizeirevier, weißt«, und wollte dort an der Ecke abgesetzt werden. Mir war egal, wo er nicht wohnte. Wir fuhren über die Brücke. »Bei deiner großen Gschicht, ist da was drin für mich? Hab auch schon Sicherheitssachen gemacht, sogar für ein großes Werk hier«, sagte er.

»Können wir noch mal drüber reden. Wenn was mit dir los ist, nehm ich dich schon gern. Ruf mich doch an.« Ich fummelte eine Visitenkarte aus meiner Jackentasche, eine richtige, und gab sie ihm. An der Ecke setzte ich ihn ab, und er steuerte schwankenden Schritts auf die nächste Kneipe zu. Judiths Auto hatte ich noch im Rückspiegel.

Ich fuhr über den Ring und bog um den Wasserturm in die Augusta-Anlage. Ich hatte darauf gewartet, hinter dem Nationaltheater ihre abschiednehmende Lichthupe und dann nichts von ihr zu sehen. Sie folgte mir in die Richard-Wagner-Straße vor die Haustür und wartete mit laufendem Motor, als ich einparkte.

Ich stieg aus, schloß ab und ging zu ihr rüber. Es waren nur sieben Schritte, und in sie legte ich alles, was ich in meinem zweiten Frühling an überlegener Männlichkeit kultiviert hatte. Ich beugte mich in ihr Fenster, keine rheumatischen Kosten scheuend, und wies mit der Linken auf den nächsten freien Parkplatz.

»Du kommst doch noch auf einen Tee mit hoch?«

II

Danke für den Tee

Während ich den Tee machte, ging Judith in der Küche auf und ab und rauchte. Sie war noch ganz aufgeregt. »So ein Würstchen«, sagte sie, »so ein Würstchen. Und was hat er mir für angst gemacht, damals auf dem Ehrenfriedhof.«

»Damals war er nicht allein. Und weißt du, wenn ich ihn hätte in Fahrt kommen lassen, hätte ich auch mehr Angst gehabt. Der hat in seinem Leben schon einige zusammengeschlagen.« Wir nahmen den Tee mit ins Wohnzimmer. Ich dachte an das Frühstück mit Brigitte und war froh, das Geschirr jetzt nicht in meiner Küche stehen zu haben.

»Ich weiß noch immer nicht, ob ich deinen Fall übernehmen kann. Überleg auch du noch mal, ob ich ihn übernehmen soll. Ich habe schon mal in Sachen Peter Mischkey ermittelt, gegen ihn. Ich habe ihn überführt, ins RCW-Informationssystem gewissermaßen eingebrochen zu sein.« Ich erzählte ihr alles. Sie unterbrach mich nicht. Ihr Blick war voll Leid und Vorwurf. »Ich kann den Vorwurf in deinem Blick nicht annehmen. Ich habe meine Arbeit getan, und dazu gehört es nun einmal, andere zu benutzen, bloßzustellen, zu überführen, auch wenn sie sympathisch sind.«

»Ja und? Warum dann die große Beichte? Irgendwie willst du doch eine Absolution von mir.«

Ich sprach in ihr verletztes, abweisendes Gesicht. »Du bist meine Auftraggeberin, und zwischen meinen Auftraggebern und mir hab ich gern klare Verhältnisse. Warum ich dir die Geschichte nicht gleich erzählt habe, magst du fragen. Ich habe...«

»Das mag ich allerdings fragen. Aber eigentlich will ich die glatten, feigen, falschen Sachen, die du jetzt sagen kannst, gar nicht hören. Danke für den Tee.« Sie griff nach ihrer Handtasche und stand auf. »Was schulde ich Ihnen für Ihre Bemühungen? Schicken Sie mir Ihre Rechnung.«

Auch ich stand auf. Als sie im Flur die Tür öffnen wollte, zog ich ihre Hand von der Klinke weg. »Mir liegt viel an dir. Und dein Interesse, Klarheit über Mischkey zu haben, ist doch nicht erledigt. Geh nicht so.«

Sie hatte, während ich redete, ihre Hand in meiner gelassen. Jetzt nahm sie die Hand weg und ging wortlos.

Ich schloß die Wohnungstür. Aus dem Kühlschrank nahm ich das Glas mit den Oliven und setzte mich auf den Balkon. Die Sonne schien, und Turbo, der auf den Dächern gestromert hatte, kringelte sich schnurrend in meinen Schoß. Es war nur wegen der Oliven, ich gab ihm ein paar ab. Von der Straße hörte ich, wie Judith ihren Alfa anließ. Der Motor heulte auf, erstarb. Kam sie wieder? Nach einigen Sekunden ließ sie den Wagen noch einmal an und fuhr davon.

Ich schaffte es, nicht darüber nachzudenken, ob ich mich richtig verhalten hatte, und genoß jede einzelne Olive. Es waren die schwarzen griechischen, die nach Moschus, Rauch und schwerer Erde schmecken.

Nach einer Stunde auf dem Balkon ging ich in die Küche

und machte die Kräuterbutter für die Schnecken nach dem Konzert. Es war fünf Uhr, ich rief bei Brigitte an und ließ das Telephon zehnmal klingeln. Zum Hemdenbügeln hörte ich die Wally und freute mich auf Wilhelmenia Fernandez. Aus dem Keller holte ich ein paar Flaschen Elsässer Riesling und legte sie in den Eisschrank.

12

Hase und Igel

Das Konzert war im Mozartsaal. Unsere Plätze waren in der sechsten Reihe, seitlich links, so daß uns der Blick auf die Sängerin nicht durch den Dirigenten verstellt war. Beim Hinsetzen warf ich einen Blick in die große Runde. Ein angenehm gemischtes Publikum, von den älteren Damen und Herren bis zu den Kindern, die man eher im Rockkonzert vermuten würde. Babs, Röschen und Georg kamen in ganz alberner Stimmung an; Mutter und Tochter steckten ständig die Köpfe zusammen und kicherten, Georg streckte die Brust raus und plusterte sich. Ich setzte mich zwischen Babs und Röschen, tätschelte der einen das linke und der anderen das rechte Knie.

»Ich dachte, du bringst dir selber eine Frau zum Tätscheln mit, Onkel Gerd.« Röschen nahm meine Hand mit spitzen Fingern und ließ sie neben ihrem Knie fallen. Sie trug einen schwarzen, die Finger freilassenden Spitzenhandschuh. Die Geste war vernichtend.

»Ach, Röschen, Röschen, als ich dich kleines Mädchen damals vor den Indianern gerettet habe, auf meinem linken Arm, den Colt in der Rechten, hast du nicht so mit mir geredet.«

»Es gibt keine Indianer mehr, Onkel Gerd.«

Was war aus dem lieben Mädchen geworden? Ich guckte

sie von der Seite an, die postmoderne Brikettfrisur, die silberne geballte Faust mit dem beredten Daumen zwischen Zeige- und Mittelfinger am Ohr, das flächige Gesicht, das sie von ihrer Mutter geerbt hatte, und der etwas zu kleine, immer noch kindliche Mund.

Der Dirigent war ein schmieriger Mafioso von kleinem Wuchs und großer Fettleibigkeit. Er neigte seinen ondulierten Kopf vor uns und trieb das Orchester in ein Orchesterpotpourri von ›Gianni Schicchi‹. Er war gut, der Mann. Mit den sparsamen Bewegungen seines zierlichen Stocks zauberte er aus dem gewaltigen Orchester den zartesten Wohlklang.

Ich mußte ihm auch zugute halten, daß er an die Kesselpauken eine befrackte und behoste allerliebste kleine Paukistin gesetzt hatte. Ob ich nach dem Konzert am Orchesterausgang auf sie warten und anbieten könnte, ihr beim Nachhausetragen der Kesselpauken behilflich zu sein?

Dann trat Wilhelmenia auf. Sie war seit ›Diva‹ etwas fülliger geworden, aber berückend im straßbesetzten glitzernden Abendkleid. Am besten war die Wally. Mit ihr schloß das Konzert, mit ihr eroberte sich die Diva das Publikum. Es war schön, jung und alt im Beifall vereint zu sehen. Nach zwei hart erkämpften Zugaben, in denen die kleine Paukistin mein Herz noch einmal virtuos zum Wirbeln brachte, traten wir beschwingt in die Nacht hinaus. »Gehen wir noch wohin?« fragte Georg.

»Wenn ihr wollt, zu mir. Ich habe Schnecken vorbereitet und Riesling kalt gestellt.«

Babs strahlte, Röschen maulte: »Müssen wir da hinlaufen?«, und Georg sagte: »Ich lauf mit Onkel Gerd, ihr könnt ja mit dem Auto kommen.«

Georg ist ein ernsthafter junger Mann. Auf dem Weg erzählte er von seinem Jurastudium, das ins fünfte Semester ging, von großen und kleinen Scheinen und vom Strafrechtsfall, an dem er gerade saß. Umweltschutzstrafrecht – das klang interessant, war aber doch nur die beliebige Einkleidung für Probleme von Täterschaft, Anstiftung und Beihilfe, die ich vor mehr als vierzig Jahren genauso hätte gestellt bekommen können. Sind die Juristen so phantasielos, oder ist's die Wirklichkeit?

Babs und Röschen warteten vor der Haustür. Als ich aufgeschlossen hatte, zeigte sich, daß die Treppenhausbeleuchtung ausgefallen war. Wir tasteten uns hoch, mit viel Stolpern und Lachen, und Röschen hatte ein bißchen Angst im Dunkeln und war angenehm kleinlaut.

Es wurde ein netter Abend. Die Schnecken waren gut und ebenso der Wein. Mein Auftritt war ein voller Erfolg. Als ich das Kassettengerät, mit dem ich über ein kleines, am Revers verstecktes Mikrophon ziemlich gute Aufnahmen machen kann, aus der Innentasche holte, aufklappte und die Kassette in das Deck meiner Anlage schob, erkannte Röschen das Zitat sofort und klatschte in die Hände. Georg begriff, als die Wally ertönte. Babs sah uns fragend an. »Mama, du mußt dir die ›Diva‹ anschauen, wenn sie wieder läuft.«

Wir spielten Hase und Igel, und um halb eins war das Spiel in seiner entscheidenden Phase und der Riesling alle. Ich nahm meine Taschenlampe und ging in den Keller. Ich erinnere mich nicht, davor je ohne Licht das große Treppenhaus hinuntergestiegen zu sein. Aber meine Beine hatten sich in den vielen Jahren den Weg so gemerkt, daß ich mich ganz sicher fühlte. Bis ich auf den vorletzten Treppenabsatz kam. Hier hatte der Architekt, vielleicht um die Beletage repräsentativer und höher zu machen, statt der sonstigen zwölf Stufen vierzehn bauen lassen. Ich hatte darauf nie geachtet, auch meine Beine hatten sich dieses Detail meines Treppenhauses nicht gemerkt, und nach der zwölften Stufe machte ich einen großen Schritt geradeaus statt einen kleinen abwärts. Ich knickte ein, konnte mich noch am Geländer fangen, aber der Schmerz fuhr mir in den Rücken. Ich richtete mich auf, machte einen tastenden nächsten Schritt und knipste die Taschenlampe an. Ich erschrak furchtbar. Auf dem vorletzten Treppenabsatz ist die Stirnwand mit einem Spiegel im Stuckrahmen bedeckt, und in ihm stand mir ein Mann gegenüber und richtete einen blendend hellen Lichtstrahl auf mich. Es dauerte nur den Bruchteil einer Sekunde, bis ich mich erkannte. Aber der Schmerz und der Schreck langten, um mich mit klopfendem Herzen und unsicherem Schritt weiter in den Keller gehen zu lassen.

Wir spielten bis halb drei. Als das Taxi sie abgeholt, ich noch mal das dunkle Treppenhaus bewältigt und das Geschirr in die Küche geräumt hatte, stand ich noch eine Zigarettenlänge vor dem Telephon. Mir war danach, Brigitte anzurufen. Aber die alte Schule siegte.

13

Schmeckt's?

Den Morgen vertrödelte ich. Im Bett blätterte ich in Mischkeys Ordner und dachte einmal mehr darüber nach, warum er ihn angelegt hatte, nippte an meinem Kaffee und knabberte an dem Plunderteilchen, das ich mir gestern in Vorbereitung auf den Sonntag gekauft hatte. Dann las ich in der ›Zeit‹ den Besinnungsaufsatz des Chefredakteurs, das Rührstück der Herausgeberin, Staatsmännisches vom Exkanzler mit Weltruf und die Träumereien eines Peinlichen. Ich wußte wieder, wo es langgeht, und mußte mir Reich-Ranickis Besprechung von Wolfram Siebecks Buch über die luftige Küche der Ballonfahrer nicht mehr zu Gemüte führen. Dann schmuste ich mit Turbo. Brigitte nahm noch immer nicht ab. Um halb elf klingelte Röschen, die das Auto abholte. Ich warf den Morgenmantel über mein Nachthemd und bot ihr einen Sherry an. Ihre Brikettfrisur lag heute früh in Schutt und Asche.

Schließlich war ich meines Trödelns müde und fuhr zur Brücke zwischen Eppelheim und Wieblingen, wo Mischkey zu Tode gekommen war. Es war ein sonniger Frühherbsttag; ich fuhr durch die Dörfer, über dem Neckar stand der Nebel, auf den Feldern wurden trotz des Sonntags Kartoffeln gelesen, die ersten Blätter färbten sich bunt, und von den Schornsteinen der Gasthöfe stieg der Rauch auf.

Die Brücke selbst sagte mir nicht mehr, als ich aus dem Polizeibericht schon wußte. Ich guckte auf die Gleise, die etwa fünf Meter unter mir lagen, und dachte an den umgestürzten Citroën. Ein Schienenbus fuhr in Richtung Edingen. Als ich über die Fahrbahn ging und auf der anderen Seite hinuntersah, erblickte ich den alten Bahnhof. Ein schöner Sandsteinbau der Jahrhundertwende mit drei Stockwerken, runden Bogenfenstern im ersten Stock und einem kleinen Türmchen. Die Bahnhofgaststätte schien noch in Betrieb. Ich trat ein. Der Raum war düster, von den zehn Tischen waren drei besetzt, an der rechten Seite standen Musikbox, Flipper und zwei Videospiele, auf der altdeutsch restaurierten Theke kümmerte eine Zimmerpalme, in ihrem Schatten die Wirtin. Ich setzte mich an den freien Tisch am Fenster, mit Blick auf Bahnsteig und Gleiskörper, bekam die Karte mit Wiener-, Jäger- und Zigeunerschnitzel, jeweils mit Pommes, und fragte die Wirtin nach dem Tagesgericht, Plat du jour, um mit Ostenteich zu sprechen. Sauerbraten hatte sie anzubieten, Klöße und Rotkraut, Brühe mit Mark. »Topp«, sagte ich und bestellte einen Wieslocher dazu.

Ein junges Mädchen brachte mir den Wein. Sie war etwa sechzehn und von einer lasziven Üppigkeit, die mehr war als die Kombination von zu engen Jeans, zu knapper Bluse und zu roten Lippen. Jeden Mann unter Fünfzig würde sie angemacht haben. Mich nicht. »Wohl bekomm's«, sagte sie gelangweilt.

Als die Mutter mir die Suppe brachte, fragte ich nach dem Unfall von Anfang September. »Haben Sie was davon mitgekriegt?«

»Da muß ich meinen Mann fragen.«

»Was würde der sagen?«

»Also, wir lagen damals schon im Bett, und dann hat es plötzlich diesen Schlag getan. Und kurz darauf noch einen. Ich habe zu meinem Mann gesagt: ›Wenn da mal nichts passiert ist.‹ Er stand gleich auf und nahm die Gaspistole, weil doch bei uns immer in die Automaten eingebrochen wird. Aber war nichts mit den Automaten, sondern oben an der Brücke. Sind Sie von der Presse?«

»Ich bin von der Versicherung. Hat Ihr Mann dann die Polizei angerufen?«

»Mein Mann hat doch noch gar nichts gewußt. Als im Gastraum nichts war, ist er hochgekommen und hat was übergezogen. Er ist dann raus auf die Gleise, aber da hat er schon die Sirene vom Notarzt gehört. Was hätt er noch anrufen sollen?«

Die dralle blonde Tochter brachte den Sauerbraten und hörte aufmerksam zu. Ihre Mutter schickte sie wieder in die Küche. »Ihre Tochter hat nichts mitgekriegt?« Es war mit Händen zu greifen, daß die Mutter ein Problem mit ihrer Tochter hatte. »Die kriegt gar nichts mit. Guckt nur jeder Hose nach, wenn Sie wissen, was ich meine. Ich war nicht so damals.« Jetzt war es zu spät. In ihrem Blick lag hungrige Vergeblichkeit. »Schmeckt's?«

»Wie bei Muttern«, sagte ich. Es klingelte aus der Küche, und sie löste ihren bereiten Leib von meinem Tisch. Ich beeilte mich mit Sauerbraten und Wieslocher.

Auf dem Weg zu meinem Auto hörte ich schnelle Schritte hinter mir. »Hallo, Sie!« Die Kleine aus der Bahnhofsgaststätte kam atemlos gerannt. »Sie wollen doch was über den Unfall wissen. Ist ein Hunderter für mich drin?«

»Kommt drauf an, was du mir zu sagen hast.« Sie war ein hartgesottenes Luder. »Fünfzig gleich, und davor fange ich nicht zu reden an.« Ich wollte es wissen und zog zwei Fünfzigmarkscheine aus meiner Brieftasche. Den einen gab ich ihr, den anderen knüllte ich zu einem Bällchen.

»Also, das war so. An dem Donnerstag hat mich der Struppi nach Hause gefahren, mit seinem Manta. Als wir über die Brücke kamen, stand da der Lieferwagen. Ich habe mich noch gewundert, was der macht auf der Brücke. Dann haben der Struppi und ich, na, dann haben wir halt noch. Und als es geknallt hat, hab ich den Struppi weggeschickt, weil ich mir schon gedacht hab, daß mein Vater jetzt kommt. Meine Eltern haben was gegen den Struppi, weil er doch so gut wie verheiratet ist. Aber ich liebe ihn. Ist ja auch egal, jedenfalls habe ich gesehen, wie der Lieferwagen wegfuhr.«

Ich gab ihr das Bällchen. »Wie sah der Lieferwagen aus?«

»Irgendwie komisch. Die fahren sonst nicht bei uns rum. Aber mehr kann ich Ihnen nicht sagen. Er hatte auch kein Licht an.«

Aus der Tür der Bahnhofgaststätte schaute die Mutter. »Kommst du wohl her, Dina? Laß den Mann in Ruhe!«

»Ich komm ja schon.« Dina ging mit provozierender Langsamkeit zurück. Mitleid und Neugier trieben mich, den Mann kennenzulernen, der mit dieser Frau und Tochter geschlagen war. In der Küche traf ich ein dünnes, schwitzendes, mit Töpfen, Kasserollen und Pfannen hantierendes Männchen. Wahrscheinlich hatte er schon wiederholt versucht, mit seiner Gaspistole Selbstmord zu begehen.

»Tun Sie's nicht. Die beiden sind's nicht wert.«

Auf der Heimfahrt hielt ich nach Lieferwagen Ausschau, die sonst nicht bei uns rumfahren. Aber ich sah nichts, es war auch Sonntag. Wenn stimmte, was Dina mir erzählt hatte, gab es über Mischkeys Tod weiß Gott mehr zu wissen, als im Polizeibericht stand.

Als wir uns am Abend in den ›Badischen Weinstuben‹ trafen, wußte Philipp, daß die Blutgruppe Mischkeys AB war. Also war es nicht sein Blut, das ich an der Seite abgekratzt hatte. Was folgte daraus?

Philipp aß mit Appetit seine Blutwurst. Er erzählte mir von Lebkuchenherzen, Herztransplantationen und seiner neuesten Freundin, die sich ihre Schamhaare herzförmig zurechtrasierte.

14

Laufen wir ein paar Schritte

Ich hatte den gestrigen Sonntag mit einem Fall verbracht, für den ich keinen Auftrag mehr hatte. Das darf man als Privatdetektiv prinzipiell nicht.

Ich sah durch die getönte Scheibe auf die Augusta-Anlage. Nahm mir vor, beim zehnten Auto zu entscheiden, wie es weitergeht. Das zehnte Auto war ein Käfer. Ich krabbelte hinter meinen Schreibtisch, um einen Schlußbericht für Judith Buchendorff zu schreiben. Ein Ende muß seine Form haben.

Ich nahm Block und Blei und machte mir Stichpunkte. Was sprach gegen einen Unfall? Da war das, was Judith mir erzählt hatte, da waren die zwei Schläge, die Dinas Mutter gehört hatte, und da war vor allem Dinas Beobachtung. Sie war brisant genug, um mich, hätte ich den Fall weiterbearbeitet, intensiv nach dem Lieferwagen und dessen Fahrer suchen zu lassen. Hatten die RCW etwas mit meinem Fall zu tun? Über sie hatte Mischkey nachhaltig recherchiert, mit welcher Absicht auch immer, und sie waren doch wohl das große Werk, für das Fred einmal gearbeitet hatte. Hatte Fred auf dem Ehrenfriedhof für sie zugeschlagen? Dann hatte ich noch die Blutspuren an der rechten Seite von Mischkeys Kabriolett. Schließlich das Gefühl, daß was nicht stimmte, und die vielen Gedankensplitter der letzten

Tage. Judith, Mischkey und ein eifersüchtiger, verschmähter Rivale? Ein anderer Computereinbruch von Mischkey mit tödlichem Gegenschlag? Ein Unfall unter Beteiligung des Lieferwagens, dessen Fahrer Fahrerflucht begeht? Ich dachte an die zwei Schläge – ein Unfall, in den noch ein drittes Fahrzeug verwickelt ist? Selbstmord von Mischkey, dem alles über den Kopf wächst?

Ich brauchte lange, bis ich diese Unfertigkeiten in einen Schlußbericht umgesetzt hatte. Fast ebenso lange saß ich über der Frage, ob ich Judith eine Rechnung und was ich in diese schreiben sollte. Ich rundete auf tausend Mark ab und schlug die Mehrwertsteuer wieder drauf. Als ich auch den Umschlag getippt, frankiert und Brief und Rechnung darin verschlossen hatte, schon in den Mantel geschlüpft war und zum Briefkasten gehen wollte, setzte ich mich noch mal hin und schenkte mir einen Sambuca mit drei Mücken ein.

Es war alles beschissen gelaufen. Ich würde den Fall vermissen, der mich mehr gepackt hatte, als meine Arbeit dies sonst tut. Ich würde Judith vermissen. Warum sollte ich's mir nicht eingestehen.

Als der Brief im Kasten lag, ging ich an den Fall Sergej Mencke. Ich rief im Nationaltheater an und vereinbarte einen Termin mit dem Chef des Balletts. Ich schrieb an die Vereinigten Heidelberger Versicherungen und fragte, ob sie die Kosten einer Reise nach den USA übernehmen wollten. Die beiden besten Freunde und Kollegen meines selbstverstümmelten Balettänzers, Joschka und Hanne, hatten für die neue Saison Engagements in Pittsburgh, Pennsylvania, angenommen und waren dorthin abgereist, und ich war noch nie in den USA gewesen. Ich fand raus, daß die Eltern von Sergej Mencke in Tauberbischofsheim wohnten. Der Vater war dort Hauptmann. Die Mutter sagte am Telephon, ich könne über Mittag vorbeikommen. Hauptmann Mencke war Heimesser. Ich telephonierte mit Philipp und fragte ihn, ob in den Annalen des Beinbruchs der Selbstbrecher und der Bruch durch zuschlagende Autotür verzeichnet seien. Er bot an, das Problem seiner Famula als Thema ihrer Dissertation vorzulegen. »Reicht dir das Ergebnis in drei Wochen?« Es reichte.

Dann machte ich mich auf den Weg nach Tauberbischofsheim. Ich hatte genug Zeit, um gemächlich durchs Neckartal zu fahren und in Amorbach Kaffee zu trinken. Vor dem Schloß lärmte eine Schulklasse, die auf die Führung wartete. Ob man Kindern den Sinn für das Schöne beibringen kann?

Herr Mencke war ein kühner Mann. Er hatte sich ein Eigenheim gebaut, obwohl er damit rechnen mußte, versetzt zu werden. Er öffnete in Uniform. »Kommen Sie doch rein, Herr Selb. Viel Zeit habe ich allerdings nicht, ich muß gleich wieder rüber.« Wir setzten uns ins Wohnzimmer. Es wurde Jägermeister angeboten, aber keiner trank.

Sergej hieß eigentlich Siegfried und hatte das Elternhaus zum Kummer seiner Mutter schon mit sechzehn verlassen. Vater und Sohn hatten miteinander gebrochen. Dem sportlichen Sohn war nicht verziehen worden, daß er sich mit einem fingierten Wirbelsäulenschaden um die Bundeswehr gedrückt hatte. Auch sein Weg zum Ballett war auf Mißbilligung gestoßen. »Vielleicht hat es auch sein Gutes, daß er jetzt nicht mehr tanzen kann«, meinte die Mutter. »Als ich ihn im Krankenhaus besucht habe, war er wieder ganz mein Sigi.«

Ich fragte, wie Siegfried sich seitdem finanziell durchgeschlagen hatte. Da waren anscheinend immer irgendwelche Freunde oder auch Freundinnen gewesen, die ihn unterstützten. Herr Mencke schenkte sich nun doch einen Jägermeister ein.

»Ich hätte ihm gerne was zugesteckt, von der Erbschaft von Omi. Aber du wolltest ja nicht.« Sie wandte sich vorwurfsvoll an ihren Mann. »Du hast ihn in alles nur immer tiefer reingetrieben.«

»Laß doch, Ella. Das interessiert den Herrn von der Versicherung nicht. Ich muß jetzt auch wieder in den Dienst. Kommen Sie, Herr Selb, ich bringe Sie nach draußen.« Er stand in der Tür und sah mir nach, bis ich mit dem Auto weggefahren war.

Auf der Rückfahrt kehrte ich in Adelsheim ein. Das Gasthaus war voll; ein paar Geschäftsleute, Lehrer vom Internat und an einem Tisch drei Herren, bei denen ich den Eindruck hatte, es handle sich um Richter, Staatsanwalt und Verteidiger vom Adelsheimer Amtsgericht, die die Verhandlung in entspannter Atmosphäre ohne die lästige Anwesenheit der Angeklagten führten. Ich kannte das aus meiner Zeit bei der Justiz.

In Mannheim kam ich in den Feierabendverkehr und brauchte für die fünfhundert Meter durch die Augusta-Anlage zwanzig Minuten. Ich schloß mein Büro auf. »Gerd«, rief es, und als ich mich umdrehte, sah ich Judith durch die stehenden Autos von der anderen Straßenseite kommen. »Können wir einen Moment reden?«

Ich schloß die Tür wieder ab. »Laufen wir ein paar Schritte.«

Wir liefen die Mollstraße hoch und die Richard-Wagner-Straße vor. Es dauerte eine Weile, bis sie etwas sagte. »Ich habe überreagiert am Samstag. Ich finde noch immer nicht gut, daß du mir nicht gleich am Mittwoch gesagt hast, was zwischen Peter und dir war. Aber irgendwie verstehe ich, wie's dir ging, und daß ich dich so hingestellt habe, als wäre dir nicht zu trauen, tut mir leid. Ich kann ganz schön hysterisch werden, seit Peter tot ist.«

Auch ich brauchte eine Weile. »Heute vormittag habe ich dir einen Schlußbericht geschrieben. Du wirst ihn mit der Rechnung heute oder morgen in der Post finden. Es war traurig. Ich hatte das Gefühl, mir etwas aus dem Herzen reißen zu müssen, dich, Peter Mischkey und eine Klarheit über mich selbst, die ich bei dem Fall zu gewinnen begann.«

»Dann bist du damit einverstanden weiterzumachen? Sag mir schon mal, was in deinem Bericht steht.«

Wir waren vor der Kunsthalle angelangt; ein paar Tropfen fielen. Wir gingen rein, und ich erzählte ihr, während wir durch die Säle mit den Bildern aus dem 19. Jahrhundert schlenderten, was ich herausgefunden hatte, vermutete und mich fragte. Vor Feuerbachs Bild der Iphigenie auf Aulis blieb sie stehen. »Das ist ein schönes Bild. Kennst du die Geschichte dazu?«

»Ich glaube, Agamemnon, ihr Vater, hat sie gerade als Opfer für die Göttin Artemis ausgesetzt, damit wieder Wind aufkommt und die griechische Flotte nach Troja auslaufen kann. Ich mag das Bild.«

»Ich wüßte gerne, wer die Frau war.«

»Du meinst das Modell? Feuerbach hat sie sehr geliebt, Nanna, eine römische Schustersfrau. Das Rauchen hat er ihretwegen aufgegeben. Dann lief sie ihm und ihrem Mann mit einem Engländer davon.«

Wir gingen zum Ausgang und sahen, daß es noch regnete. »Was willst du als nächstes machen?« fragte Judith.

»Morgen will ich mit Gremlich reden, Peter Mischkeys Kollegen im Regionalen Rechenzentrum, und auch noch mal mit ein paar Leuten aus den RCW.«

»Gibt es irgendwas, was ich tun kann?«

»Wenn mir etwas in den Sinn kommt, sag ich's dir. Weiß Firner eigentlich über dich und Peter Mischkey Bescheid und darüber, daß du mich beauftragt hast?«

»Gesagt habe ich ihm nichts. Aber warum hat er mir eigentlich nichts von Peters Verwicklung in unsere Computergeschichte erzählt? Zunächst hatte er mich immer auf dem laufenden gehalten.«

»Hast du denn gar nicht mitbekommen, daß ich den Fall abgeschlossen hatte?«

»Doch, ein Bericht von dir ging über meinen Schreibtisch. Es war alles sehr technisch.«

»Du hast nur den ersten Teil bekommen. Warum, das würde ich gerne wissen. Meinst du, du kriegst das raus?«

Sie wollte es versuchen. Es hatte zu regnen aufgehört, wurde dunkel, und die ersten Lichter gingen an. Der Regen hatte den Gestank der RCW mitgebracht. Auf dem Weg zum Auto redeten wir nicht. Judith hatte einen müden Gang. Beim Abschied sah ich auch die tiefe Müdigkeit in ihren Augen.

Sie spürte meinen Blick. »Ich seh nicht gut aus zur Zeit, gell?«

»Nein, du solltest wegfahren.«

»In den letzten Jahren habe ich immer mit Peter Ferien gemacht. Wir haben uns im Club Méditerranée kennengelernt, weißt du. Jetzt sollten wir in Sizilien sein, wir sind im Spätherbst immer in den Süden gefahren.« Sie fing an zu weinen.

Ich legte ihr den Arm um die Schulter. Zu sagen wußte ich nichts. Sie weinte sich aus.

15

Der Pförtner kannte mich noch

Gremlich war kaum wiederzuerkennen. Den Safarianzug hatte er gegen Wollflanellhose und Lederjackett eingetauscht, die Haare waren kurz geschnitten, über der Lippe prangte ein sorgfältig gestutztes Menjoubärtchen, und mit dem neuen Look trug er ein neues Selbstbewußtsein zur Schau.

»Guten Tag, Herr Selb. Oder soll ich Selk sagen? Was führt Sie zu uns?«

Was sollte ich davon halten? Mischkey würde ihm nicht von mir erzählt haben. Wer sonst? Jemand von den RCW. Ein Zufall? »Gut, daß Sie Bescheid wissen. Das erleichtert mir meine Aufgabe. Ich muß mir die Dateien ansehen, die Mischkey hier geführt hat. Würden Sie mir die bitte zeigen?«

»Wie? Ich verstehe nicht. Hier gibt es keine Dateien mehr von Peter.« Er sah irritiert, mißtrauisch drein. »In welchem Auftrag sind Sie eigentlich hier?«

»Zweimal dürfen Sie raten. Sie haben die Dateien also gelöscht? Ist vielleicht auch besser so. Sagen Sie mir aber, was Sie davon halten.« Ich nahm den Computerausdruck aus der Aktentasche, den ich in Mischkeys Ordner gefunden hatte.

Er legte ihn vor sich auf den Schreibtisch und blätterte

eine ganze Weile darin. »Woher haben Sie den? Der ist fünf Wochen alt, bei uns im Haus ausgedruckt, hat aber nichts mit unseren Beständen zu tun.« Er schüttelte nachdenklich den Kopf. »Ich würde das gerne dabehalten.« Er sah auf seine Uhr. »Ich muß jetzt in die Sitzung.«

»Ich bringe Ihnen den Auszug gerne noch mal vorbei. Jetzt muß ich ihn mitnehmen.«

Gremlich gab ihn mir, aber mir war, als würde ich ihn ihm entreißen. Ich steckte die augenscheinlich explosive Konterbande in meine Tasche. »Wer hat Mischkeys Aufgaben übernommen?«

Gremlich sah mich geradezu alarmiert an. Er stand auf. »Ich verstehe nicht, Herr Selb… Lassen Sie uns das Gespräch ein andermal fortsetzen. Ich muß jetzt wirklich in die Sitzung.« Er brachte mich an die Tür.

Ich trat aus dem Haus, sah die Telephonzelle auf dem Ebertplatz und rief sofort Hemmelskopf an. »Habt ihr beim Kreditinformationsdienst was über einen Jörg Gremlich?«

»Gremlich… Gremlich… Wenn wir was über ihn haben, habe ich ihn gleich auf dem Bildschirm. Einen Moment noch… Da ist er, Gremlich, Jörg, 19. 11. 1948, verheiratet, zwei Kinder, wohnhaft in Heidelberg, in der Furtwänglerstraße, fährt einen roten Escort, HD-S 735. Er hatte mal Schulden, scheint es aber zu was gebracht zu haben. Erst vor zwei Wochen hat er den Kredit bei der Bank für Gemeinwirtschaft zurückgezahlt. Das waren rund 40 000 Mark.«

Ich bedankte mich. Das langte Hemmelskopf aber nicht. »Meine Frau wartet immer noch auf den Drachenbaum, den du ihr im Frühjahr versprochen hast. Wann kommst du denn vorbei?«

Ich setzte Gremlich auf die Liste der Verdächtigen. Da haben zwei miteinander zu tun, und der eine kommt zu Tode und der andere zu Geld, und der zu Geld kommt, weiß auch noch zuviel – ich hatte keine Theorie, aber das roch fischig.

Die RCW hatten meinen Ausweis nie zurückverlangt. Mit ihm fand ich mühelos einen Parkplatz. Der Pförtner kannte mich noch und hob die Hand an die Mütze. Ich ging zum Rechenzentrum und stöberte Tausendmilch auf, ohne Oelmüller in die Hände zu laufen. Es wäre mir unangenehm gewesen, ihm zu erklären, was ich hier tat. Tausendmilch war wach, eifrig und leicht von Begriff wie stets. Er pfiff durch die Zähne.

»Das sind Dateien von uns. Merkwürdig gemischt. Und der Ausdruck ist auch nicht von uns. Ich dachte, wir hätten jetzt wieder Ruhe. Soll ich versuchen rauszufinden, woher der Ausdruck kommt?«

»Lassen Sie. Aber können Sie mir sagen, was das für Dateien sind?«

Tausendmilch setzte sich an einen Bildschirm und sagte: »Ich muß ein bißchen blättern.« Ich wartete geduldig.

»Da haben wir einmal Krankenstände vom Frühjahr und Sommer 1978, dann unsere Erfindungs- und Tantiemenverzeichnisse, ganz weit zurück bis vor 1945, und hier ist... da komme ich nicht dran, aber die Abkürzungen könnten für andere Chemiefirmen stehen.« Er schaltete das Gerät ab. »Ich möchte Ihnen noch sehr danken. Firner hat mich zu sich kommen lassen und mir gesagt, daß Sie mich in Ihrem Bericht lobend erwähnt haben und daß er noch was mit mir vorhat.«

Ich ließ einen glücklichen Menschen zurück. Für einen Moment sah ich vor mir, wie Tausendmilch, an dessen Rechter ich einen Ehering bemerkt hatte, heute abend nach Hause kommen und seiner schicken Frau, die ihn mit einem Martini erwartete und auf ihre Weise an seinem Aufstieg arbeitete, vom heutigen Erfolg erzählen würde.

Beim Werkschutz suchte ich Thomas auf. An einer Wand seines Büros hing ein halbfertiger Plan des Studiengangs Diplom-Sicherheitswart.

»Ich hatte gerade im Werk zu tun und wollte mit Ihnen über Ihr freundliches Angebot eines Lehrauftrags reden. Wie komm ich zu der Ehre?«

»Mich hat beeindruckt, wie Sie unser Datensicherheitsproblem gelöst haben. Wir vom Werk haben da nur von Ihnen lernen können, besonders Oelmüller. Abgesehen davon ist es für den Studienplan unumgänglich, einen Selbständigen aus der Sicherheitsbranche dabeizuhaben.«

»Was ist als Lehrgegenstand vorgesehen?«

»Von der Praxis bis zur Ethik des detektivischen Berufs. Mit Übungen und Abschlußklausur, wenn Ihnen das nicht zu viel Mühe macht. Das Ganze soll im Wintersemester beginnen.«

»Ich sehe da ein Problem, Herr Thomas. So, wie es Ihnen vorschwebt und es mir auch allein sinnvoll erscheint, kann ich die jungen Kommilitonen nur dann ausbilden, wenn ich meine Erfahrung hart am Fall einbringe. Aber denken Sie nur an den Fall hier im Werk, von dem wir gerade gesprochen haben. Auch wenn ich keine Namen nenne und mich um eine gewisse Verschleierung bemühe, weiß doch jeder sofort, wo dem Mostl der Bart wächst.«

Thomas verstand nicht. »Meinen Sie Direktor Moster von der Exportkoordination? Der hat aber doch keinen Bart. Und überhaupt...«

»Sie haben noch Ärger mit meinem Fall gehabt, hat Firner gesagt.«

»Ja, das war noch einigermaßen lästig mit Mischkey.«

»Hätte ich ihn härter anpacken sollen?«

»Er war ziemlich renitent, als Sie ihn uns überlassen haben.«

»Nach allem, was ich von Firner gehört habe, wurde er im Werk ja auch wie ein rohes Ei behandelt. Keine Rede von Polizei und Gericht und Gefängnis, das lädt zur Renitenz ein.«

»Aber Herr Selb, das haben wir dem doch nicht auf die Nase gebunden. Das Problem lag ganz woanders. Er hat uns geradewegs zu erpressen versucht. Wir haben nie rausgefunden, ob er wirklich was in der Hand hatte, aber er hat einen ganz schönen Wirbel gemacht.«

»Mit den alten Geschichten?«

»Ja, mit den alten Geschichten. Mit der Drohung, zur Presse zu gehen, zur Konkurrenz, zur Gewerkschaft, zur Gewerbeaufsicht, zum Bundeskartellamt. Wissen Sie, es ist ja hart, so was zu sagen, dieses Ende Mischkeys tut mir auch leid, zugleich bin ich froh, das Problem vom Hals zu haben.«

Danckelmann trat ein, ohne zu klopfen. »Ah, Herr Selb. Habe heute schon von Ihnen gesprochen. Was machen Sie denn noch rum mit diesem Mischkey? Ihr Fall ist doch längst abgeschlossen. Machen Sie mir mal die Pferde nicht scheu.«

Wie im Gespräch mit Thomas bewegte ich mich auch mit Danckelmann auf dünnem Eis. Zu direkte Fragen konnten es brechen lassen. Aber wer sich nicht in Gefahr begibt, kommt darin um. »Hat Gremlich Sie angerufen?«

Danckelmann ging nicht auf meine Frage ein. »Ernsthaft, Herr Selb, lassen Sie die Finger von dieser Geschichte. Wir schätzen das nicht.«

»Für mich sind meine Fälle immer erst dann abgeschlossen, wenn ich alles weiß. Wußten Sie zum Beispiel, daß Mischkey noch mal in Ihrem System spazierengegangen ist?«

Thomas hörte aufmerksam zu und sah mich befremdet an. Sein Lehrauftragsangebot tat ihm schon leid. Danckelmann beherrschte sich und bekam eine gepreßte Stimme. »Seltsame Vorstellungen haben Sie von einem Auftrag. Er ist dann fertig, wenn der Auftraggeber ihn nicht weiter bearbeitet haben möchte. Und Herr Mischkey spaziert nirgendwo mehr. Also, ich muß Sie schon bitten.«

Ich hatte mehr gehört, als ich mir hatte träumen lassen, und kein Interesse an einer weiteren Eskalation. Noch ein falsches Wort, und Danckelmann würde sich an meinen Sonderausweis erinnern. »Sie haben ja völlig recht, Herr Danckelmann. Andererseits geht es Ihnen doch sicher auch so, daß das Engagement in Sachen Sicherheit nicht immer an den engen Grenzen eines Auftrags haltmachen kann. Und seien Sie unbesorgt, als Selbständiger kann ich mir zuviel Einsatz ohne Auftrag nicht leisten.«

Danckelmann verließ das Zimmer nur halb versöhnt.

Thomas wartete ungeduldig darauf, daß ich ging. Aber ich hatte noch ein Bonbon für ihn. »Um noch mal darauf zurückzukommen, Herr Thomas, den Lehrauftrag nehme ich gerne an. Ich werde ein Curriculum entwerfen.«

»Ich danke Ihnen für Ihr Interesse, Herr Selb. Wir sind ja nicht aus der Welt.«

Ich verließ das Werkschutzgelände und fand mich wieder in dem Hof mit Aristoteles, Schwarz, Mendelejew und Kekulé. Auf die Nordseite des Hofs schien eine müde Herbstsonne. Ich setzte mich auf die oberste Stufe einer kleinen Treppe, die zu einer zugemauerten Tür führte. Zu überlegen hatte ich reichlich.

16

Papas Herzenswunsch

Immer mehr Puzzle-Steine fügten sich zusammen. Doch sie fügten sich nicht zu einem plausiblen Bild.

Ich verstand jetzt, was Mischkeys Ordner war: die Sammlung dessen, was er gegen die RCW aufzubieten hatte. Eine klägliche Sammlung. Er mußte hoch gepokert haben, um Danckelmann und Thomas so zu beeindrucken, wie ihm das anscheinend gelungen war. Aber was wollte er damit erreichen oder verhindern? Die RCW hatten ihm nicht auf die Nase gebunden, daß sie nicht mit Polizei, Gericht und Gefängnis gegen ihn vorgehen wollten. Warum hatten sie Druck machen wollen? Was hatten sie mit Mischkey vor, und wogegen hatte er sich mit seinen schwachbrüstigen Andeutungen und Drohungen gewehrt?

Ich dachte an Gremlich. Er war zu Geld gekommen, hatte heute morgen seltsame Reaktionen gezeigt, und ich war ziemlich sicher, daß er Danckelmann verständigt hatte. War Gremlich der Mann der RCW im RRZ? Hatten die RCW diese Rolle zunächst Mischkey zugedacht? Wir gehen nicht zur Polizei, und Sie sorgen dafür, daß unsere Emissionsdaten immer sauber bleiben? Einen solchen Mann zu haben, war viel wert. Das Überwachungssystem würde bedeutungslos werden und die Produktion nicht mehr beeinträchtigen können.

Aber ein Mord an Mischkey wurde durch all das nicht plausibel. Gremlich als Mörder, der das Geschäft mit den RCW machen wollte und dabei Mischkey nicht brauchen konnte? Oder hatte Mischkeys Material doch eine Brisanz, die mir bisher entgangen war und die eine tödliche Reaktion der RCW provoziert hatte? Aber dann hätten Danckelmann und Thomas, an denen vorbei eine solche Aktion schwerlich hätte laufen können, nicht so offen über den Konflikt mit Mischkey gesprochen. Und Gremlich machte zwar mit der Lederjacke einen besseren Eindruck als im Safarianzug, aber nicht einmal mit Borsalino konnte ich mir ihn als Mörder vorstellen. Suchte ich überhaupt in ganz falscher Richtung? Fred konnte Mischkey für die RCW zusammengeschlagen haben, aber auch für einen beliebigen anderen Auftraggeber, und für den konnte er ihn auch umgebracht haben. Was wußte ich, worin sich Mischkey in seiner hochstaplerischen Art verstrickt hatte. Ich mußte noch mal mit Fred reden.

Ich verabschiedete mich von Aristoteles. Wieder wirkten die Höfe des alten Werks ihren Zauber. Ich ging durch den Bogen in den nächsten Hof, dessen Wände im herbstlichen Rot des russischen Weins glühten. Kein Richard, der mit dem Ball spielte. Ich klingelte an der Schmalzschen Dienstwohnung. Die ältere Frau, die ich vom Sehen schon kannte, öffnete die Tür. Sie trug Schwarz.

»Frau Schmalz? Guten Tag, mein Name ist Selb.«

»Grüß Gott, Herr Selb. Sie fahren von hier aus mit uns zur Beerdigung? Die Kinder holen mich gleich ab.«

Eine halbe Stunde später fand ich mich im Krematorium auf dem Ludwigshafener Hauptfriedhof. Die Familie

Schmalz hatte mich wie selbstverständlich in die Trauer um Schmalz senior einbezogen, und ich mochte nicht sagen, daß ich nur zufällig in die Bestattungsvorbereitungen geplatzt war. Mit Frau Schmalz, dem jungen Ehepaar Schmalz und Sohn Richard war ich zum Friedhof gefahren, froh über den dunkelblauen Regenmantel und den gedeckten Anzug, die ich heute anhatte. Auf der Fahrt erfuhr ich, daß Schmalz senior einem Herzinfarkt erlegen war.

»Er sah so rüstig aus, als ich ihn vor ein paar Wochen gesehen habe.«

Die Witwe schluchzte. Mein lispelnder Freund erzählte von den Umständen, die zum Tod geführt hatten. »Papa werkelte noch viel, nachdem er in Rente gegangen war. Er hatte einen Werkraum im alten Hangar am Rhein, wo er kaputte Lieferwagen hergerichtet hat. Da hat er neulich nicht Obacht gegeben. Die Wunde an der Hand war nicht tief, aber der Doktor meinte, da war noch eine Blutung im Gehirn. Papa hatte danach immer ein Kribbeln in der linken Körperhälfte, ihm war arg unwohl, und er blieb im Bett. Vor vier Tagen dann der Infarkt.«

Auf dem Friedhof waren die RCW stark vertreten. Danckelmann hielt eine Rede. »Sein Leben war der Werkschutz, und der Werkschutz war sein Leben.« Im Verlauf der Rede verlas er einen persönlichen Abschied von Korten. Der Vorsitzende des RCW-Schachklubs, in dessen zweiter Mannschaft Schmalz senior am dritten Brett gespielt hatte, erbat Caissas Segen für den Verstorbenen. Das RCW-Orchester spielte ›Ich hatt einen Kameraden‹. Schmalz vergaß sich und lispelte mir gerührt zu: »Papas Herzenswunsch.« Dann glitt der blumenbedeckte Sarg in den Verbrennungsofen.

Dem Leichenkaffee und -kuchen konnte ich mich nicht entziehen. Ich konnte aber vermeiden, neben Danckelmann oder Thomas zu sitzen, obwohl Schmalz junior mir diesen Ehrenplatz zugedacht hatte. Ich nahm neben dem Vorsitzenden des RCW-Schachklubs Platz, und wir unterhielten uns über die Weltmeisterschaft zwischen Karpow und Kasparow. Beim Kognak danach begannen wir blind eine Partie. Beim zweiunddreißigsten Zug verlor ich den Überblick. Wir kamen auf den Verstorbenen zu sprechen.

»War ein ordentlicher Spieler, der Schmalz. Obwohl er erst spät damit angefangen hat. Und auf ihn konnte man sich verlassen im Verein. Er hat kein Training ausgelassen und kein Turnier.«

»Wie oft trainieren Sie?«

»Jeden Donnerstag. Jetzt vor drei Wochen war es das erste Mal, daß Schmalz nicht gekommen ist. Die Familie sagt, daß er sich in seiner Werkstatt übernommen hat. Aber wissen Sie, ich glaube ja, daß er seinen Hirnschlag schon davor bekommen hat. Sonst wäre er gar nicht in der Werkstatt gewesen, sondern beim Training. Da muß bei ihm schon was durcheinandergeraten sein.«

Es war wie bei jedem Leichenschmaus. Am Anfang die leisen Stimmen, die bemühte Trauer im Gesicht und die steife Würde im Leib, viel Verlegenheit, manche Peinlichkeit und bei jedem der Wunsch, es rasch hinter sich zu haben. Und schon nach einer Stunde ist es nur noch die Kleidung, die die Trauergesellschaft von einer beliebigen anderen unterscheidet, weder der Appetit noch der Lärm, noch auch, mit wenigen Ausnahmen, Mimik und Gestik. Ein bißchen besinnlich wurde mir aber doch. Wie würde es bei meiner eigenen Beerdigung zugehen? In der ersten Reihe der Friedhofskapelle fünf oder sechs Gestalten, darunter Eberhard, Philipp und Willy, Babs, vielleicht noch Röschen und Georg. Aber womöglich würde überhaupt niemand von meinem Tod erfahren und mich außer dem Pfarrer und den vier Sargträgern keine Menschenseele zum Grab geleiten. Ich sah Turbo hinter dem Sarg hertigern, eine Maus im Maul. Sie hatte ein Schleifchen umgebunden: ›Meinem lieben Gerd von seinem Turbo.‹

17

Im Gegenlicht

Um fünf war ich in meinem Büro, leicht angetrunken und schlecht gelaunt. Fred rief an. »Grüß Gott, Gerhard, kennst mich noch? Ich wollt noch mal fragen wegen deinem Auftrag. Hast schon jemand?«

»Ein paar Kandidaten habe ich schon. Aber noch nichts Endgültiges. Ich kann mir dich ja noch mal anschauen. Das müßte allerdings gleich sein.«

»Das paßt mir.«

Ich bestellte ihn ins Büro. Es fing an zu dämmern, ich machte das Licht an und ließ die Jalousien herunter.

Fred kam fröhlich und zutraulich. Es war hinterhältig, aber ich schlug sofort zu. In meinem Alter kann ich mir in solchen Situationen keine Fairness leisten. Ich traf ihn in den Magen und hielt mich nicht damit auf, ihm die Sonnenbrille von der Nase zu nehmen, bevor ich ihn ins Gesicht schlug. Seine Hände fuhren hoch, und ich boxte ihn noch einmal voll in den Unterleib. Als er mit seiner Rechten einen schüchternen Gegenschlag versuchte, drehte ich ihm den Arm auf den Rücken, trat ihm in die Kniekehle, und er ging zu Boden. Ich behielt ihn im Griff.

»In wessen Auftrag hast du im August einen Kerl auf dem Ehrenfriedhof zusammengeschlagen?«

»Halt, halt, du tust mir weh, was soll denn des. Ich weiß

nicht genau, der Chef sagt mir doch nichts. Ich... aua, laß nach...«

Stück um Stück kam's raus. Fred arbeitete für Hans, der bekam die Aufträge und traf die Absprachen, nannte Fred keine Namen, sondern beschrieb ihm nur Person, Ort und Stunde. Manchmal hatte Fred was mitgekriegt, »für den Weinkönig hab ich amal zulangt und amal für die Gewerkschaft und für die Chemie... hör auf, ja vielleicht der auf dem Kriegerfriedhof... hör auf!«

»Und für die Chemie hast du den Kerl ein paar Wochen später umgebracht.«

»Du bist ja wahnsinnig. Ich hab doch niemand umgebracht. Wir haben den Kerl ein bisserl aufgemischt, weiter nichts. Hör auf, du kugelst mir den Arm aus. Ich schwör's dir.«

Ich schaffte es nicht, ihm so weh zu tun, daß er lieber die Folgen des Geständnisses eines Mordes in Kauf nehmen als den Schmerz länger ertragen würde. Außerdem fand ich ihn glaubhaft. Ich ließ ihn los.

»Tut mir leid, Fred, daß ich dich rauh anfassen mußte. Ich kann es mir nicht leisten, daß jemand für mich arbeitet, der einen Mord am Stecken hat. Der ist tot, der Kerl, dem ihr's damals besorgt habt.«

Fred rappelte sich hoch. Ich zeigte ihm das Waschbecken und schenkte ihm einen Sambuca ein. Er stürzte ihn hinunter und machte, daß er davonkam.

»Schon gut«, murmelte er. »Aber mir reicht's jetzt, i geh.« Vielleicht fand er mein Verhalten unter professionellen Gesichtspunkten in Ordnung. Aber seine Sympathie hatte ich mir verscherzt.

Wieder ein Steinchen mehr und dennoch kein stimmigeres Bild. Da war also die Konfrontation zwischen den RCW und Mischkey bis zum Einsatz professioneller Schläger gediehen. Aber von dem Denkzettel, den Mischkey auf dem Ehrenfriedhof bekommen hatte, zum Mord ist ein gewaltiger Schritt.

Ich saß hinter meinem Schreibtisch. Die Sweet Afton hatte sich selbst geraucht und nur ihren aschenen Leib zurückgelassen. Auf der Augusta-Anlage rauschte der Verkehr vorbei. Vom Hinterhof hörte ich das Geschrei spielender Kinder. Es gibt Tage im Herbst, an denen einem Weihnachten in den Sinn kommt. Ich überlegte, womit ich meinen Baum in diesem Jahr schmücken sollte. Klärchen liebte es klassisch und behängte den Baum jahraus, jahrein mit silbrig glänzenden Glaskugeln und Lametta. Ich habe seitdem von Wikingautos bis Zigarettenschachteln manches ausprobiert. Damit habe ich mir bei meinen Freunden einen Ruf erworben, aber auch Maßstäbe gesetzt, denen ich nun verpflichtet bin. Das Universum der kleinen christbaumschmuckfähigen Gegenstände ist nicht unbegrenzt. Ölsardinendosen zum Beispiel wären dekorativ, sind aber schon sehr schwer.

Philipp rief an und forderte mich auf, seinen neuen Kabinenkreuzer anzuschauen. Brigitte fragte, was ich heute abend vorhabe. Ich lud sie zu mir zum Essen ein, rannte los und besorgte noch ein Schweinelendchen, gekochten Schinken und Chicorée.

Es gab Lendchen italienische Art. Danach legte ich ›Der Mann, der die Frauen liebte‹ ein. Ich kannte den Film schon und war gespannt, wie Brigitte darauf reagieren würde. Als der Schürzenjäger den schönen Frauenbeinen nach und in das Auto lief, fand sie, das geschehe ihm recht. Sie mochte den Film nicht besonders. Aber als er zu Ende war, ließ sie sich's nicht nehmen, wie zufällig vor der Stehlampe zu posieren und ihre Beine im Gegenlicht zur Geltung zu bringen.

18

Eine kleine Geschichte

Ich setzte Brigitte zur Arbeit am Collini-Center ab und trank bei ›Gmeiner‹ den zweiten Kaffee. Ich hatte keine heiße Spur im Fall Mischkey. Natürlich konnte ich weiter nach meinen blöden kleinen Steinchen suchen, sie ratlos hin und her wenden und zu diesem oder jenem Bild kombinieren. Ich hatte es satt. Ich fühlte mich jung und dynamisch nach der Nacht mit Brigitte.

Im Verkaufsraum stritt die Chefin mit ihrem Sohn. »So wie du dich anstellst, frage ich mich, ob du überhaupt Konditor werden willst.« Wollte ich meine Spuren wirklich verfolgen, so wie ich mich anstellte? Vor denen, die in die RCW führten, hatte ich Scheu. Warum? Fürchtete ich die Entdeckung, daß ich Mischkey ans Messer geliefert hatte? Hatte ich mir die Spuren mit den Rücksichten auf mich und auf Korten und auf unsere Freundschaft selbst versaut?

Ich fuhr nach Heidelberg ins RRZ. Gremlich wollte mich rasch im Stehen abfertigen. Ich setzte mich und holte wieder Mischkeys Computerausdruck aus der Aktentasche.

»Sie wollten das noch mal sehen, Herr Gremlich. Ich kann's Ihnen jetzt dalassen. Mischkey war schon ein Teufelskerl, ist noch mal ins RCW-System reingekommen, obwohl die Leitung schon gekappt war. Ich vermute übers Telephon, oder was meinen Sie?«

»Ich weiß nicht, wovon Sie reden«, log er schlecht.

»Sie lügen schlecht, Herr Gremlich. Aber das macht nichts. Für das, was ich Ihnen zu sagen habe, kommt's nicht drauf an, ob Sie gut oder schlecht lügen.«

»Was?«

Er stand immer noch und sah mich ratlos an. Ich machte eine einladende Handbewegung. »Wollen Sie sich nicht setzen?«

Er schüttelte den Kopf.

»Ich muß Ihnen nicht sagen, wem der rote Ford Escort HD-S 735 unten auf dem Parkplatz gehört. Heute vor genau drei Wochen stürzte Mischkey mit seinem Auto von der Eisenbahnbrücke zwischen Eppelheim und Wieblingen auf die Gleise, nachdem ihn ein roter Ford Escort abgedrängt hatte. Der Zeuge, den ich ausfindig machen konnte, hat sogar gesehen, daß das polizeiliche Kennzeichen des roten Escort mit HD anfängt und mit 735 endet.«

»Und warum erzählen Sie das mir? Sie sollten damit zur Polizei gehen.«

»Ganz richtig, Herr Gremlich. Schon der Zeuge hätte zur Polizei gehen sollen. Ich habe ihm erst klarmachen müssen, daß eine eifersüchtige Ehefrau kein Grund ist, einen Mord zu decken. Inzwischen ist er bereit, mit mir zur Polizei zu gehen.«

»Ja und?« Er verschränkte überlegen die Arme auf der Brust.

»Die Chancen, daß ein weiterer roter Escort aus Heidelberg ein Kennzeichen hat, auf das die Beschreibung paßt, sind vielleicht … Ach, rechnen Sie's selber aus. Die Schäden an dem roten Escort scheinen gering und leicht zu reparieren gewesen zu sein. Sagen Sie, Herr Gremlich, hatte man Ihnen Ihr Auto vor drei Wochen gestohlen, oder hatten Sie es verliehen?«

»Nein, natürlich nicht, was reden Sie für einen Unsinn.«

»Es hätte mich auch gewundert. Sie wissen doch sicher, daß man bei einem Mord immer fragt, wem nützt's? Was meinen Sie, Herr Gremlich, wem nützt Mischkeys Tod?«

Er schnaubte verächtlich.

»Dann lassen Sie mich Ihnen eine kleine Geschichte erzählen. Nein, nein, werden Sie nicht ungeduldig, es ist eine interessante kleine Geschichte. Sie wollen sich noch immer nicht setzen? Also, es waren mal ein großes Chemiewerk und ein regionales Rechenzentrum, das dem Chemiewerk auf die Finger schauen sollte. Das Chemiewerk hatte ein Interesse daran, daß ihm nicht zu genau auf die Finger gesehen wurde. Im regionalen Rechenzentrum waren für die Kontrolle des Chemiewerks zwei Leute entscheidend. Für das Chemiewerk ging es um viel, viel Geld. Wenn es doch nur einen Kontrolleur kaufen könnte! Was würde es nicht dafür geben! Aber es würde nur einen kaufen, weil es nur einen brauchte. Es sondiert bei beiden. Wenig später ist der eine tot, und der andere zahlt seinen Kredit zurück. Wollen Sie wissen, wie hoch der Kredit war?«

Jetzt setzte er sich. Um diesen Fehler gutzumachen, gab er sich empört. »Es ist ungeheuerlich, was Sie da nicht nur mir, sondern einem unserer traditionsreichsten und renommiertesten Chemieunternehmen andichten. An die sollte ich das am besten weitergeben; die können sich besser wehren als ich kleiner BAT-Angestellter.«

»Das will ich gerne glauben, daß Sie am liebsten zu den

RCW laufen möchten. Aber im Moment spielt die Geschichte ausschließlich zwischen Ihnen, der Polizei und mir und meinem Zeugen. Dabei wird die Polizei interessieren, wo Sie damals waren, und wie die meisten werden auch Sie drei Wochen post festum kein solides Alibi vorzuweisen haben.«

Wenn es den Besuch zusammen mit seiner armen Frau und seinen zweifellos ekligen Kindern bei den Schwiegereltern gegeben hätte, wäre Gremlich jetzt damit gekommen. Statt dessen sagte er: »Es kann gar keinen Zeugen geben, der mich dort gesehen hat, weil ich dort nicht war.«

Ich hatte ihn, wo ich ihn haben wollte. Ich fühlte mich nicht fairer als gestern bei Fred, aber genauso gut. »Richtig, Herr Gremlich, es gibt auch keinen Zeugen, der Sie dort gesehen hat. Aber ich habe jemanden, der sagen wird, daß er Sie dort gesehen hat. Und was meinen Sie, was dann passiert: Die Polizei hat einen Toten, eine Tat, einen Täter, einen Zeugen und ein Motiv. Da mag der Zeuge in der Gerichtsverhandlung schließlich zusammenbrechen, aber bis dahin sind Sie längst kaputt. Ich weiß nicht, was es für Bestechlichkeit heute gibt, aber dazu kommen die Untersuchungshaft wegen Mord, die Suspendierung vom Dienst, die Schande für Frau und Kinder, die soziale Ächtung.«

Gremlich war blaß geworden. »Was soll das? Warum machen Sie das mit mir? Was habe ich Ihnen getan?«

»Es gefällt mir nicht, wie Sie sich haben kaufen lassen. Ich kann Sie nicht leiden. Außerdem möchte ich was von Ihnen wissen. Und wenn ich Sie nicht ruinieren soll, dann spielen Sie besser mein Spiel mit.«

»Was wollen Sie von mir?«

»Wann haben die RCW Sie erstmals kontaktiert? Wer hat Sie angeworben, und wer ist sozusagen Ihr Führungsoffizier? Wieviel haben Sie von den RCW bekommen?«

Er erzählte alles, vom ersten Kontakt, den Thomas nach Mischkeys Tod mit ihm aufgenommen hatte, von den Verhandlungen über Leistung und Löhnung, von den Programmen, die er sich teils erst ausgedacht, teils schon verwirklicht hatte. Und er erzählte von dem Koffer mit den neuen Scheinen.

»Bescheuert ist nur, daß ich, statt meinen Kredit damit langsam zurückzuzahlen, ohne Verdacht zu erregen, gleich auf die Bank gegangen bin. Ich wollte Zinsen sparen.« Er holte ein Taschentuch heraus, um sich den Schweiß abzuwischen, und ich fragte ihn, was er über Mischkeys Tod wisse.

»Soweit ich's mitgekriegt habe, wollten die ihn unter Druck setzen, nachdem Sie ihn überführt hatten. Sie wollten die Kooperation, für die sie mich jetzt zahlen, umsonst haben und dafür die Sache mit Mischkeys Einbrüchen ins System auf sich beruhen lassen. Als er tot war, waren sie damit eher unzufrieden, weil sie dann zahlen mußten. Eben mich.«

Er hätte noch ewig weitererzählen können, sich wahrscheinlich auch noch gerne gerechtfertigt. Ich hatte genug gehört.

»Danke, das genügt fürs erste, Herr Gremlich. An Ihrer Stelle würde ich unser Gespräch vertraulich behandeln. Wenn die RCW erst mal wissen, daß ich weiß, werden Sie für das Werk wertlos. Falls Ihnen zu Mischkeys Unfall noch etwas einfällt, rufen Sie mich doch einfach an.« Ich gab ihm meine Karte.

»Ja, aber – ist Ihnen denn egal, was mit der Emissionskontrolle los ist? Oder gehen Sie trotzdem zur Polizei?«

Ich dachte an den Gestank, der mich so oft die Fenster schließen ließ. Und an das, was man nicht roch. Trotzdem war es mir jetzt gleichgültig. Mischkeys Computerausdrucke, die auf Gremlichs Schreibtisch lagen, packte ich wieder ein. Als ich mich zum Gehen wandte, streckte mir Gremlich die Hand entgegen. Ich ergriff sie nicht.

19

Energie und Ausdauer

Am Nachmittag hätte ich meinen Termin mit dem Ballettmeister gehabt. Aber ich hatte keine Lust und sagte ab. Zu
Hause legte ich mich ins Bett und wachte erst um fünf wieder auf. Ich mache fast nie einen Mittagsschlaf. Wegen meines niedrigen Blutdrucks fällt es mir schwer, danach wieder hochzukommen. Ich nahm eine heiße Dusche und
machte starken Kaffee.

Als ich bei Philipp auf der Station anrief, sagte die
Schwester: »Der Herr Doktor ist schon zu seinem neuen
Boot gefahren.« Ich fuhr durch die Neckarstadt nach Lu-
zenberg und parkte in der Gerwigstraße. Im Hafen ging
ich an vielen Booten vorbei, bis ich Philipps fand. Ich erkannte es am Namen. Es hieß Faun 69.

Ich verstehe nichts von der Schiffahrt. Philipp erklärte
mir, mit dem Boot könne er bis London fahren oder um
Frankreich rum nach Rom, nur nicht zu weit von der Küste weg. Das Wasser langte für zehn Duschen, der Eisschrank für vierzig Flaschen und das Bett für einen Philipp
und zwei Frauen. Nachdem er mich rumgeführt hatte,
schaltete er die Stereoanlage ein, legte Hans Albers auf und
entkorkte eine Flasche Bordeaux.

»Kriege ich noch eine Probefahrt?«

»Immer mit der Ruhe, Gerd. Jetzt leeren wir erst mal das

Fläschchen, und dann lichten wir Anker. Ich hab Radar und kann zu jeder Tages- und Nachtzeit auf Fahrt gehen.«

Aus dem einen Fläschchen wurden zwei. Zuerst erzählte Philipp mir von seinen Frauen. »Und bei dir, Gerd, wie sieht's da aus mit der Liebe?«

»Och, was soll ich sagen.«

»Nichts mit flotten Politessen oder feschen Sekretärinnen, oder womit hast du sonst noch zu tun?«

»Ich habe da bei einem Fall neulich eine Frau kennengelernt, die mir schon gefallen würde. Aber das ist schwierig, weil ihr Freund nicht mehr lebt.«

»Was ist daran, bitte schön, schwierig?«

»Na ja, ich kann mich doch nicht an eine trauernde Witwe ranmachen, noch dazu, wo ich rauskriegen soll, ob der Freund ermordet wurde.«

»Wieso kannst du das nicht? Ist das dein staatsanwaltlicher Ehrenkodex, oder hast du schlicht Schiß, daß sie dir einen Korb gibt?« Er machte sich über mich lustig.

»Nein, nein, das kann man so nicht sagen. Dann ist da auch noch eine andere, Brigitte. Die gefällt mir auch gut. Ich weiß gar nicht, was ich machen soll so mit zwei Frauen.«

Philipp brach in schallendes Gelächter aus. »Du bist ja ein richtiger Schwerenöter. Und was hindert dich, Brigitte näherzutreten?«

»Der bin ich ja schon ... mit der habe ich ja auch ...«

»Und jetzt bekommt sie ein Kind von dir?« Philipp konnte sich kaum halten vor Lachen. Dann merkte er, daß mir gar nicht zum Lachen war, und erkundigte sich ernst nach meiner Lage. Ich erzählte.

»Das ist doch kein Grund, so traurig zu schauen. Du

mußt nur wissen, was du willst. Suchst du eine zum Heiraten, dann bleib bei Brigitte. Die sind nicht schlecht, die Frauen von vierzig, haben alles schon gesehen, alles erlebt, sind sinnlich wie ein Sukkubus, wenn man sie zu wecken versteht. Und dann noch eine Masseurin, du mit deinem Rheuma. Mit der anderen, das klingt nach Streß. Ist dir danach? Nach Amour fou, himmelhoch jauchzend, zu Tode betrübt?«

»Das weiß ich doch nicht, was ich will. Wahrscheinlich will ich beides, die Sicherheit und das Prickeln. Jedenfalls manchmal will ich das eine und manchmal das andere.«

Das verstand er. Darin trafen wir uns. Ich wußte inzwischen, wo der Bordeaux lag, und holte die dritte Flasche. In der Kajüte stand der Rauch.

»He, Smutje, geh er mal in die Kombüse und tu den Fisch aus dem Fridsch in den Grill!« Im Eisschrank standen Kartoffel- und Wurstsalat aus dem Kaufhof und lag das tiefgefrorene Fischfilet. Es mußte nur noch in den Infrarotgrill gepackt werden. Nach zwei Minuten konnte ich das Dinner mit in die Kajüte nehmen. Philipp hatte den Tisch gedeckt und Zarah Leander aufgelegt.

Nach dem Essen gingen wir auf die Brücke, wie Philipp es nannte. »Und wo hißt man hier das Segel?« Philipp kannte meine dummen Witze und regte sich nicht auf. Auch meine Frage, ob er noch navigieren könne, hielt er für einen schlechten Witz. Wir waren ganz schön blau.

Wir fuhren unter der Altrheinbrücke durch und wandten uns rheinaufwärts. Der Strom lag schwarz und schweigend. Auf dem Gelände der RCW waren viele Gebäude hell erleuchtet, fackelten hohe Rohre bunte Feuer ab, warfen

Peitschenlampen grelles Licht. Der Motor tuckerte leise, das Wasser schlug klatschend gegen die Bordwand, und vom Werk drang ein gewaltiges, tosendes Fauchen. Wir glitten am Verladehafen der RCW, an Lastkähnen, Anlegestellen und Containerkränen, an Gleisanlagen und Lagerhallen vorbei. Nebel kam auf. Es war frisch geworden. Vor uns konnte ich schon die Kurt-Schumacher-Brücke erkennen. Das Gelände der RCW wurde düster, hinter den Gleisen ragten alte Gebäude spärlich beleuchtet in den Nachthimmel.

Ich hatte eine Eingebung. »Fahr mal rechts ran«, sagte ich zu Philipp.

»Du meinst, ich soll anlegen? Jetzt, dort, bei den RCW? Warum denn das?«

»Ich möchte mir was ansehen. Kannst du da eine halbe Stunde parken und auf mich warten?«

»Das heißt nicht parken, sondern vor Anker gehen, wir sind auf einem Boot. Ist dir klar, daß wir halb elf haben? Ich dachte, wir machen vor dem Schloß die Kurve, tuckern zurück und trinken nachher im Waldhof-Becken die vierte Flasche.«

»Ich erkläre dir das alles nachher bei der vierten Flasche. Aber jetzt muß ich da rein. Es hängt mit dem Fall zusammen, von dem ich dir vorhin erzählt habe. Und ich bin überhaupt nicht mehr blau.«

Philipp sah mich kurz prüfend an. »Du wirst wissen, was du machst.« Er steuerte das Boot nach rechts und fuhr mit einer ruhigen Konzentration, die ich ihm nicht mehr zugetraut hatte, langsam an der Kaimauer entlang, bis er eine in die Wand eingelassene Leiter fand. »Häng die Fender raus.« Er deutete auf drei weiße, wurstähnliche Plastikobjekte. Ich warf sie über Bord, glücklicherweise waren sie angebunden, und er machte das Boot an der Leiter fest.

»Ich hätte dich gerne dabei. Aber noch lieber weiß ich dich hier, startklar. Hast du eine Taschenlampe für mich?«

»Aye, aye, Sir.«

Ich kletterte die Leiter hoch. Mich fröstelte. Das Pulloverhemd, das mir unter irgendeinem amerikanischen Namen verkauft worden war und das ich unter der alten Lederjacke zu meinen neuen Nietenhosen trug, wärmte nicht. Ich lugte über die Kaimauer.

Vor mir lagen parallel zum Rheinufer eine schmale Straße, dahinter ein Gleis mit Eisenbahnwaggons. Die Gebäude waren Backsteinbauten des Stils, den ich vom Werkschutz und von der Wohnung Schmalz' kannte. Ich hatte das alte Werk vor mir. Hier irgendwo mußte Schmalz' Hangar sein.

Ich wandte mich nach rechts, wo die alten Backsteinbauten niedriger wurden. Ich versuchte, zugleich vorsichtig und mit der Selbstverständlichkeit dessen zu laufen, der hierher gehört. Ich hielt mich im Schatten der Eisenbahnwaggons.

Sie kamen, ohne daß der Schäferhund, den sie dabeihatten, Laut gab. Der eine leuchtete mir mit der Stablampe ins Gesicht, der andere fragte mich nach meinem Ausweis. Ich holte den Sonderausweis aus der Brieftasche. »Herr Selb? Was machen Sie hier mit Ihrem Sonderauftrag?«

»Ich brauchte keinen Sonderausweis, wenn ich Ihnen das sagen müßte.«

Aber damit hatte ich sie nicht beruhigt und auch nicht eingeschüchtert. Es waren zwei junge Bürschchen, wie man sie jetzt auch bei der Bereitschaftspolizei findet. Früher fand man sie bei der Waffen-ss. Das ist natürlich ein unzulässiger Vergleich, weil es heute um die freiheitliche demokratische Grundordnung geht, doch die Mischung aus Eifer, Ernst, Unsicherheit und Servilität in den Gesichtern ist dieselbe. Sie trugen eine Art paramilitärischer Uniform mit dem Benzolring am Kragenspiegel.

»Aber Kollegen«, sagte ich, »lassen Sie mich meinen Job zu Ende bringen, und tun Sie Ihren. Wie ist der Name? Will Danckelmann morgen gerne sagen, daß man sich auf Sie verlassen kann. Weiter so!«

Ich erinnere mich nicht mehr an ihre Namen; sie klangen so ähnlich wie Energie und Ausdauer. Ich schaffte es nicht, sie dazu zu bringen, ihre Hacken zusammenzuschlagen. Aber der eine gab mir den Ausweis zurück, und der andere machte die Taschenlampe aus. Der Schäferhund hatte die ganze Zeit unbeteiligt dabeigestanden.

Als ich sie nicht mehr sah und ihr Schritt verhallt war, ging ich weiter. Die niedrigen Gebäude, die ich gesehen hatte, machten einen heruntergekommenen Eindruck. Manche Fenster waren eingeschlagen, manche Türen hingen schief in den Angeln, gelegentlich fehlte das Dach. Das Areal war offensichtlich für den Abbruch vorgesehen. Aber vor einem Gebäude hatte der Verfall haltgemacht. Es war auch ein einstöckiger Backsteinbau, mit romanischen Fenstern und Tonnengewölbe aus Wellblech. Wenn hier etwas Schmalz' Hangar war, dann dieser Bau.

Meine Taschenlampe fand im großen Schiebetor die

kleine Servicetür. Beide waren abgeschlossen, die große bekam man überhaupt nur von innen auf. Zuerst wollte ich den Scheckkartentrick gar nicht versuchen, aber dann dachte ich daran, daß der alte Schmalz an dem fraglichen Abend, heute vor drei Wochen, womöglich gar nicht mehr die Kraft und den Geist gehabt hatte, an Kleinigkeiten wie Türschlösser zu denken. Und in der Tat, mit meinem Sonderausweis kam ich in den Hangar rein. Blitzschnell mußte ich die Tür schließen. Energie und Ausdauer bogen ums Eck.

Ich lehnte mich an die kalte Eisentür und holte tief Luft. Jetzt war ich wirklich nüchtern. Und immer noch fand ich es gut, daß ich mich spontan im Gelände der RCW auf die Suche gemacht hatte. Daß der alte Schmalz an dem Tag, an dem Mischkey seinen Unfall hatte, sich an der Hand verletzte, sich einen Hirnschlag holte und das Schachspielen vergaß, war nicht viel. Und daß er mit Lieferwagen rumgebastelt und das Mädchen am Bahnhof neben der Brücke einen komischen Lieferwagen gesehen hatte, war auch keine heiße Spur. Aber ich wollte es wissen.

Durch die Fenster fiel wenig Licht. Ich sah die Umrisse von drei Kastenwagen. Ich ließ meine Taschenlampe aufleuchten und erkannte den alten Hanomag, einen Unimog und einen Citroën. Der fährt in der Tat sonst nicht bei uns rum. Im hinteren Teil des Hangars stand ein großer Arbeitstisch. Ich tastete mich hin. Zwischen Werkzeug lagen ein Schlüsselbund, eine Mütze und ein Päckchen Zigaretten. Ich steckte den Schlüsselbund ein.

Nur der Citroën war fahrtüchtig. Am Hanomag fehlten die Scheiben, der Unimog war aufgebockt. Ich setzte mich in den Citroën und probierte die Schlüssel aus. Einer paßte, und als ich ihn umdrehte, leuchteten die Lämpchen auf. Am Lenkrad war altes Blut, und auch der Lappen auf dem Beifahrersitz war blutverschmiert. Ich steckte ihn ein. Als ich den Zündschlüssel abziehen wollte, berührte ich am Armaturenbrett einen Kippschalter. Hinter mir hörte ich einen Elektromotor surren, durch den Seitenspiegel sah ich die Verladetüren aufgehen. Ich stieg aus und ging nach hinten.

20

Nicht nur ein blöder Schürzenjäger

Diesmal erschrak ich nicht wieder so. Aber der Effekt war noch immer eindrucksvoll. Jetzt wußte ich, was auf der Brücke passiert war. Die hintere Front des Lieferwagens war von der aufgeklappten linken bis zur aufgeklappten rechten Türhälfte mit spiegelnder Folie bedeckt. Ein tödliches Triptychon. Die Folie war glattgespannt, ohne Falten oder Verwerfungen, und ich sah mich darin wie am Samstag im Spiegel meines Treppenhauses. Als Mischkey auf die Brücke gefahren war, hatte da der Lieferwagen mit offener hinterer Front gestanden. Mischkey hatte vor den scheinbar plötzlich auf seiner Fahrspur entgegenkommenden Scheinwerfern das Steuer nach links gerissen und dann die Kontrolle über sein Fahrzeug verloren. Mir fiel das Kreuz auf dem rechten Scheinwerfer von Mischkeys Wagen wieder ein. Das hatte nicht Mischkey angebracht, sondern der alte Schmalz, der daran in der Dunkelheit erkannt hatte, daß er die hinteren Türen auffahren mußte, weil sein Opfer kam.

Ich hörte Schläge an die Tür des Hangars. »Aufmachen, Werkschutz!« Energie und Ausdauer mußten den Schein meiner Taschenlampe bemerkt haben. Der Hangar war anscheinend so ausschließlich von Schmalz genutzt worden, daß der Werkschutz keinen Schlüssel hatte. Ich war froh, daß die beiden Nachwuchskräfte den Scheckkartentrick nicht kannten. Trotzdem saß ich in der Falle.

Ich merkte mir noch das polizeiliche Kennzeichen und sah, daß die Schilder entstempelt und notdürftig mit Draht angebracht waren. Ich ließ den Motor an, während draußen noch energischer und ausdauernder ans Tor geschlagen wurde, und setzte den Wagen mit der ausgeklappten Spiegelfläche bis auf einen Meter an die Tür zurück. Dann griff ich mir vom Tisch einen langen, schweren Schraubenschlüssel. Einer meiner beiden Verfolger warf sich gegen die Tür.

Ich preßte mich neben der Tür an die Wand. Jetzt brauchte ich viel Glück. Als ich mit dem nächsten Stoß gegen die Tür rechnete, drückte ich die Klinke runter.

Die Tür sprang auf, mit ihr stürzte der erste Werkschützer in den Hangar und zu Boden. Der zweite stürmte mit erhobener Pistole nach und hielt erschreckt vor seinem Spiegelbild inne. Dem Schäferhund hatte man beigebracht, den Mann anzugreifen, der seinen Herrn mit erhobener Waffe bedroht, und er sprang durch die reißende Folie. Ich hörte ihn im Laderaum schmerzlich jaulen. Der erste Werkschutzmann lag benommen am Boden, der zweite begriff noch nicht, ich nutzte die Verwirrung, wischte aus dem Tor und spurtete Richtung Boot. Ich war über den Gleiskörper auf der Straße vielleicht zwanzig Meter vorangekommen, da hörte ich, daß Energie und Ausdauer meine Verfolgung aufgenommen hatten: »Halt, stehenbleiben, oder ich schieße.« Ihre schweren Stiefel schlugen einen raschen Takt auf das Kopfsteinpflaster, das Hecheln des Hundes kam näher und näher, und ich hatte keine Lust, die Anwendung der Vorschriften über den Schußwaffengebrauch auf dem Werksgelände kennenzulernen. Der Rhein sah kalt aus. Aber ich hatte keine Wahl und sprang.

Der Kopfsprung aus vollem Lauf hatte genug Schwung, um mich erst nach einem guten Stück wieder an die Wasseroberfläche kommen zu lassen. Ich wandte den Kopf und sah die Werkschützer mit dem Schäferhund an der Kaimauer stehen und mit der Taschenlampe ins Wasser leuchten. Meine Kleider waren schwer, und die Rheinströmung ist stark, und ich kam nur mühsam voran.

»Gerd, Gerd!« Philipp ließ sein Boot im Schatten der Kaimauer abwärts treiben und rief flüsternd nach mir.

»Hier«, rief ich flüsternd zurück. Dann war das Boot neben mir, Philipp zog mich hoch. In dem Moment sahen uns Energie und Ausdauer. Ich weiß nicht, was sie unternehmen wollten. Uns unter Beschuß nehmen? Philipp startete den Motor und drehte mit sprühender Bugwelle zur Rheinmitte. Erschöpft und zitternd vor Kälte saß ich auf Deck. Ich zog den blutbefleckten Lappen aus der Tasche. »Kannst du mir noch einen Gefallen tun und untersuchen, was das für Blut ist? Ich glaub's zwar zu wissen, Blutgruppe Null, Rhesusfaktor negativ, aber sicher ist sicher.«

Philipp grinste. »Wegen dieses feuchten Lappens die ganze Aufregung? Aber eins nach dem andern. Du gehst jetzt erst mal unter Deck, nimmst eine heiße Dusche und ziehst meinen Bademantel an. Sobald wir an der Wasserschutzpolizei unbehelligt vorbei sind, mach ich dir einen Grog.«

Als ich wieder unter der Dusche hervorkam, waren wir in Sicherheit. Weder die RCW noch die Polizei hatten uns ein

Kanonenboot nachgeschickt, und Philipp war gerade dabei, das Boot bei Sandhofen wieder in den Altrhein-Arm zu manövrieren. Obwohl mich die Dusche aufgewärmt hatte, zitterte ich noch immer. Das war ein bißchen viel gewesen für mein Alter. Philipp hatte am alten Liegeplatz angelegt und kam in die Kabine. »Mein lieber Schwan«, sagte er. »Du hast mir einen schönen Schreck eingejagt. Als ich die Typen gegen das Blech trommeln hörte, dachte ich schon, daß was schiefgegangen ist. Ich wußte nur nicht, was ich machen soll. Dann hab ich dich springen sehen. Alle Achtung.«

»Ach weißt du, wenn erst mal ein scharf dressierter Hund hinter dir her ist, überlegst du nicht mehr lange, ob das Wasser vielleicht zu kalt ist. Viel wichtiger war, daß du genau zum richtigen Zeitpunkt das Richtige gemacht hast. Ohne dich wär ich wahrscheinlich abgesoffen, fragt sich nur, ob mit oder ohne Kugel im Kopf. Du hast mir das Leben gerettet. Bin ich froh, daß du nicht nur ein blöder Schürzenjäger bist.«

Philipp klapperte verlegen in der Kombüse herum. »Vielleicht erzählst du mir jetzt, was du bei den RCW verloren hattest.«

»Verloren nichts, aber gefunden einiges. Außer diesem ekelhaften nassen Lappen hab ich die Mordwaffe gefunden, wahrscheinlich auch den Mörder. Deswegen der nasse Lappen.« Über dem dampfenden Grog erzählte ich Philipp von dem Wellblech-Lieferwagen und seiner überraschenden Sonderausstattung.

»Aber wenn das so einfach war, deinen Mischkey von der Brücke zu jagen, warum dann die Verletzungen des Werkschutzveteranen?« fragte Philipp, als ich mit meinem Bericht fertig war.

»Du hättest Privatdetektiv werden sollen. Du begreifst schnell. Ich weiß noch keine Antwort, es sei denn…« Mir fiel ein, was die Wirtin von der Bahnhofgaststätte erzählt hatte. »Die Frau am alten Bahnhof hat zwei Schläge gehört, kurz hintereinander. Jetzt wird mir das klar. Mischkeys Wagen war auf der Brücke im Geländer hängengeblieben, da hat Schmalz senior ihn mit einer großen Anstrengung aus dem prekären Gleichgewicht gebracht und sich dabei seine Verletzung zugezogen. An der Anstrengung ist er dann schließlich zwei Wochen später gestorben. Ja, so muß es gewesen sein.«

»Zusammenpassen würde das alles schon, auch vom ärztlichen Standpunkt. Ein Schlag beim Durchbrechen des Geländers, einer beim Aufprall auf den Bahndamm. Wenn sich alte Leute zuviel zumuten, kann es passieren, daß sie einen kleinen Gehirnschlag kriegen. Der bleibt unbemerkt, bis dann das Herz nicht mehr mitmacht.«

Ich war mit einem Mal sehr müde. »Trotzdem ist mir vieles noch nicht klar. Der alte Schmalz ist ja nicht von selber draufgekommen, Mischkey umzubringen. Und das Motiv weiß ich auch noch nicht. Fahr mich bitte nach Hause, Philipp. Den Bordeaux trinken wir ein andermal. Ich hoffe nur, daß du wegen meiner Eskapaden keine Schwierigkeiten kriegst.«

Als wir aus der Gerwig- in die Sandhofenstraße einbogen, raste ein Streifenwagen mit Blaulicht ohne Martinshorn an uns vorbei zum Hafenbecken. Ich drehte mich nicht einmal um.

21

Die betenden Hände

Nach durchfieberter Nacht rief ich Brigitte an. Sie kam sofort, brachte Chinin gegen mein Fieber mit und Nasentropfen, massierte mir den Nacken, hängte die Kleider zum Trocknen auf, die ich am Abend im Flur hatte fallen lassen, bereitete in der Küche etwas vor, was ich mir zu Mittag warm machen sollte, ging los, kaufte Orangensaft, Traubenzucker und Zigaretten und fütterte Turbo. Sie war geschäftig, tüchtig und besorgt. Als ich wollte, daß sie sich noch ein bißchen auf den Bettrand setzt, mußte sie weg.

Ich schlief fast den ganzen Tag. Philipp rief an und bestätigte die Blutgruppe Null und den negativen Rhesusfaktor. Durch das Fenster drangen die Geräusche des Verkehrs auf der Augusta-Anlage und das Geschrei spielender Kinder in den Dämmer meines Zimmers. Ich erinnerte mich an Kinderkrankheitstage, an den Wunsch, mit den anderen Kindern draußen zu spielen, und zugleich den Genuß der eigenen Schwäche und der mütterlichen Verwöhnung. Ich rannte im fiebrigen Halbschlaf noch mal und noch mal vor dem hechelnden Schäferhund und Energie und Ausdauer davon. Ich holte die Angst nach, die ich gestern nicht gespürt hatte, weil alles zu schnell gegangen war. Ich fieberte Phantasien über Mischkeys Ermordung und Schmalz' Motive.

Gegen Abend ging es mir besser. Das Fieber war runtergegangen, und ich war schwach, mochte aber die Rinderbrühe mit Nudeln und Gemüse essen, die Brigitte vorbereitet hatte, und danach eine Sweet Afton rauchen. Wie sollte die Arbeit an meinem Fall weitergehen? Mord gehört in die Hände der Polizei, und selbst wenn die RCW, was ich mir vorstellen konnte, den Schleier des Vergessens über den gestrigen Vorfall breiteten, würde ich von niemandem im Werk mehr irgend etwas erfahren. Ich rief Nägelsbach an. Er und seine Frau hatten schon zu Abend gegessen und waren im Atelier.

»Natürlich können Sie noch vorbeikommen. Sie können auch ›Hedda Gabler‹ mithören, wir sind gerade beim dritten Akt.«

Ich hängte einen Zettel an die Haustür, um Brigitte zu beruhigen, falls sie noch einmal nach mir schauen sollte. Die Fahrt nach Heidelberg war schlimm. Meine Langsamkeit und die Schnelligkeit des Autos kamen nur mühsam miteinander zurecht.

Nägelsbachs wohnen in einem der Pfaffengrunder Siedlungshäuschen aus den zwanziger Jahren. Den Schuppen, ursprünglich für Hühner und Kaninchen gedacht, hat Nägelsbach zu seinem Atelier gemacht mit großem Fenster und hellen Lampen. Der Abend war kühl, und im schwedischen Eisenofen brannten ein paar Holzscheite. Nägelsbach saß auf seinem barhockerhohen Stuhl an der großen Tischplatte, auf der die ›Betenden Hände‹ von Dürer streichhölzerne Gestalt gewannen. Seine Frau las im Sessel neben dem Ofen vor. Es war die perfekte Idylle, die sich meinem Blick bot, als ich durch das hintere Gartentor direkt zum Atelier gekommen war und vor dem Anklopfen durch das Fenster sah.

»Mein Gott, wie sehen denn Sie aus!« Frau Nägelsbach räumte mir den Sessel und setzte sich auf einen Schemel.

»Sie müssen ja ganz schön was auf dem Herzen haben, wenn Sie in der Verfassung herkommen«, begrüßte mich Nägelsbach. »Stört es Sie, wenn meine Frau dabei ist? Ich sage ihr alles, auch aus dem Dienst. Die Verschwiegenheitsvorschriften sind nicht für kinderlose Ehepaare, die nur sich haben.«

Während ich erzählte, arbeitete Nägelsbach weiter. Er unterbrach mich nicht. Am Ende meines Berichts schwieg er eine Weile, machte dann das Licht über seiner Arbeitsplatte aus, wandte sich mit seinem hohen Stuhl zu uns und sagte: »Sag Herrn Selb, wie die Dinge stehen.«

»Die Polizei bekommt mit dem, was Sie eben erzählt haben, vielleicht einen Durchsuchungsbefehl für den alten Hangar. Darin findet sie vielleicht auch noch den Citroën. Aber nichts daran wird besonders und verdächtig sein, keine spiegelnde Folie, kein tödliches Triptychon mehr. Das war übrigens hübsch, wie Sie das beschrieben haben. Nun, und dann kann die Polizei ein paar Werkschutzleute verhören und die Witwe Schmalz und wen Sie sonst noch genannt haben, aber was soll dabei rauskommen?«

»So ist es, und natürlich kann ich Herzog besonders auf den Fall anspitzen, und er kann versuchen, seine Verbindung zum Werkschutz spielen zu lassen, nur ändern wird das nichts. Aber das wissen Sie doch alles, Herr Selb.«

»Ja, da bin ich mit meinen Überlegungen auch angekommen. Trotzdem dachte ich, daß Ihnen vielleicht etwas einfällt, daß die Polizei vielleicht noch was machen kann, daß… Ach, ich weiß auch nicht, was ich dachte. Ich bin nicht damit zurechtgekommen, daß der Fall so zu Ende gehen soll.«

»Hast du eine Idee zum Motiv?« Frau Nägelsbach wandte sich an ihren Mann. »Kann man darüber nicht noch weiterkommen?«

»Ich kann mir bei dem, was wir bisher wissen, nur vorstellen, daß was schiefgelaufen ist. So in der Art der Geschichte, die du mir neulich vorgelesen hast. Die RCW haben Ärger mit Mischkey, und das wird immer lästiger und lästiger, und dann sagt ein Maßgeblicher: ›Jetzt langt's aber‹, und sein Untergebener kriegt einen Schreck und gibt seinerseits weiter: ›Sorgen Sie dafür, daß wir vor dem Mischkey Ruhe kriegen, strengen Sie sich an‹, und der das gesagt bekommt, will Einsatz zeigen und spornt seine Untergebenen an und ermuntert sie dazu, sich was einfallen zu lassen, auch ruhig was Außergewöhnliches, und am Ende dieser langen Reihe meint dann einer, was man von ihm verlangt, ist Mischkey umzulegen.«

»Aber der alte Schmalz war in Rente und stand gar nicht mehr in der Reihe«, gab seine Frau zu bedenken.

»Schwer zu sagen. Wie viele Polizisten kenne ich, die sich auch nach der Pensionierung immer noch als Polizisten fühlen.«

»Um Gottes willen«, unterbrach sie ihn, »wirst mir doch nicht…«

»Nein, ich werde dir nicht. Vielleicht war Schmalz senior so einer, der sich immer noch im Dienst fühlte. Was ich mit all dem sagen will, ist, daß es das Mordmotiv im klassischen

Sinn hier gar nicht geben muß. Der Mörder ist bloß ausführendes Organ ohne Motiv, und wer das Motiv hatte, wollte drum noch nicht den Mord. Das ist die Wirkung und letztlich auch der Zweck von Befehlshierarchien. Wir kennen das auch bei der Polizei, beim Militär.«

»Meinst du, es wäre mehr zu machen, wenn der alte Schmalz noch am Leben wäre?«

»Nun, zunächst einmal wäre Herr Selb nicht soweit gekommen. Er hätte nichts von Schmalz' Verletzung erfahren, hätte nicht im alten Hangar gesucht und schon gar nicht dort den mörderischen Lieferwagen gefunden. Die Spuren wären längst beseitigt gewesen. Aber gut, stellen wir uns vor, wir wären auf andere Weise zu unserem Wissen gekommen. Nein, ich denke nicht, daß wir vom alten Schmalz was rausbekommen hätten. Der muß ein ganz schön harter Brocken gewesen sein.«

»Das kann aber doch einfach nicht sein, Rudolf. Wenn man dich hört, dann ist der einzige, den man bei solchen Befehlsketten drankriegen kann, das letzte Glied. Und die anderen sollen alle unschuldig sein?«

»Ob sie unschuldig sind, ist eine Frage, und ob man sie drankriegen kann, eine andere. Schau mal, Reni, ich weiß natürlich nicht, ob wirklich was schiefgelaufen ist und ob nicht vielmehr die Kette gerade so geschmiert war, daß jeder weiß, was gemeint ist, aber keiner es aussprechen muß. Aber wenn sie so geschmiert war, dann ist das jedenfalls nicht nachzuweisen.«

»Soll man dem Herrn Selb dann raten, mal mit einem von den großen Tieren bei den RCW zu reden? Damit er ein Gefühl dafür kriegt, wie es sich verhält?«

»Für die Strafverfolgung hilft das auch nicht weiter. Aber du hast recht, das ist das letzte, was er noch machen kann.«

Es tat gut, wie die zwei im Frage-und-Antwort-Spiel klärten, worüber ich in meinem angeschlagenen Zustand nicht richtig nachdenken konnte. Blieb mir also ein Gespräch mit Korten.

Frau Nägelsbach machte einen Eisenkrauttee, und wir redeten über Kunst. Nägelsbach erzählte, was ihn daran reizte, die betenden Hände zu realisieren. Er fand die gängigen plastischen Wiedergaben nicht weniger süßlich als ich. Gerade deswegen war es ihm ein Anliegen, durch die strenge Struktur des Streichholzes zur erhabenen Nüchternheit des Dürerschen Vorbilds zu gelangen.

Beim Abschied versprach er mir, das Kennzeichen von Schmalz' Citroën zu überprüfen.

Der Zettel für Brigitte hing immer noch an der Haustür. Als ich im Bett lag, rief sie an. »Geht's dir besser? Tut mir leid, daß ich nicht noch mal nach dir schauen konnte, ich hab's einfach nicht geschafft. Wie sieht dein Wochenende aus? Meinst du, du bist imstande, morgen abend zu mir zum Essen zu kommen?« Irgendwas stimmte nicht. Ihre Munterkeit klang angestrengt.

22

Tee in der Loggia

Auf dem Anrufbeantworter fand ich am Samstag morgen eine Nachricht von Nägelsbach und eine von Korten. Das polizeiliche Kennzeichen am Citroën des alten Schmalz war vor fünf Jahren an einen Heidelberger Postbeamten für einen vw-Käfer ausgegeben worden. Von dessen verschrottetem Vorgänger stammte vermutlich das Nummernschild, das ich gesehen hatte.

Korten fragte, ob ich nicht am Wochenende bei ihnen in der Ludolf-Krehl-Straße vorbeischauen wolle. Ich solle ihn doch zurückrufen.

»Mein lieber Selb, schön, daß du anrufst. Heute nachmittag einen Tee in der Loggia? Du hast einigen Wirbel bei uns gemacht, höre ich. Und klingst erkältet, aber das wundert mich nicht, ha ha. Deine Kondition, alle Achtung.«

Um vier war ich in der Ludolf-Krehl-Straße. Für Inge, falls es denn noch Inge sein sollte, hatte ich einen herbstlichen Blumenstrauß dabei. Ich bestaunte das Eingangstor, die Videokamera und die Sprechanlage. Sie bestand aus einem Telephonhörer an langem Kabel, den der Chauffeur einem Kasten neben dem Tor entnehmen und seiner Herrschaft in den Wagen reichen konnte. Als ich mich mit dem Hörer in mein Auto setzen wollte, hörte ich Korten mit gequälter Geduld, mit der man mit einem unartigen Kind spricht: »Mach keinen Quatsch, Selb! Die Seilbahn ist schon zu dir unterwegs.«

Bei der Fahrt hatte ich den Blick von Neuenheim über die Rheinebene bis zum Pfälzer Wald. Es war ein klarer Tag, und ich konnte die Schlote der RCW erkennen. Ihr weißer Rauch verlor sich unschuldig im blauen Himmel.

Korten, in Manchesterhose, kariertem Hemd und lässiger Strickjacke, begrüßte mich herzlich. Um ihn sprangen zwei Dachshunde. »Ich habe in der Loggia decken lassen, es ist dir doch nicht zu kalt? Du kannst auch eine Strickjacke von mir haben, Helga strickt mir eine nach der anderen.«

Wir standen und genossen den Blick. »Ist das deine Kirche da unten?«

»Die Johanneskirche? Nein, wir gehören kirchlich zur Friedenskirche in Handschuhsheim. Ich bin da Presbyter geworden. Schöne Aufgabe das.«

Helga kam mit der Kaffeekanne, und ich wurde meine Blumen los. Ich hatte Inge nur flüchtig gekannt und wußte auch nicht, ob sie gestorben, geschieden oder einfach weggegangen war. Helga, neue Frau oder neue Geliebte, glich ihr. Dieselbe Munterkeit, dieselbe falsche Bescheidenheit, dieselbe Freude über meinen Blumenstrauß. Das erste Stück gedeckten Apfelkuchen aß sie mit uns. Dann: »Ihr Männer wollt sicher unter euch sein.« Wie es sich gehört, widersprachen wir beide. Und wie es sich gehörte, ging sie trotzdem.

»Ich darf noch ein Stück Apfelkuchen essen? Er schmeckt vorzüglich.«

Korten lehnte sich im Sessel zurück. »Ich bin sicher, daß

du einen guten Grund hattest, am Donnerstag abend unseren Werkschutz zu erschrecken. Wenn es dir nichts ausmacht, wüßte ich ihn gerne. Ich habe dich neulich ins Werk gewissermaßen eingeführt und jetzt die staunenden Blicke abbekommen, als deine Eskapade bekannt wurde.«

»Wie gut kanntest du den alten Schmalz, bei dessen Beerdigung ein persönlicher Abschied von dir verlesen wurde?«

»Du hast im Schuppen doch nicht nach der Antwort auf diese Frage gesucht. Aber gut, ich kannte ihn besser und mochte ihn lieber als alle anderen Werkschützer. Damals in den dunklen Jahren sind wir manchem einfachen Mitarbeiter nahegekommen, wie das heute gar nicht mehr geht.«

»Der hat Mischkey umgebracht. Und im Hangar habe ich dafür den Beweis gefunden, das Mordwerkzeug.«

»Der alte Schmalz? Der konnte keiner Fliege was zuleide tun. Was redest du dir ein, mein lieber Selb.«

Ohne Judith zu nennen und ohne auf Einzelheiten einzugehen, berichtete ich, was geschehen war. »Und wenn du mich fragst, was mich das alles angeht, dann erinnere dich an unser letztes Gespräch. Ich bitte dich, sanft mit Mischkey umzugehen, und wenig später ist er tot.«

»Und wo siehst du den Grund, das Motiv, für eine solche Tat des alten Schmalz?«

»Da können wir gleich noch drauf kommen. Zunächst wüßte ich gerne, ob du zum Ablauf noch Fragen hast.«

Korten stand auf und ging mit schweren Schritten auf und ab. »Warum hast du mich nicht gleich angerufen gestern morgen? Dann hätten wir in Schmalz' Hangar vielleicht noch mehr zum Hergang finden können. Jetzt ist es zu spät. Es stand seit Wochen an – gestern wurde der Gebäudekomplex mit dem alten Hangar abgerissen. Das war auch der Grund, warum ich vor vier Wochen persönlich mit dem alten Schmalz geredet habe. Ich habe versucht, ihm bei einem Schnäpschen zu erklären, daß wir ihm den alten Hangar und auch die Werkswohnung leider nicht lassen können.«

»Du warst beim alten Schmalz?«

»Ich habe ihn kommen lassen. Natürlich läuft so eine Mitteilung normalerweise nicht über mich. Aber er erinnerte mich immer an die alten Zeiten. Du weißt doch, wie sentimental ich letztlich bin.«

»Und was ist aus den Lieferwagen geworden?«

»Keine Ahnung, da wird sich der Sohn drum gekümmert haben. Aber noch mal, wo siehst du ein Motiv?«

»Ich dachte eigentlich, das könntest du mir sagen.«

»Wie kommst du darauf?« Kortens Schritte verlangsamten sich, er blieb stehen, wandte sich mir zu und musterte mich.

»Daß der alte Schmalz persönlich keinen Grund hatte, Mischkey umzubringen, versteht sich. Aber das Werk hatte ja nun einigen Ärger mit ihm, hat ihn unter Druck gesetzt, ihr habt ihn sogar zusammenschlagen lassen; und er hat Gegendruck gemacht. Und immerhin konnte er euren Deal mit Gremlich hochgehen lassen. Du willst mir doch nicht sagen, daß du von all dem nichts gewußt hast?«

Nein, das wollte Korten nicht. Den Ärger hatte er schon mitbekommen, und den Deal mit Gremlich auch. Aber das alles sei doch nicht der Stoff, aus dem man Morde macht. »Es sei denn…«, er nahm die Brille ab, »es sei denn, ja, da hat der alte Schmalz etwas ganz falsch verstanden. Weißt du, das war so einer, der sich immer noch im Dienst glaubte, und wenn ihm sein Sohn oder ein anderer Werkschützer vom Trouble mit Mischkey erzählt hat, hat er womöglich gemeint, sich zum Retter des Werks aufschwingen zu müssen.«

»Was könnte der alte Schmalz denn da so folgenschwer mißverstanden haben?«

»Ich weiß nicht, was sein Sohn oder sonst jemand ihm erzählt haben mag. Oder ob jemand ihn regelrecht scharfgemacht hat? Der Sache werde ich auf den Grund gehen. Unerträglich zu denken, daß mein alter Schmalz am Ende auf diese Weise mißbraucht wurde. Und welche Tragik liegt in diesem Ende. Seine große Liebe zum Werk und ein dummes kleines Mißverständnis lassen ihn ohne Sinn und ohne Not Leben nehmen und auch das eigene Leben geben.«

»Was ist denn in dich gefahren? Leben geben, Leben nehmen, Tragik, Mißbrauch – ich denke, verwerflich ist gar nicht, Leute zu mißbrauchen, es ist nur taktlos, sie es merken zu lassen?«

»Du hast recht, laß uns wieder zur Sache kommen. Sollen wir die Polizei reinbringen?«

War das alles? Ein übereifriger Werkschutzveteran hatte Mischkey umgebracht, und das verdarb Korten noch nicht mal den Appetit aufs Frühstücksei. Ob ihn die Aussicht auf die Polizei im Werk erschrecken könnte? Ich versuchte es.

Korten erwog das Für und Wider. »Es geht mir nicht nur darum, daß es immer unangenehm ist, die Polizei im Werk zu haben. Mich dauert die Familie Schmalz. Mann und Vater verlieren und dann noch erfahren, daß er tödlich gefehlt hat – können wir das verantworten? Zu sühnen ist nichts mehr, Schmalz hat mit dem Leben bezahlt. Die Wiedergutmachung beschäftigt mich noch. Weißt du, ob Mischkey Eltern hatte, für die er gesorgt hat, oder sonstige Verpflichtungen, ob er einen ordentlichen Grabstein bekommen hat? Hinterläßt er jemand, dem man eine Freude machen kann? Wärst du bereit, dich darum zu kümmern?«

Ich nahm an, daß Judith sich eine solche Freude nicht machen lassen wollte.

»Ich hab genug ermittelt im Fall Mischkey. Was du noch wissen willst, wenn's dir wirklich ernst ist, das besorgt dir Frau Schlemihl mit ein paar Telephonanrufen.«

»Immer bist du so empfindlich. Du hast im Fall Mischkey großartige Arbeit geleistet. Ich bin dir auch gerade dafür dankbar, daß du der Ermittlung zweiten Teil noch durchgeführt hast. Über solche Dinge muß ich Bescheid wissen. Darf ich meinen ursprünglichen Auftrag nachträglich erweitern und dich um Rechnungstellung bitten?«

Die Rechnung sollte er haben.

»Ach, und noch etwas«, sagte Korten, »weil wir gerade bei den praktischen Dingen sind. Du hast damals vergessen, deinem Bericht den Sonderausweis beizulegen. Steck ihn diesmal doch mit der Rechnung in den Umschlag.«

Ich holte den Ausweis aus meiner Brieftasche. »Du kannst ihn gleich haben. Und ich mach mich jetzt auch auf den Weg.«

Helga kam auf die Loggia, als hätte sie hinter der Tür gelauscht und das Signal zum Abschiednehmen mitbekommen. »Die Blumen sind ganz reizend, mögen Sie schauen, wo ich sie hingestellt habe?«

»Ach, duzt euch doch, Kinder. Selb ist mein ältester Freund.« Korten legte uns beiden den Arm um die Schulter.

Ich wollte raus hier. Statt dessen folgte ich den beiden in den Salon, bewunderte meinen Blumenstrauß auf dem Flügel, hörte den Champagnerkorken knallen und stieß mit Helga auf das Du an.

»Warum haben wir Sie noch nicht öfter bei uns gesehen?« fragte sie in aller Unschuld.

»Ja, das muß sich ändern«, sagte Korten, ehe ich etwas erwidern konnte. »Was hast du denn an Silvester vor?«

Ich dachte an Brigitte. »Ich weiß noch nicht.«

»Das ist ja wunderbar, mein lieber Selb. Dann hören wir bald wieder voneinander.«

23

Hast du ein Taschentuch?

Brigitte hatte Filetspitzen Stroganoff mit frischen Champignons und Reis gerichtet. Es schmeckte köstlich, der Wein war wohltemperiert, und der Tisch war liebevoll gedeckt. Brigitte redete viel. Ich hatte ihr Elton Johns ›Greatest Hits‹ mitgebracht, und er sang von Liebe, Leid, Hoffnung und Trennung.

Sie verbreitete sich über Fußreflexzonen-Therapie, Akupressur und Rolfing. Sie erzählte mir von Patienten, Kassen und Kollegen. Sie kümmerte sich einen Dreck darum, ob es mich interessierte und wie es mir ging.

»Was ist heute eigentlich los? Heute nachmittag erkenne ich Korten kaum wieder, und jetzt sitze ich bei einer Brigitte, die mit der Frau, die mir gefällt, gerade noch die Narbe im Ohrläppchen gemeinsam hat.«

Sie legte die Gabel aus der Hand, stützte die Arme auf den Tisch, legte den Kopf in die Hände und fing an zu weinen. Ich ging um den Tisch herum zu ihr, sie barg den Kopf an meinem Bauch und weinte nur noch heftiger. »Was ist denn?« Ich strich ihr übers Haar.

»Ich… ach, es ist zum Heulen. Ich fahre morgen weg.«

»Was ist denn daran zum Heulen?«

»Es ist so furchtbar lang. Und so weit.« Sie zog die Nase hoch.

»Wie lang denn und wie weit?«

»Ach… ich…« Sie riß sich zusammen. »Hast du ein Taschentuch? Ich fahre für sechs Monate nach Brasilien. Meinen Sohn sehen.«

Ich setzte mich wieder hin. Jetzt war mir zum Heulen. Zugleich hatte ich einen Zorn. »Warum hast du mir das nicht früher gesagt?«

»Ich wußte doch nicht, daß es mit uns so schön werden würde.«

»Das versteh ich nicht.«

Sie nahm meine Hand. »Die sechs Monate hatten Juan und ich geplant, um zu sehen, ob wir nicht doch miteinander können. Manuel vermißt halt die Mutter immer wieder. Und mit dir dacht ich, es wird nur eine kurze Episode und ist eben rum, wenn ich nach Brasilien fahre.«

»Was heißt, du dachtest, es ist eben rum, wenn du nach Brasilien fährst? Da ändern doch die Postkarten vom Zuckerhut nichts dran.« Mir war ganz schwarz vor Traurigkeit. Sie sagte nichts und sah ins Leere. Nach einer Weile zog ich meine Hand unter ihrer hervor und stand auf. »Ich gehe jetzt lieber.« Sie nickte stumm.

Im Flur lehnte sie sich noch einen Moment an mich. »Ich kann doch nicht die Rabenmutter bleiben, die du sowieso nicht magst.«

Mit hochgezogenen Schultern

Die Nacht war traumlos. Ich wachte um sechs Uhr auf, wußte, daß ich heute mit Judith reden müßte, und überlegte, was ich ihr sagen sollte. Alles? Wie würde sie weiter bei den RCW arbeiten und ihr altes Leben leben? Doch das war ein Problem, das ich nicht für sie lösen konnte.

Um neun rief ich sie an. »Ich bin mit dem Fall am Ende, Judith. Machen wir einen Spaziergang durch den Hafen, und ich erzähle dir dabei?«

»Du klingst nicht gut. Was hast du gefunden?«

»Ich hol dich ab, um zehn.«

Ich setzte Kaffee auf, holte die Butter aus dem Eisschrank, die Eier und den geräucherten Schinken, schnitt Zwiebeln klein und Schnittlauch, wärmte die Milch für Turbo, preßte drei Orangen zu Saft, deckte den Tisch und machte mir zwei Spiegeleier auf Schinken und leicht angedünsteten Zwiebeln.

Als die Eier richtig waren, streute ich den Schnittlauch drüber. Der Kaffee war fertig. Ich saß lange vor meinem Frühstück, ohne es anzurühren. Kurz vor zehn Uhr trank ich ein paar Schluck Kaffee. Ich stellte die Eier Turbo hin und ging.

Als ich klingelte, kam Judith gleich runter. Sie sah hübsch aus in ihrem Lodenmantel mit dem hochgestellten

Kragen, so hübsch, wie man nur aussehen kann, wenn man unglücklich ist.

Wir stellten das Auto beim Hafenamt ab und gingen zwischen den Bahnanlagen und den alten Lagerhäusern die Rheinkaistraße entlang. Unter dem grauen Septemberhimmel war alles sonntäglich ruhig. Die Traktoren von John Deere standen, als warteten sie auf den Beginn des Feldgottesdienstes.

»Jetzt fang aber endlich an zu erzählen.«

»Hat Firner nichts erwähnt von meinem Zusammenstoß mit dem Werkschutz Donnerstag nacht?«

»Nein. Ich glaube, er hat rausgekriegt, daß ich mit Peter zusammen war.«

Ich begann mit dem Gespräch, das Korten und ich gestern geführt hatten, verweilte länger bei der Frage, ob der alte Schmalz als letztes Glied einer gut funktionierenden Befehlskette gehandelt, sich größenwahnsinnig als Retter des Werks aufgespielt hatte oder mißbraucht worden war, und sparte auch die Details des Mords auf der Brücke nicht aus. Ich machte deutlich, daß das, was ich wußte, und das, was zu beweisen war, weit auseinanderfiel.

Judith ging mit festen Schritten neben mir her. Sie hatte die Schultern hochgezogen und hielt mit ihrer linken Hand den Kragen des Mantels gegen den Nordwind geschlossen. Sie hatte mich nicht unterbrochen. Aber jetzt sagte sie mit einem kleinen Lachen, das mich tiefer traf, als wenn sie geweint hätte: »Weißt du, Gerhard, es ist so absurd. Als ich dich beauftragt hatte, die Wahrheit rauszufinden, dachte ich, sie würde mir helfen. Aber ich fühle mich hilfloser als zuvor.«

Ich beneidete Judith um die Eindeutigkeit ihrer Trauer. Meine Traurigkeit war durchdrungen vom Erlebnis der Machtlosigkeit, vom Schuldgefühl, weil ich Mischkey, wenn auch ungewollt, ans Messer geliefert hatte, vom Empfinden, mißbraucht worden zu sein, und von einem verqueren Stolz, die Klärung so weit getrieben zu haben. Traurig machte mich auch, wie der Fall Judith und mich einander zunächst verbunden und dann doch so miteinander verstrickt hatte, daß wir uns nie mehr unbefangen würden nahekommen können.

»Du schickst mir deine Rechnung?«

Sie hatte nicht verstanden, daß Korten meine Ermittlungen bezahlen wollte. Als ich es ihr erklärte, zog sie sich noch mehr in sich zurück und sagte: »Das paßt wohl zu diesem Fall. Es würde auch zu ihm passen, wenn ich befördert und Chefsekretärin bei Korten würde. Mich widert das alles so an.«

Zwischen dem Lagerhaus mit der Nummer 17 und dem mit der Nummer 19 bogen wir nach links und kamen an den Rhein. Gegenüber lag das RCW-Hochhaus. Der Rhein floß breit und ruhig dahin.

»Was soll ich jetzt machen?«

Ich wußte keine Antwort. Wenn sie es morgen schaffen würde, Firner die Unterschriftenmappe vorzulegen, als sei nichts gewesen, dann würde sie sich arrangieren.

»Das furchtbare ist auch, daß Peter schon so weit weg ist, innerlich. Ich habe zu Hause alles weggeräumt, was mich an ihn erinnerte, weil es so weh tat. Aber jetzt wird mir kalt in meiner aufgeräumten Einsamkeit.«

Wir liefen den Rhein abwärts. Plötzlich drehte sie sich

zu mir, packte mich am Mantel, schüttelte mich und rief: »Damit können wir uns doch nicht einfach abfinden!« Sie beschrieb mit ihrer Rechten einen großen Bogen, der das ganze gegenüberliegende Werk umgriff. »Die dürfen damit nicht durchkommen.«

»Nein, sie dürfen nicht, aber sie tun es. Zu allen Zeiten sind die Mächtigen durchgekommen. Und hier waren es vielleicht noch nicht einmal die Mächtigen, sondern ein größenwahnsinniger Schmalz.«

»Aber das ist doch gerade die Macht, daß man nicht mehr handeln muß, sondern einen größenwahnsinnigen Irgendwer findet, der das tut. Das kann die doch nicht entschuldigen.«

Ich versuchte, ihr zu erklären, daß ich niemanden entschuldigen wollte, aber die Ermittlungen einfach nicht mehr weitertreiben konnte.

»Du bist auch so ein Irgendwer, der für die Mächtigen die Drecksarbeit erledigt. Laß mich jetzt, ich finde allein zurück.«

Ich unterdrückte meinen Impuls, sie stehenzulassen, und sagte statt dessen: »Das ist schon verrückt. Da wirft die Sekretärin des Direktors von RCW dem Detektiv, der für die RCW einen Auftrag erledigt hat, vor, er arbeite für die RCW. Was für ein Hochmut.«

Wir gingen weiter. Nach einer Weile hängte sie ihren Arm bei mir ein. »Früher, wenn etwas Schlimmes passiert ist, hatte ich immer das Gefühl, daß es wieder wird. Das Leben, meine ich. Sogar nach meiner Scheidung. Jetzt weiß ich, daß es nie mehr werden wird, wie es war. Kennst du das?«

Ich nickte.

»Du, es tut mir wirklich am besten, hier noch ein bißchen allein zu laufen. Fahr ruhig. Du mußt nicht so besorgt gucken, ich mache schon keine Dummheiten.«

Von der Rheinkaistraße sah ich noch mal zurück. Sie war noch nicht weitergegangen. Sie sah zu den RCW auf das planierte Gelände des alten Werks. Der Wind trieb einen leeren Zementsack über die Straße.

DRITTER TEIL

I

Ein Meilenstein in der Rechtsprechung

Nach einem langen, goldenen Altweibersommer brach der Winter schroff herein. Ich kann mich an keinen kälteren November erinnern.

Ich habe nicht viel gearbeitet damals. Die Ermittlungen in Sachen Sergej Mencke gingen schleppend voran. Die Versicherung zierte sich, mich nach Amerika zu schicken. Das Treffen mit dem Ballettmeister hatte am Rand der Probe stattgefunden und mich über indische Tänze, die gerade einstudiert wurden, belehrt, mir sonst aber nur gezeigt, daß einige Sergej mochten, andere nicht, und daß der Ballettmeister zu letzteren gehörte. Zwei Wochen plagte mich mein Rheuma so, daß ich über die Anstrengungen des täglichen Bedarfs hinaus zu nichts in der Lage war. Sonst ging ich viel spazieren, oft in die Sauna und ins Kino, las den ›Grünen Heinrich‹ zu Ende, der im Sommer liegengeblieben war, und hörte Turbos Winterfell wachsen. Eines Samstags traf ich auf dem Markt Judith. Sie arbeitete nicht mehr bei den RCW, lebte von ihrem Arbeitslosengeld und half bei der Frauenbuchhandlung ›Xanthippe‹ aus. Wir versprachen, uns zu treffen, aber weder sie noch ich machten den ersten Schritt. Mit Eberhard spielte ich die Partien der Weltmeisterschaft zwischen Karpow und Kasparow nach. Als wir über der letzten Partie saßen, rief Brigitte aus Rio an. Es summte und rauschte in der Leitung, ich verstand sie kaum. Ich glaube, sie sagte, daß sie mich vermisse. Ich konnte damit nichts anfangen.

Der Dezember begann mit unerwarteten Föhntagen. Am 2. Dezember verkündete das Bundesverfassungsgericht die Verfassungswidrigkeit der von Baden-Württemberg und Rheinland-Pfalz eingeführten direkten Emissionsdatenerfassung.

Es rügte die Verletzung der betrieblichen informationellen Selbstbestimmung und des Rechts am eingerichteten und ausgeübten Gewerbebetrieb, ließ die Regelung aber letztlich an Kompetenzfragen scheitern. Der bekannte Leitartikler der ›Frankfurter Allgemeinen Zeitung‹ feierte die Entscheidung als Meilenstein der Rechtsprechung, weil der Datenschutz endlich die Fesseln des bloßen Bürgerschutzes gesprengt und die Dimension des Unternehmensschutzes erobert habe. Erst jetzt offenbare das Urteil zur Volkszählung seine reife Größe.

Ich wunderte mich, was aus Gremlichs lukrativer Nebentätigkeit werden würde. Würden die RCW ihn gewissermaßen als Schläfer weiter honorieren? Ich fragte mich auch, ob Judith die Meldung aus Karlsruhe lesen und was ihr dabei durch den Kopf gehen würde. Diese Entscheidung ein halbes Jahr früher, und es hätte keinen Clinch zwischen Mischkey und den RCW gegeben.

Am selben Tag fand ich in der Post einen Brief aus San Francisco. Vera Müller war alte Mannheimerin, 1936 in die

USA emigriert und hatte an verschiedenen kalifornischen Colleges europäische Literatur gelehrt. Seit einigen Jahren lebte sie im Ruhestand und las aus Nostalgie den ›Mannheimer Morgen‹. Sie hatte sich schon gewundert, auf ihr erstes Schreiben an Mischkey nichts gehört zu haben. Auf das Inserat hatte sie reagiert, weil das Schicksal ihrer jüdischen Freundin im Dritten Reich auf traurige Weise mit den RCW verflochten war. Sie meinte, es handle sich um einen Abschnitt der jüngsten Geschichte, über den mehr geforscht und veröffentlicht werden solle, und war bereit, den Kontakt mit Frau Hirsch herzustellen. Aber sie wollte ihrer Freundin keine unnötige Aufregung zumuten und den Kontakt nur herstellen, wenn das Forschungsprojekt sowohl wissenschaftlich solide als auch unter dem Aspekt der Bewältigung der Vergangenheit fruchtbar war. Sie bat um entsprechende Erläuterungen. Es war der Brief einer gebildeten Dame, in schönem, altertümlich anmutendem Deutsch gehalten und in steiler, strenger Schrift geschrieben. Ich sehe in Heidelberg im Sommer manchmal ältere amerikanische Touristinnen mit blauem Ton im weißen Haar, rosarotem Brillenrahmen und grellem Make-up auf der faltigen Haut. Mich hat dieser Mut, sich als Karikatur zu präsentieren, als Ausdruck kultureller Verzweiflung stets befremdet. Bei der Lektüre von Vera Müllers Brief konnte ich mir eine solche ältere Dame auf einmal interessant und faszinierend vorstellen und in ihrer kulturellen Verzweiflung die weise Müdigkeit ganz vergessener Völker entdecken. Ich schrieb ihr, daß ich versuchen wolle, sie demnächst aufzusuchen.

Ich rief bei den Vereinigten Heidelberger Versicherungen an. Ich machte deutlich, daß ich ohne Amerikareise nur noch den Abschlußbericht schreiben und die Rechnung stellen könne. Eine Stunde später rief mich der Sachbearbeiter an und sagte, ich solle fahren.

Also war ich wieder beim Fall Mischkey. Ich wußte nicht, was ich noch rausfinden konnte. Aber da war diese Spur, die sich damals verloren hatte und jetzt wieder auftat. Und mit dem grünen Licht der Vereinigten Heidelberger Versicherungen konnte ich ihr so mühelos nachgehen, daß ich mir keine großen Gedanken machen mußte, warum und zu welchem Ende.

Es war nachmittags 15 Uhr, und ich stellte anhand meines Taschenkalenders fest, daß es in Pittsburgh 9 Uhr war. Ich hatte beim Ballettmeister erfahren, daß Sergej Menckes Freunde beim Pittsburgh State Ballet arbeiteten, und die Fernsprechauskunft Ausland gab mir dessen Telephonnummer.

Das Mädchen von der Post war munter. »Sie wollen die Kleine von ›Flashdance‹ anrufen?« Ich kannte den Film nicht. »Ist der Film was? Sollte ich ihn mir noch anschauen?« Sie war dreimal drin gewesen. Das Ferngespräch nach Pittsburgh war mit meinem schlechten Englisch eine Qual. Immerhin brachte ich bei der Sekretärin des Balletts in Erfahrung, daß die beiden Tänzer den Dezember über in Pittsburgh sein würden.

Mit meinem Reisebüro verständigte ich mich dahin, daß ich die Rechnung für einen Lufthansaflug Frankfurt–Pittsburgh bekam, daß mir aber ein Billigflug von Brüssel nach San Francisco mit Zwischenlandung in New York und Abstecher nach Pittsburgh gebucht wurde. Anfang

Dezember war nicht viel los über dem Atlantik. Ich bekam einen Flug für Donnerstag morgen.

Gegen Abend rief ich Vera Müller in San Francisco an. Ich sagte ihr, daß ich ihr geschrieben hätte, daß sich aber ganz plötzlich die günstige Gelegenheit eines Aufenthalts in den USA ergeben hätte und daß ich am Wochenende in San Francisco sei. Sie sagte, sie würde mich bei Frau Hirsch anmelden, sei selbst am Wochenende weg und würde sich freuen, mich am Montag zu sehen. Ich notierte die Adresse von Frau Hirsch: 410 Connecticut Street, Potrero Hill.

2

Mit einem Knacken war das Bild da

Aus alten Filmen hatte ich Bilder im Kopf, wie Schiffe nach New York einlaufen, an der Freiheitsstatue vorbei und an den Wolkenkratzern entlang, und ich hatte mir vorgestellt, dasselbe statt vom Deck eines Dampfers durch das kleine Fenster zu meiner Linken sehen zu können. Aber der Flugplatz liegt weit vor der Stadt, war kalt und schmutzig, und ich war froh, als ich umgestiegen war und im Flugzeug nach San Francisco saß. Die Sitzreihen standen so eng, daß es in ihnen nur bei geneigter Rückenlehne auszuhalten war. Während des Essens mußte die Lehne geradegestellt werden, und vermutlich servierte die Fluggesellschaft das Essen auch nur, damit man anschließend froh war, sich wieder zurücklehnen zu können.

Ich kam um Mitternacht an. Ein Taxi brachte mich über eine achtspurige Autobahn in die Stadt und in ein Hotel. Mir war elend vom Sturm, durch den das Flugzeug geflogen war. Der Hoteldiener, der mir den Koffer ins Zimmer trug, schaltete den Fernsehapparat ein, mit einem Knacken war das Bild da. Ein Mann redete mit obszöner Aufdringlichkeit. Später merkte ich, daß es ein Prediger war.

Am nächsten Morgen rief mir der Portier ein Taxi, und ich trat auf die Straße. Das Fenster meines Zimmers ging auf die Wand eines Nachbarhauses, und der Morgen im

Zimmer war grau und leise gewesen. Jetzt explodierten die Farben und Geräusche der Stadt um mich herum unter einem klaren blauen Himmel. Die Fahrt über die Hügel der Stadt, auf Straßen, die schnurgerade hochführen und runterstoßen, das schmatzende Stoßen der ausgeleierten Federn des Taxis, wenn wir dabei eine Querstraße überfuhren, die Ausblicke auf Hochhäuser, Brücken und eine große Bucht machten mich wie betrunken.

Das Haus lag in einer ruhigen Straße. Es war wie alle Häuser drum herum aus Holz. Zum Eingang führte eine Treppe. Ich ging hoch und klingelte. Mir öffnete ein Greis.

»Mister Hirsch?«

»Mein Mann ist seit sechs Jahren tot. Du mußt nicht entschuldigen, ich werde oft für einen Mann genommen und bin daran gewöhnt. Du bist doch der Deutsche, von dem mir Vera erzählt hat, nicht wahr?«

Vielleicht war es die Verwirrung oder der Flug oder die Fahrt mit dem Taxi – ich muß ohnmächtig geworden sein und kam zu mir, als die alte Frau mir ein Glas Wasser ins Gesicht schüttete.

»Du warst glücklich, daß du nicht die Treppe runtergefallen bist. Wenn du kannst, komm in mein Haus, und ich gebe dir einen Whisky.«

Er brannte in mir. Das Zimmer war muffig und roch nach Alter, nach altem Körper und nach altem Essen. Bei meinen Großeltern hatte derselbe Geruch gestanden, fiel mir plötzlich ein, und ebenso plötzlich packte mich die Angst vor dem Altwerden, die ich immer wieder verdränge.

Die Frau saß mir gegenüber und musterte mich. Das Sonnenlicht fiel durch die Jalousien in Streifen auf sie. Sie war ganz kahl. »Du willst mit mir über Karl Weinstein reden, meinen Mann. Vera meinte, es sei wichtig, daß erzählt wird, was damals gewesen ist. Aber es ist keine gute Geschichte. Mein Mann hat versucht, sie zu vergessen.«

Ich merkte nicht gleich, wer Karl Weinstein war. Aber als sie zu erzählen begann, erinnerte ich mich. Sie wußte nicht, daß sie nicht nur seine Geschichte erzählte, sondern auch meine Vergangenheit berührte.

Sie redete mit seltsam eintöniger Stimme. Weinstein war bis 1933 Professor für organische Chemie in Breslau gewesen. 1941, als er ins KZ kam, forderte sein ehemaliger Assistent Tyberg ihn für die Labors der RCW an und bekam ihn zugeteilt. Weinstein war sogar ganz zufrieden, daß er wieder auf seinem Gebiet arbeiten konnte und daß er mit jemandem zu tun hatte, der ihn als Wissenschaftler schätzte, mit ›Herr Professor‹ anredete und am Abend höflich verabschiedete, ehe er mit den anderen Zwangsarbeitern im Werk ins Barackenlager verbracht wurde. »Mein Mann war nicht sehr lebenstüchtig und auch nicht sehr tapfer. Er hatte keine Idee oder wollte keine haben, was um ihn passierte und ihm selbst bevorstand.«

»Haben Sie die Zeit damals bei den RCW miterlebt?«

»Ich habe Karl auf dem Transport nach Auschwitz getroffen, 1941. Und dann erst wieder nach dem Krieg. Ich bin Flämin, du weißt, und konnte mich zuerst in Brüssel verbergen, bis sie mich gefaßt haben. Ich war eine schöne Frau. Man hat medizinische Versuche mit meiner Kopfhaut gemacht. Ich denke, es hat mein Leben gerettet. Aber 1945 war ich alt und kahl. Ich war dreiundzwanzig.«

Eines Tages waren sie zu Weinstein gekommen, einer

vom Werk und einer von der ss. Sie hatten ihm gesagt, was er vor Polizei, Staatsanwalt und Richter aussagen müsse. Es ging um Sabotage, ein Manuskript, das er in Tybergs Schreibtisch gefunden, ein Gespräch zwischen Tyberg und einem Mitarbeiter, das er belauscht haben sollte.

Ich sah wieder vor mir, wie Karl Weinstein damals in mein Dienstzimmer geführt wurde, in seiner Häftlingskleidung, und seine Aussage machte.

»Er hat zunächst nicht wollen. Es war alles falsch, und Tyberg war nicht schlecht zu ihm gewesen. Aber sie zeigten ihm, daß sie ihn zertreten würden. Sie haben ihm dafür nicht einmal das Leben versprochen, sondern nur, daß er noch ein bißchen überleben kann. Kannst du dir das vorstellen? Dann wurde mein Mann verlegt und im anderen Lager einfach vergessen. Wir hatten ausgemacht, wo wir uns treffen, im Fall einmal alles vorbei ist. In Brüssel, auf der Grand'Place. Ich bin dann nur bei Zufall dort gekommen, im Frühjahr 1946, hatte gar nicht mehr gedacht von ihm. Er hatte seit dem Sommer 1945 dort für mich gewartet. Er hat mich sofort erkannt, obwohl ich die kahle, alte Frau geworden war. Wer kann so etwas widerstehen?« Sie lachte.

Ich brachte es nicht fertig, ihr zu sagen, daß Weinstein seine Aussage vor mir gemacht hatte. Ich konnte ihr auch nicht sagen, warum es für mich so wichtig war. Aber ich mußte es wissen. Und so fragte ich: »Sind Sie sicher, daß Ihr Mann damals eine falsche Aussage gemacht hat?«

»Ich verstehe nicht, ich habe Ihnen berichtet, was er mir erzählt hat.« Sie wurde abweisend. »Gehen Sie«, sagte sie, »gehen Sie.«

3

Do not disturb

Ich ging den Hügel hinunter und gelangte in die Docks und Lagerhallen an der Bay. Weit und breit sah ich weder Taxi noch Bus, noch U-Bahnstation. Ich wußte nicht einmal, ob es in San Francisco eine U-Bahn gab. Ich schlug die Richtung ein, in der ich die Hochhäuser sah. Die Straße hatte keinen Namen, nur eine Nummer. Vor mir her fuhr langsam ein schwerer schwarzer Cadillac. Alle paar Schritte hielt er an, ein Schwarzer in pinkfarbenem Seidenanzug stieg aus, trat eine Bier- oder Coladose platt und ließ sie in einem großen blauen Plastiksack verschwinden. Einige hundert Meter voraus sah ich ein Geschäft. Als ich näher kam, erkannte ich, daß es festungsartig vergittert war. Ich ging hinein auf der Suche nach einem Sandwich und einem Päckchen Sweet Afton. Die Waren lagen hinter Gittern, die Kasse erinnerte mich an einen Bankschalter. Ich bekam kein Sandwich, und niemand wußte, was Sweet Afton war, und ich fühlte mich schuldig, obwohl ich nichts getan hatte. Als ich das Geschäft mit einer Stange Chesterfield verließ, fuhr mitten auf der Straße ein Güterzug an mir vorbei.

An den Piers fand ich eine Autovermietung und mietete einen Chevrolet. Die durchgehende Vorderbank hatte es mir angetan. Sie erinnerte mich an den Horch, auf dessen

254

Vorderbank mich die Frau meines Lateinlehrers in die Liebe eingeführt hatte. Zum Auto bekam ich einen Stadtplan mit eingezeichnetem 49 Mile Drive. Ich folgte ihm mühelos dank der überall angebrachten Markierungen. Bei den Klippen fand ich ein Restaurant. Am Eingang mußte ich in einer Schlange vorrücken, bis ich zu einem Platz am Fenster geführt wurde.

Über dem Pazifik hob sich der Nebel. Das Schauspiel fesselte mich, als könnte hinter dem zerreißenden Nebel augenblicklich Japans Küste sichtbar werden. Ich aß ein Thunfischsteak, Kartoffel in Aluminiumfolie und Eisbergsalat. Das Bier hieß Anchor Steam und schmeckte fast wie das Rauchbier im Bamberger Schlenkerla. Die Bedienung war aufmerksam, füllte immer wieder unaufgefordert meine Kaffeetasse auf und erkundigte sich nach meinem Befinden und wo ich herkomme. Auch sie kannte Deutschland; sie hatte einmal ihren Freund in Baumholder besucht.

Nach dem Essen vertrat ich mir die Beine, kletterte in den Klippen herum und sah plötzlich, schöner, als ich sie aus Filmen in Erinnerung hatte, die Golden Gate Bridge vor mir. Ich zog meinen Mantel aus, faltete ihn zusammen, legte ihn auf einen Stein und setzte mich drauf. Die Küste fiel steil ab, unter mir kreuzten bunte Segelboote, und ein Frachter zog seine ruhige Bahn.

Ich hatte geplant, in Frieden mit meiner Vergangenheit zu leben. Schuld, Sühne, Enthusiasmus und Blindheit, Stolz und Zorn, Moral und Resignation – das alles hatte ich in ein kunstvolles Gleichgewicht gebracht. Die Vergangenheit war darüber zur Abstraktion geraten. Nun hatte die Realität mich eingeholt und gefährdete das Gleichgewicht.

Natürlich hatte ich mich als Staatsanwalt mißbrauchen lassen, das hatte ich nach dem Zusammenbruch gelernt. Man mag sich fragen, ob es besseren und schlechteren Mißbrauch gibt. Dennoch war es für mich auf Anhieb nicht das gleiche, ob ich im Dienst einer vermeintlich großen, schlechten Sache schuldig geworden war oder ob man mich als dummen Bauern, meinethalben auch Offizier, benutzt hatte – auf dem Schachbrett einer kleinen, schäbigen Intrige, die ich noch nicht verstand.

Worauf genau lief das hinaus, was Frau Hirsch mir erzählt hatte? Tyberg und Dohmke, gegen die ich damals ermittelt hatte, waren nur aufgrund der Falschaussage Weinsteins überführt worden. Nach jedem, selbst nach nationalsozialistischem Maßstab war das Urteil ein Fehlurteil, und meine Ermittlungen waren Fehlermittlungen. Ich war einem Komplott aufgesessen, dem Tyberg und Dohmke zum Opfer fallen mußten. Meine Erinnerungen wurden deutlicher. In Tybergs Schreibtisch waren versteckte Unterlagen gefunden worden, die ein erfolgversprechendes, kriegswichtiges Vorhaben dokumentierten, das von Tyberg und seiner Forschungsgruppe zunächst vorangetrieben, dann aber augenscheinlich abgebrochen worden war. Die Angeklagten hatten vor mir und vor Gericht stets betont, sie hätten zwei aussichtsreiche Forschungswege nicht gleichzeitig verfolgen können. Sie hätten den einen nur zurückgestellt, um ihn später wiederaufzugreifen. Das Ganze habe unter strenger Geheimhaltung gestanden, und ihre Entdeckung sei auch so aufregend gewesen, daß sie mit der Eifersucht des Wissenschaftlers darüber gewacht hätten. Nur deswegen das Versteck im

Schreibtisch. Damit wären sie vielleicht durchgekommen, aber Weinstein bekundete ein Gespräch zwischen Dohmke und Tyberg, in dem beide einig waren, die Entdeckung zu unterdrücken, um ein rasches Ende des Krieges auch um den Preis der deutschen Niederlage herbeizuführen. Und nun hatte es ein solches Gespräch gar nicht gegeben.

Die Sabotagegeschichte hatte damals große Empörung hervorgerufen. Der zweite Anklagepunkt der Rassenschande hatte mich schon damals nicht überzeugt; meine Ermittlungen hatten keinen Anhaltspunkt dafür ergeben, daß Tyberg mit einer jüdischen Zwangsarbeiterin verkehrt habe. Man hatte ihn auch deswegen zum Tode verurteilt. Ich überlegte, wer von der ss und wer von der Wirtschaft damals das Komplott eingefädelt haben konnte.

Auf der Golden Gate Bridge floß stetig der Verkehr. Wo wollten die Leute alle hin? Ich fuhr zur Auffahrt, parkte mein Auto unter dem Denkmal des Erbauers und lief bis in die Mitte der Brücke. Ich war der einzige Fußgänger. Ich sah hinunter auf den metallisch schimmernden Pazifik. Hinter mir rauschten die Straßenkreuzer in gefühlloser Gleichmäßigkeit. Ein kalter Wind pfiff durch die Halteseile. Mich fror.

Mit Mühe fand ich mein Hotel wieder. Es wurde schnell dunkel. Ich fragte den Portier, wo ich eine Flasche Sambuca kriegen könne. Er schickte mich zu einem Liquor Store zwei Straßen weiter. Vergebens schritt ich die Regale ab. Der Inhaber des Ladens bedauerte, Sambuca habe er nicht, aber was Ähnliches, ob ich nicht Southern Comfort probieren wolle. Er packte mir die Flasche in eine braune Packpapiertüte, die er oben zusammenzwirbelte. Auf dem

Weg zurück zum Hotel kaufte ich mir einen Hamburger. Mit meinem Trenchcoat, der braunen Tüte in der einen und dem Hamburger in der anderen Hand fühlte ich mich wie ein Komparse in einem amerikanischen Kriminalfilm.

Im Hotelzimmer legte ich mich aufs Bett und schaltete den Fernsehapparat ein. Mein Zahnputzbecher war in eine frische Zellophantüte verpackt, ich riß sie ab und schenkte mir ein. Southern Comfort hat mit Sambuca aber auch gar nichts zu tun. Trotzdem schmeckte er angenehm und rollte ganz selbstverständlich durch meine Kehle. Auch das Footballspiel im Fernsehen hatte mit unserem Fußball rein nichts zu tun. Aber ich verstand das Prinzip und folgte dem Spiel mit zunehmender Spannung.

Nach einer Weile klatschte ich, wenn meine Mannschaft den Ball ein gutes Stück vorangebracht hatte. Dann kriegte ich Spaß an den Werbesendungen, die das Spiel unterbrachen. Schließlich muß ich gejohlt haben, als meine Mannschaft gewann, denn es klopfte an die Wand. Ich versuchte, aufzustehen und zurückzuschlagen, aber das Bett kippte immer auf der Seite hoch, auf der ich raussteigen wollte. Es war ja auch nicht so wichtig. Hauptsache, das Nachschenken klappte noch. Den letzten Schluck ließ ich in der Flasche. Für den Rückflug.

Mitten in der Nacht wachte ich auf. Jetzt fühlte ich mich betrunken. Ich lag in Kleidern auf dem Bett, der Fernsehapparat spuckte Bilder aus. Als ich ihn ausschaltete, implodierte mein Kopf. Ich schaffte es, meine Jacke auszuziehen, ehe ich wieder einschlief.

Beim Aufwachen wußte ich für einen kurzen Moment nicht, wo ich war. Mein Zimmer war geputzt und aufgeräumt, der Aschenbecher leer und der Zahnputzbecher wieder in Zellophan. Auf meiner Armbanduhr war es halb drei. Ich saß lange auf dem Klo und hielt meinen Kopf. Als ich die Hände wusch, vermied ich es, in den Spiegel zu sehen. Ich fand ein Päckchen Saridon in meinem Reisenecessaire, und nach zwanzig Minuten waren die Kopfschmerzen weg. Aber bei jeder Bewegung schwappte meine Gehirnflüssigkeit schwer gegen die Schädelwandung, und der Magen schrie nach Essen und sagte mir zugleich, daß er es nicht bei sich behalten würde. Zu Hause hätte ich mir einen Kamillentee gemacht, aber ich wußte nicht, was Kamille hieß, noch wo ich sie herbekäme und wie ich Wasser heiß machen sollte.

Ich nahm eine Dusche, erst heiß, dann kalt. Im Tea-Room meines Hotels bekam ich schwarzen Tee und Toast. Ich machte ein paar Schritte auf die Straße. Der Weg führte mich zum Liquor Store. Er hatte noch auf. Ich nahm dem Southern Comfort die letzte Nacht nicht übel, ich bin nicht nachtragend. Um es ihm klarzumachen, kaufte ich noch eine Flasche. Der Inhaber sagte: »Better than any of your Sambuca, hey?« Dagegen mochte ich nichts sagen.

Diesmal wollte ich mich systematisch besaufen. Ich hängte das ›Do not disturb‹-Schild vor die Tür, meinen Anzug über den Kleiderständer und streifte meinen Pyjama über. Meine Wäsche packte ich in einen dafür vorgesehenen Plastiksack, den ich im Korridor ließ. Dazu stellte ich meine Schuhe und hoffte, daß ich am nächsten Morgen alles in ordnungsgemäßem Zustand vorfinden würde. Ich verschloß die Tür, zog die Vorhänge zu, schaltete den Fernseher an, schenkte mein erstes Glas ein, stellte Flasche und

Aschenbecher griffbereit auf das Nachtkästchen, legte Zigaretten und Streichholzbriefchen daneben und mich ins Bett. Im Fernsehen kam ›Red River‹. Ich zog die Decke bis ans Kinn, sah zu, rauchte und trank.

Nach einer Weile verschwanden die Bilder vom Gerichtssaal, in dem ich meine Auftritte hatte, von den Hinrichtungen, bei denen ich hatte dabeisein müssen, von grünen und grauen und schwarzen Uniformen und von meiner Frau im BDM-Gewand. Ich hörte keine hallenden Stiefel in langen Korridoren mehr, keine Führerreden aus dem Volksempfänger, keine Sirenen. John Wayne trank Whisky, ich trank Southern Comfort, und als er losging und aufräumte, war ich mit dabei.

Am nächsten Mittag war die Rückkehr aus dem Suff schon zum Ritual geworden. Zugleich war mir klar, daß mit dem Saufen Schluß war. Ich fuhr in den Golden Gate Park und lief zwei Stunden. Am Abend fand ich ›Perry's‹, einen Italiener, bei dem ich mich fast so wohl fühlte wie im ›Kleinen Rosengarten‹. Ich schlief tief und traumlos, und am Montag entdeckte ich das amerikanische Frühstück. Um neun rief ich bei Vera Müller an. Sie erwartete mich zum Lunch.

Um halb eins stand ich mit einem Strauß gelber Rosen vor ihrem Haus am Telegraph Hill. Sie war nicht die blauhaarige Karikatur, die ich mir vorgestellt hatte. Sie war etwa so alt wie ich, und wenn ich als Mann so gealtert war wie sie als Frau, dann wollte ich zufrieden sein. Sie war groß, schlank, knochig, trug ihre grauen Haare hochgesteckt, über Jeans einen Russenkittel, hatte am Kettchen die Brille umhängen und einen spöttischen Ausdruck um die grauen

Augen und den schmalen Mund. Sie trug zwei Eheringe an der Linken.

»Ja, ich bin Witwe.« Sie hatte meinen Blick bemerkt. »Mein Mann ist vor drei Jahren gestorben. Sie erinnern mich an ihn.« Sie führte mich in den Salon, durch dessen Fenster ich Alcatraz sah, die Gefängnisinsel. »Nehmen Sie einen Pastis als Aperitif? Bedienen Sie sich, ich schiebe gerade die Pizza in den Ofen.«

Als sie wiederkam, hatte ich zwei Gläser eingeschenkt. »Ich muß Ihnen ein Geständnis machen. Ich bin nicht Historiker aus Hamburg, sondern Privatdetektiv aus Mannheim. Der Mann, auf dessen Anzeige Sie geantwortet haben, auch er kein Hamburger Historiker, wurde ermordet, und ich versuche herauszufinden, warum.«

»Wissen Sie denn schon, von wem?«

»Ja und nein.« Ich erzählte meine Geschichte.

»Haben Sie Frau Hirsch gegenüber Ihre eigene Verwicklung in die Affäre Tyberg erwähnt?«

»Nein, ich habe mich nicht getraut.«

»Sie erinnern mich wirklich an meinen Mann. Er war Journalist, ein berühmter rasender Reporter, aber bei allen seinen Reportagen hatte er Angst. Es ist übrigens gut, daß Sie es ihr nicht gesagt haben. Es hätte sie zu sehr aufgeregt, auch wegen ihres Verhältnisses zu Karl. Wußten Sie, daß er in Stanford noch mal eine große Karriere hatte? Sarah ist in diese Welt nie hineingewachsen. Sie ist bei ihm geblieben, weil sie meinte, es ihm, der so lange auf sie gewartet hatte, schuldig zu sein. Und zugleich hat er nur aus Loyalität mit ihr zusammengelebt. Geheiratet haben die beiden nie.«

Sie führte mich auf den Küchenbalkon und holte die Pizza. »Am Altwerden gefällt mir, daß die Prinzipien Löcher kriegen. Ich hätte mir nie gedacht, daß ich mal mit einem alten Nazistaatsanwalt essen kann, ohne daß mir die Pizza im Hals steckenbleibt. Sind Sie immer noch Nazi?«

Mir blieb die Pizza im Hals stecken.

»Ist ja schon gut. Sie sehen mir nicht aus wie einer. Haben Sie manchmal Probleme mit Ihrer Vergangenheit?«

»Mindestens für zwei Flaschen Southern Comfort.« Ich berichtete, wie es mir am Wochenende ergangen war.

Wir saßen noch um sechs zusammen. Sie erzählte von ihrem Anfang in Amerika. Bei der Olympiade in Berlin hatte sie ihren Mann kennengelernt und war mit ihm nach Los Angeles gezogen. »Wissen Sie, was mir am schwersten gefallen ist? Im Badeanzug in die Sauna zu gehen.«

Dann mußte sie zu ihrem Nachtdienst in der Telephonseelsorge, und ich ging noch mal zu ›Perry's‹ und nahm nur eine Sechserpackung Bierdosen mit ins Bett. Am nächsten Morgen schrieb ich Vera Müller beim Frühstück eine Postkarte, zahlte die Rechnung und fuhr zum Flughafen. Am Abend war ich in Pittsburgh. Es lag Schnee.

4

Kein gutes Haar an Sergej

Die Taxis, die mich am Abend ins Hotel und am darauffolgenden Morgen zum Ballett brachten, waren genauso gelb wie die in San Francisco. Es war neun, das Ensemble probte schon, um zehn machten sie eine Pause, und ich fragte mich zu den beiden Mannheimern durch. Sie standen in Strumpfhosen und Leibchen mit einem Joghurt in der Hand an der Heizung.

Als ich mich und mein Anliegen vorstellte, konnten sie kaum fassen, daß ich ihretwegen den weiten Weg gemacht hatte.

»Hast du das gewußt vom Sergej?« wandte sich Hanne an Joschka. »Du, das macht mich unheimlich betroffen.«

Auch Joschka war erschrocken. »Wenn wir Sergej irgendwie helfen können… Ich red mal mit dem Boss. Eigentlich müßte es reichen, wenn wir um elf Uhr wieder mit dabei sind. Dann können wir uns in der Kantine zusammensetzen und reden.«

Die Kantine war leer. Durch das Fenster sah ich einen Park mit großen kahlen Bäumen. Mütter waren mit ihren Kindern unterwegs, Eskimos in wattierten Overalls, die im Schnee tollten.

»Also mir ist es wirklich wichtig einzubringen, was ich über Sergej weiß. Ich fänd es ganz furchtbar, wenn man da auf falsche … wenn man da dächte … Sergej, er ist so unheimlich sensibel. Er ist auch so verletzlich, nicht so ein Macho. Wissen Sie, schon deswegen kann er das nicht selbst gewesen sein, er hatte immer wahnsinnige Angst vor Verletzungen.«

Joschka war sich nicht so sicher. Nachdenklich rührte er mit einem Plastikstöckchen in seiner Styroporkaffeetasse. »Herr Selb, auch ich glaube nicht, daß Sergej sich selbst verstümmelt hat. Ich kann mir einfach nicht vorstellen, daß irgend jemand so was macht. Aber wenn jemand … Wissen Sie, verrückte Ideen hat der Sergej schon immer gehabt.«

»Wie kannst du so was Gemeines sagen«, unterbrach ihn Hanne. »Ich dachte, du bist sein Freund. Nee, also, das macht mich ganz schön traurig, echt.«

Joschka legte seine Hand auf ihren Arm. »Aber Hanne, erinnerst du dich nicht an den Abend, an dem wir das Ensemble aus Ghana bewirtet haben? Da hat er erzählt, wie er sich als Pfadfinder beim Kartoffelschälen extra in die Hand geschnitten hat, um keinen Küchendienst mehr machen zu müssen. Wir haben damals alle darüber gelacht, du auch.«

»Aber das hast du völlig schief mitgekriegt. Er hat doch nur so getan, als hätte er sich geschnitten, und sich einen dicken Verband gemacht. Also, wenn du so die Wahrheit verdrehst … Also Joschka, also wirklich …«

Joschka wirkte nicht überzeugt, wollte aber nicht mit Hanne streiten. Ich fragte nach Sergejs Verfassung und Gemütslage in den letzten Monaten der abgelaufenen Spielzeit.

»Genau«, sagte Hanne, »das paßt auch nicht zu Ihrem

komischen Verdacht. Er hat so an sich geglaubt, er wollte noch unbedingt Flamenco dazunehmen und hat sich um ein Stipendium nach Madrid bemüht.«

»Aber Hanne, das Stipendium hat er doch grade nicht gekriegt.«

»Aber verstehst du denn nicht, daß er sich beworben hat, da war irgendwie soviel Power drin. Und mit seiner Beziehung, das hat auch endlich richtig gestimmt im Sommer, mit seinem Germanistikprofessor. Wissen Sie, Sergej, nein, schwul war er nicht, aber er kann auch Männer liebhaben. Ich finde das ganz toll an ihm. Und auch nicht nur so was Kurzes, Sexuelles, sondern echt tief. Man muß ihn einfach mögen. Er ist so …«

»Sanft?« schlug ich vor.

»Genau, sanft. Kennen Sie ihn eigentlich, Herr Selb?«

»Ach, sagen Sie mir noch, wer ist der Germanistikprofessor, den Sie erwähnt haben?«

»War das wirklich Germanistik, ist das nicht Jura?« Joschka runzelte die Stirn.

»Ach Quatsch, du läßt kein gutes Haar an Sergej. Es war ein Germanist, ein ganz kuschliger. Aber der Name … Ich weiß nicht, ob ich Ihnen den sagen soll.«

»Hanne, die beiden haben doch kein Geheimnis draus gemacht, so wie sie miteinander in der Stadt rumgezogen sind. Es ist Fritz Kirchenberg aus Heidelberg. Ist vielleicht ganz gut, wenn Sie mal mit ihm reden.«

Ich fragte die beiden nach ihrer Meinung über Sergejs tänzerische Qualitäten. Hanne antwortete zuerst.

»Aber darum geht's doch überhaupt nicht. Auch wenn man kein guter Tänzer ist, muß man sich doch nicht das

Bein abhauen. Ich weigere mich, darüber überhaupt zu reden. Und ich bleibe dabei, daß Sie unrecht haben.«

»Ich hab noch gar keine feste Meinung, Frau Fischer. Und ich möchte auch darauf hinweisen, daß Herr Mencke das Bein nicht verloren, sondern nur gebrochen hat.«

»Ich weiß nicht, wieviel Sie vom Ballett verstehen, Herr Selb«, sagte Joschka. »Letztlich ist es bei uns wie überall. Es gibt die Stars und die, die es einmal werden, es gibt den guten Durchschnitt derer, die sich die Blütenträume abgeschminkt haben, aber nie Existenzangst haben müssen. Und dann gibt's noch die, die in ständiger Angst um das nächste Engagement leben müssen, bei denen es mit Sicherheit aus ist, wenn sie erst einmal älter werden. Sergej gehörte zur dritten Gruppe.«

Hanne widersprach nicht. Sie gab durch ihr trotziges Gesicht zu verstehen, daß sie das Gespräch für völlig neben der Sache hielt. »Ich dachte, Sie wollten etwas über Sergej, den Menschen, herausfinden. Daß die Männer auch nichts anderes kennen als die Karriere.«

»Wie hat sich Herr Mencke seine Zukunft vorgestellt?«

»Er hat nebenher immer noch Gesellschaftstanz gemacht und hat mir mal gesagt, daß er gerne eine Tanzschule aufmachen würde, eine ganz herkömmliche, für die Fünfzehn- und Sechzehnjährigen.«

»Das zeigt doch auch, daß er sich nichts getan haben kann. Überleg doch einmal richtig, Joschka. Wie soll er ohne Bein Tanzlehrer werden?«

»Wußten Sie auch von seinen Tanzstundenplänen, Frau Fischer?«

»Sergej hat mit vielen Plänen rumgespielt. Er ist ja toll

kreativ und hat eine unheimliche Phantasie. Er konnte sich auch vorstellen, was ganz anderes zu machen, Schafe züchten in der Provence oder so.«

Sie mußten zurück zur Probe. Sie gaben mir ihre Telephonnummern, falls mir noch Fragen kämen, fragten mich, ob ich am Abend schon etwas vorhätte, und versprachen, an der Kasse für mich eine Freikarte zurücklegen zu lassen. Ich sah ihnen nach. Joschkas Gang war konzentriert und federnd, Hanne ging leichten, schwebenden Schritts. Sie hatte viel dummes Zeug geredet, echt, aber sie ging überzeugend, und ich hätte sie gerne am Abend im Ballett gesehen. Doch Pittsburgh war viel zu kalt. Ich ließ mich zum Flugplatz bringen, flog nach New York und bekam noch für denselben Abend den Rückflug nach Frankfurt. Ich glaube, ich bin zu alt für Amerika.

5

Wessen Maultaschen schmälzt er denn?

Beim Brunch im ›Café Gmeiner‹ machte ich ein Programm für den Rest der Woche. Draußen fiel der Schnee in dichten Flocken. Ich mußte den Pfadfinderführer auftreiben, in dessen Gruppe Mencke gewesen war, und Professor Kirchenberg sprechen. Und ich wollte mich mit dem Richter unterhalten, der damals Tyberg und Dohmke zum Tode verurteilt hatte. Ich mußte wissen, ob die Verurteilung auf Weisung von oben erfolgt war.

Richter Beufer war nach dem Krieg Senatsvorsitzender am Oberlandesgericht Karlsruhe geworden; auf der Hauptpost fand ich seinen Namen im Karlsruher Telephonbuch. Seine Stimme klang erstaunlich jung, und er erinnerte sich an meinen Namen. »Der Selb«, schwäbelte er. »Was ist denn aus ihm geworden?« Er war bereit, mich am Nachmittag zu einem Gespräch zu empfangen.

Er wohnte in Durlach, in einem Haus am Hang mit Blick über Karlsruhe. Ich sah den großen Gasometer, der mit der Aufschrift Karlsruhe grüßt. Richter Beufer machte mir selbst auf. Er hielt sich militärisch gerade, hatte einen grauen Anzug an, darunter ein weißes Hemd mit roter Krawatte und silberner Krawattennadel. Der Hemdkragen war zu weit geworden für den alten, faltigen Hals. Beufer war kahl, sein Gesicht hing schwer nach unten, Tränensäcke, Backen, Kinn. Wir hatten bei der Staatsanwalt-schaft immer Witze über seine abstehenden Ohren ge-macht. Sie waren eindrucksvoller denn je. Er sah krank aus. Er mußte weit über achtzig sein.

»Privatdetektiv ist er also geworden. Schämt er sich nicht? Er war doch ein guter Jurist, ein schneidiger Staats-anwalt. Ich hatte erwartet, Sie wieder bei uns zu sehen, als das Schlimmste vorbei war.«

Wir saßen in seinem Arbeitszimmer und tranken Sherry. Er las noch immer die ›Neue Juristische Wochenschrift‹. »Der Selb kommt doch nicht nur, um seinem alten Richter einen Besuch zu machen.« Seine Schweinsäuglein blitzten pfiffig.

»Erinnern Sie sich an die Strafsache Tyberg und Dohmke? Ende 1943, Anfang 1944? Ich habe damals die Ermittlungen geführt, Södelknecht hat die Anklage vertre-ten, und Sie haben dem Gericht vorgesessen.«

»Tyberg und Dohmke…« Er sprach die Namen ein paar-mal vor sich hin. »Aber ja, zum Tode wurden sie verurteilt, und bei Dohmke wurde auch vollstreckt, der Tyberg hat sich der Vollstreckung entzogen. Hat's ja weit gebracht, der Mann. Und ist ein Mann von Welt gewesen, oder lebt er noch? Bin ihm mal bei einem Empfang in der Solitude be-gegnet, haben über die alten Zeiten gescherzt. Der hat ver-standen, daß wir damals alle unsere Pflicht tun mußten.«

»Was ich wissen möchte – hatte das Gericht damals Si-gnale von oben bekommen, was den Ausgang des Verfah-rens angeht, oder war es ein ganz gewöhnlicher Prozeß?«

»Warum interessiert ihn das? Wessen Maultaschen schmälzt er denn, der Selb?«

Die Frage mußte ja kommen. Ich erzählte ihm von einem zufälligen Kontakt mit Frau Müller und meiner Begegnung mit Frau Hirsch. »Ich möchte einfach wissen, was damals gewesen ist und was für eine Rolle ich gespielt habe.«

»Für eine Wiederaufnahme langt das nie, was Ihnen die Frau erzählt hat. Wenn der Weinstein noch leben würde... aber so. Ich glaube das auch nicht. Man hat sein Judiz, und je besser ich mich erinnere, desto sicherer bin ich wieder, daß das Urteil gestimmt hat.«

»Und gab es nun Signale von oben? Sie verstehen mich doch nicht falsch, Herr Beufer. Wir beide wissen, daß der deutsche Richter auch unter außergewöhnlichen Bedingungen seine Unabhängigkeit zu wahren wußte. Trotzdem wurde von interessierter Seite immer wieder versucht, Einfluß zu nehmen, und ich wüßte gerne, ob es in diesem Verfahren eine interessierte Seite gab.«

»Ach, Selb, warum läßt er die alten Sachen nicht ruhen. Aber wenn er's für seinen Seelenfrieden wissen muß... Der Weismüller hat mich damals ein paarmal angerufen, der damalige Generaldirektor. Ihm war's darum zu tun, daß der Fall vom Tisch und die RCW aus dem Gerede kamen. Vielleicht war ihm die Verurteilung von Tyberg und Dohmke einfach deswegen recht. Es bringt eben nichts einen Fall so gründlich vom Tisch wie eine schnelle Hinrichtung. Ob Weismüller noch aus anderen Gründen die Verurteilung am Herzen lag... Keine Ahnung, ich glaub's eigentlich nicht.«

»Das war alles?«

»Mit Södelknecht hat Weismüller damals wohl noch zu tun gehabt. Tybergs Verteidiger hatte jemanden aus den

RCW als Entlastungszeugen präsentiert, der sich im Zeugenstand schier um Kopf und Kragen geredet hat und für den sich Weismüller verwandt hat. Warten Sie, der Mann hat's auch weit gebracht, richtig, Korten ist der Name, der jetzige Generaldirektor. Da haben wir die Generaldirektoren ja alle beisammen.« Er lachte.

Wie hatte ich das vergessen können? Ich selbst war damals froh gewesen, meinen Freund und Schwager nicht in das Verfahren einführen zu müssen, aber dann hatte die Verteidigung ihn hineingezogen. Ich war froh gewesen, weil Korten mit Tyberg so eng zusammengearbeitet hatte, daß seine Beteiligung im Prozeß auch auf ihn hätte Verdacht werfen, jedenfalls aber die Karriere beschädigen können. »Wußte man bei Gericht damals, daß Korten und ich Schwäger sind?«

»Meiner Treu. Das hätte ich nicht gedacht. Da haben Sie Ihren Schwager damals aber schlecht beraten. Er hat sich so für Tyberg stark gemacht, daß Södelknecht ihn in der Verhandlung beinahe vom Fleck weg verhaftet hätte. Sehr anständig, zu anständig, hat Tyberg nichts genützt. Es hat ein Gschmäckle, wenn ein Zeuge der Verteidigung über die Tat nichts zu sagen weiß und nur freundliche Allgemeinplätze über den Angeklagten verbreiten kann.«

Es gab nichts mehr, wonach ich Beufer noch hätte fragen müssen. Ich trank den zweiten Sherry, den er mir einschenkte, und plauderte über Kollegen, die wir beide kannten. Dann verabschiedete ich mich.

»Der Selb, jetzt geht er wieder seiner Spürnase nach. Sie läßt ihn eben doch nicht, die Gerechtigkeit, gell? Zeigt er sich mal wieder beim alten Beufer? Soll mich freuen.«

Auf meinem Auto lagen zehn Zentimeter frischen Schnees. Ich wischte ihn weg, kam mit Glück sicher den Berg runter auf die Bundesstraße und folgte auf der Autobahn einem Schneepflug nach Norden. Es war dunkel geworden. Das Autoradio meldete Staus und spielte Hits aus den sechziger Jahren.

6

Kartoffeln, Weißkohl und heiße Blutwurst

Im dichten Schnee verpaßte ich am Walldorfer Kreuz die Abfahrt nach Mannheim. Dann fuhr der Schneepflug auf einen Parkplatz, und ich war verloren. Ich schaffte es noch bis zur Raststätte Hardtwald.

Im Stehimbiß wartete ich mit meinem Kaffee, daß das Schneetreiben aufhöre. Ich sah in die tanzenden Flocken. Auf einmal waren die Bilder der Vergangenheit ganz lebendig.

Es war ein August- oder Septemberabend gewesen, 1943. Klara und ich hatten unsere Wohnung in der Werderstraße räumen müssen und gerade den Umzug in die Bahnhofstraße hinter uns. Korten war zum Abendessen bei uns. Es gab Kartoffeln, Weißkohl und heiße Blutwurst. Korten war begeistert von der neuen Wohnung, lobte Klara für das Essen, und ich ärgerte mich darüber, weil er wußte, wie kläglich Klärchen kochte, und weil ihm nicht entgangen sein konnte, daß die Kartoffeln versalzen und der Kohl angebrannt war. Dann ließ Klara uns Männer mit unseren Zigarren für eine kleine Stunde im Herrenzimmer allein.

Ich hatte damals gerade die Akte Tyberg und Dohmke auf den Tisch gekriegt. Mich überzeugten die polizeilichen Ermittlungsergebnisse nicht. Tyberg kam aus guter Familie, hatte sich an die Front gemeldet und war nur gegen seinen Willen wegen seiner kriegswichtigen Forschungsarbeiten bei den RCW belassen worden. Ich konnte ihn mir nicht als Saboteur vorstellen.

»Du kennst doch Tyberg. Was hältst du von ihm?«

»Ein untadeliger Mann. Wir sind alle entsetzt, daß er und Dohmke, keiner weiß, warum, vom Arbeitsplatz weg verhaftet wurden. Mitglied der deutschen Hockeymannschaft 1936, Träger der Professor-Demel-Medaille, ein begnadeter Chemiker, geschätzter Kollege und verehrter Vorgesetzter – also ich verstehe wirklich nicht, was ihr von Polizei und Staatsanwaltschaft euch da ausgedacht habt.«

Ich erklärte ihm, daß eine Verhaftung keine Verurteilung ist und daß vor einem deutschen Gericht niemand verurteilt würde, es lägen denn die nötigen Beweise vor. Das war ein altes Thema zwischen uns seit unserer Studienzeit. Korten hatte damals ein Buch über berühmte Fehlurteile beim Bouquinisten gefunden und nächtelang mit mir darüber diskutiert, ob menschliche Gerechtigkeit Fehlurteile vermeiden könne. Ich hatte dies vertreten, Korten hatte demgegenüber den Standpunkt eingenommen, daß man mit Fehlurteilen leben müsse.

Mir kam ein Winterabend aus der Berliner Studienzeit in den Sinn. Klara und ich fuhren am Kreuzberg Schlitten und wurden danach im Hause Korten zum Abendbrot erwartet. Klara war 17, tausendmal hatte ich sie als Ferdinands kleine Schwester erlebt und übersehen, und zum Schlittenfahren nahm ich das Gör nur mit, weil sie so darum gebettelt hatte. Eigentlich hoffte ich, Pauline auf der Rodelbahn zu treffen, ihr nach einem Sturz aufzuhelfen oder sie vor den garstigen Kreuzberger Straßenjungen beschützen zu können. War Pauline dagewesen? Jedenfalls hatte ich auf einmal nur noch Augen für Klara. Sie hatte eine Pelzjacke an und einen bunten Schal, und ihre blonden Locken flogen, und auf ihren glühenden Wangen schmolzen die Flocken. Auf dem Heimweg küßten wir uns zum ersten Mal. Klara mußte mich erst überreden, daß ich noch zum Abendbrot mit hochging. Ich wußte nicht, wie ich mich ihr gegenüber verhalten sollte vor Eltern und Bruder. Als ich später ging, brachte sie mich unter einem Vorwand zur Haustür und gab mir einen heimlichen Kuß.

Ich ertappte mich dabei, wie ich zum Fenster hinaus lächelte. Auf dem Parkplatz der Raststätte hielt ein Lastzug mit gelben Planen. Auch die Wohlfahrt kam im Schnee nicht mehr weiter. Mein Auto trug schon wieder eine dicke Haube. An der Theke holte ich mir noch einen Kaffee und ein belegtes Brötchen. Ich stellte mich wieder ans Fenster.

Korten und ich waren damals auch auf Weinstein zu sprechen gekommen. Ein untadeliger Beschuldigter und ein jüdischer Belastungszeuge – ich überlegte, ob ich das Ermittlungsverfahren nicht einstellen sollte. Ich konnte Korten nicht über Weinsteins Bedeutung für die Ermittlungen informieren, aber die Gelegenheit, von ihm etwas über Weinstein zu erfahren, wollte ich mir nicht entgehen lassen.

»Was hältst du eigentlich vom Einsatz der Juden bei euch im Werk?«

»Du weißt, Gerd, daß wir in der Judenfrage schon immer verschiedener Auffassung waren. Ich habe noch nie etwas von Antisemitismus gehalten. Ich finde es schwierig,

Zwangsarbeiter im Werk zu haben, aber ob das Juden oder Franzosen oder Deutsche sind, ist egal. Bei uns im Labor arbeitet Professor Weinstein, und es ist ein Jammer, daß dieser Mann nicht hinter dem Katheder oder in seinem eigenen Labor stehen kann. Er leistet uns unschätzbare Dienste, und wenn du nach dem Aussehen und der Gesinnung gehst, findest du niemanden, der deutscher ist. Ein Professor der alten Schule, bis 1933 Ordinarius für organische Chemie in Breslau. Alles, was Tyberg als Chemiker ist, verdankt er Weinstein, dessen Famulus und Assistent er war. Der Typ des liebenswürdigen, zerstreuten Gelehrten.«

»Und wenn ich dir sagen würde, daß der Tyberg beschuldigt?«

»Um Gottes willen, Gerd. Wo Weinstein doch so an seinem Schüler Tyberg hängt… Ich weiß gar nicht, was ich sagen soll.«

Ein Räumfahrzeug pflügte sich seinen Weg auf den Parkplatz. Der Fahrer stieg aus und kam in die Raststätte. Ich fragte ihn, wie ich nach Mannheim weiterkäme.

»Gerade ist ein Kollege zum Heidelberger Kreuz gefahren. Machen Sie schnell, ehe die Fahrbahn wieder zu ist.«

Es war sieben. Um Viertel vor acht war ich am Heidelberger Kreuz und um neun in Mannheim. Ich mußte mir noch die Beine vertreten und freute mich am tiefen Schnee. Die Stadt lag still. Ich wäre gerne mit der Troika durch Mannheim gefahren.

7

Was ermittelst du jetzt eigentlich?

Um acht wachte ich auf, aber ich kam nicht hoch. Es war alles zuviel gewesen, der nächtliche Rückflug von New York, die Fahrt nach Karlsruhe, das Gespräch mit Beufer, die Erinnerungen und die Odyssee über verschneite Autobahnen.

Um elf rief Philipp an. »Daß man dich endlich mal erwischt. Wo hast du dich denn rumgetrieben? Deine Doktorarbeit ist fertig.«

»Doktorarbeit!« Ich wußte nicht, wovon er redete.

»Frakturen durch Türen. Zugleich ein Beitrag zur Morphologie des Autoaggressiven. Du hast das doch in Auftrag gegeben.«

»Ah ja. Und da liegt jetzt eine wissenschaftliche Abhandlung vor? Wann kann ich die haben?«

»Jederzeit, du mußt nur bei mir im Krankenhaus vorbeikommen und sie holen.«

Ich stand auf und machte mir Kaffee. Der Himmel über Mannheim hing immer noch voll Schnee. Turbo kam weiß bepudert vom Balkon herein.

Mein Eisschrank war leer, und ich ging einkaufen. Schön, daß man mit dem Streusalz vorsichtiger umgeht in den Städten. Ich mußte nicht durch braunen Matsch stapfen, sondern lief über knirschenden, festgetretenen

Neuschnee. Die Kinder bauten Schneemänner und machten Schneeballschlachten. In der Bäckerei am Wasserturm traf ich Judith. »Ist das nicht ein herrlicher Tag?« Ihre Augen leuchteten.

»Früher, als ich noch zur Arbeit mußte, habe ich mich über Schnee immer geärgert. Scheiben saubermachen, Auto springt nicht an, langsam fahren, steckenbleiben. Was habe ich mir da nur entgehen lassen.«

»Komm«, sagte ich, »wir machen einen Winterspaziergang zum ›Kleinen Rosengarten‹. Ich lade dich ein.«

Diesmal sagte sie nicht nein. Ich fühlte mich etwas altmodisch neben ihr; sie in wattierter Jacke und Hose und mit hohen Stiefeln, die wahrscheinlich ein Nebenprodukt der Weltraumforschung sind, ich mit Paletot und Galoschen. Auf dem Weg erzählte ich ihr von meinen Ermittlungen im Fall Mencke und dem Schnee in Pittsburgh. Auch sie fragte mich gleich, ob ich die Kleine aus ›Flashdance‹ getroffen hätte. Ich wurde neugierig auf den Film.

Giovanni machte große Augen. Als Judith auf der Toilette war, kam er an unseren Tisch. »Alte Frau nix gut? Neue Frau besser? Das nächste Mal ich dich besorgen italienische Frau, dann du haben Ruhe.«

»Deutscher Mann nix brauchen Ruhe, brauchen viele, viele Frauen.«

»Dann du müssen viel gut essen.« Er empfahl das Steak Pizzaiola und vorher die Hühnersuppe. »Der Chef hat das Huhn heute morgen selbst geschlachtet.« Ich bestellte für Judith einfach dasselbe und dazu eine Flasche Chianti classico.

»Ich war noch aus einem anderen Grund in Amerika, Judith. Der Fall Mischkey hat mich nicht in Ruhe gelassen. Ich bin dann zwar nicht weitergekommen. Aber die Fahrt hat mich mit meiner eigenen Vergangenheit konfrontiert.« Sie hörte meinem Bericht aufmerksam zu.

»Was ermittelst du jetzt eigentlich? Und warum?«

»Ich weiß es nicht genau. Ich würde gerne mal mit Tyberg sprechen, wenn er noch lebt.«

»O ja, der lebt noch. Ich habe öfter Briefe an ihn geschrieben, Geschäftsberichte oder Festtagsgaben geschickt. Er wohnt am Lago Maggiore, in Monti sopra Locarno.«

»Dann möchte ich auch noch mal mit Korten reden.«

»Und was hat der mit dem Mord an Peter zu tun?«

»Ich weiß es nicht, Judith. Ich gäbe sonst was dafür, wenn ich das alles durchschauen würde. Immerhin hat mich Mischkey darauf gebracht, mich mit der Vergangenheit zu beschäftigen. Ist dir zu dem Mord noch etwas eingefallen?«

Sie hatte sich überlegt, ob man die Geschichte nicht an die Presse bringen könnte. »Ich finde es einfach unerträglich, daß die Sache so zu Ende sein soll.«

»Meinst du damit, daß unbefriedigend ist, was wir wissen? Das wird dadurch, daß wir zur Presse gehen, auch nicht besser.«

»Nein. Ich finde, die RCW haben nicht wirklich bezahlt. Ganz egal, wie das mit dem alten Schmalz gelaufen ist, irgendwie fällt das doch in ihre Verantwortung. Und außerdem erfahren wir vielleicht noch mehr, wenn die Presse in das Wespennest sticht.«

Giovanni brachte die Steaks. Wir aßen eine Weile

schweigend. Ich konnte mich mit dem Gedanken, die Sache an die Presse zu geben, nicht befreunden. Mischkeys Mörder hatte ich letztlich im Auftrag der RCW gefunden, jedenfalls hatten mich die RCW dafür bezahlt. Was Judith wußte und an die Presse geben konnte, wußte sie von mir. Meine professionelle Loyalität stand auf dem Spiel. Ich ärgerte mich, daß ich Kortens Geld genommen hatte. Anders wäre ich jetzt frei.

Ich erklärte ihr meine Bedenken. »Ich will mir überlegen, ob ich über meinen Schatten springen kann, aber mir wär's lieber, du würdest warten.«

»Na gut. Ich war damals ganz froh, deine Rechnung nicht zahlen zu müssen, hätte mir aber gleich denken können, daß so was seinen Preis hat.«

Wir waren mit dem Essen fertig. Giovanni servierte zwei Sambuca. »Mit den Komplimenten des Hauses.« Judith erzählte mir von ihrem Leben als Arbeitslose. Zuerst hatte sie die Freiheit genossen, aber langsam gingen die Probleme los. Vom Arbeitsamt konnte sie nicht erwarten, wieder einen vergleichbaren Job vermittelt zu bekommen. Sie müßte sich selber tummeln. Zugleich wußte sie nicht recht, ob sie sich noch einmal in ein Leben als Chefsekretärin schicken wollte.

»Kennst du Tyberg persönlich? Ich selber habe ihn zum letztenmal vor mehr als vierzig Jahren gesehen und weiß nicht, ob ich ihn wiedererkennen würde.«

»Ja, auf dem Jubiläum damals, zum hundertjährigen Bestehen der RCW, war ich abgestellt, mich als sein Mädchen für alles um ihn zu kümmern. Warum?«

»Magst du mitkommen, wenn ich zu ihm nach Locarno fahre? Ich würde mich freuen.«

»Du willst es also wirklich wissen. Wie hast du vor, den Kontakt mit ihm herzustellen?«

Ich überlegte.

»Laß mal«, sagte sie, »das fädel ich schon ein. Wann fahren wir los?«

»Für wann kannst du frühestens einen Termin mit Tyberg organisieren?«

»Sonntag? Montag? Ich kann's nicht sagen. Vielleicht ist er auf den Bahamas.«

»Mach den Termin so bald wie möglich fest, dann fahren wir.«

8

Gehen Sie mal auf die Scheffelterrasse

Professor Kirchenberg war bereit, mich sofort zu empfangen, als er hörte, daß es um Sergej ging. »Der arme Junge, und Sie wollen ihm helfen. Dann kommen Sie doch gleich vorbei. Ich bin den ganzen Nachmittag im Palais Boisserée.«

Aus der Presseberichterstattung über den sogenannten Germanistenprozeß wußte ich noch, daß das Palais Boisserée das Germanistische Seminar der Universität Heidelberg beherbergt. Die Professoren fühlen sich als legitime Nachfahren der früheren prinzlichen Bewohner. Als aufmüpfige Studenten das Palais profanierten, wurde mit Hilfe der Justiz an ihnen ein Exempel statuiert.

Kirchenberg war besonders prinzlich-professoral. Er hatte eine leichte Glatze, Kontaktlinsen, ein sattes, rosiges Gesicht, und trotz seiner Neigung zur Korpulenz bewegte er sich mit hüpfender Eleganz. Zur Begrüßung nahm er meine Hand in seine beiden Hände. »Ist es nicht einfach erschütternd, was Sergej zugestoßen ist?«

Ich stellte wieder meine Fragen nach Gemütsverfassung, Berufsabsichten, Finanzlage.

Er lehnte sich im Sessel zurück. »Serjoscha ist von seiner schwierigen Jugend gezeichnet. Die Jahre zwischen acht und vierzehn in Roth, einer bigotten fränkischen Garnisonsstadt, waren ein Martyrium für das Kind. Ein Vater, der seine Homoerotik nur in militärischer Kraftmeierei leben konnte, die bienenfleißige, herzensgute, mimosenschwache Mutter. Und das Tapp, Tapp, Tapp«, er klopfte mit den Knöcheln auf den Schreibtisch, »der täglich ein- und ausmarschierenden Soldaten. Hören Sie sich da ruhig rein.« Er machte mit der einen Hand eine Geste, die mir Schweigen gebot, und klopfte mit der anderen weiter. Langsam verstummte die Hand. Kirchenberg seufzte. »Erst im Zusammensein mit mir hat er diese Jahre aufarbeiten können.«

Als ich den Verdacht der Selbstverstümmelung ansprach, war Kirchenberg außer sich. »Da muß ich doch laut rauslachen. Sergej hat ein sehr liebevolles Verhältnis zum eigenen Körper, fast narzißtisch. Mit allen Vorurteilen, die über uns Schwule kursieren, sollte doch wenigstens begriffen sein, daß wir unseren Körper sorgfältiger pflegen als der landläufige Heterosexuelle. Wir sind unser Körper, Herr Selb.«

»War Sergej Mencke denn wirklich schwul?«

»Noch so ein präjudizielles Statement«, sagte Kirchenberg fast mitleidig. »Sie sind nie auf der Scheffelterrasse gesessen und haben Stefan George gelesen. Machen Sie das mal. Dann werden Sie vielleicht spüren, daß Homoerotik nicht eine Frage des Seins, sondern des Werdens ist. Sergej ist nicht, er wird.«

Ich verabschiedete mich von Professor Kirchenberg und ging an Mischkeys Wohnung vorbei zum Schloß hoch. Auch auf der Scheffelterrasse verweilte ich für einen Augenblick. Mir war kalt. Oder wurde mir kalt? Sonst wurde nichts, konnte vielleicht auch nichts ohne Stefan George.

Im ›Café Gunde‹ lagen schon die Springerle fürs Weihnachtsfest aus. Ich erstand eine Tüte, wollte Judith auf der Fahrt nach Locarno damit überraschen.

In meinem Büro lief alles wie geschmiert. Bei der Auskunft bekam ich die Telephonnummer des katholischen Pfarramts in Roth; der Kaplan unterbrach die Predigtvorbereitung nur zu gerne, um mir zu sagen, daß der Rother Führer der Georgspfadfinder seit eh und je Joseph Maria Jungbluth ist, Oberlehrer seines Zeichens. Oberlehrer Jungbluth erreichte ich gleich darauf, und er wollte gerne mit mir morgen am frühen Nachmittag über den kleinen Siegfried reden. Judith hatte bei Tyberg einen Termin für Sonntag nachmittag bekommen, und wir beschlossen, am Samstag zu fahren. »Tyberg ist gespannt auf dich.«

9

Da waren's nur noch drei

Auf der neuen Autobahn fährt man von Mannheim nach Nürnberg eigentlich zwei Stunden. Die Ausfahrt Schwabach/Roth geht dreißig Kilometer vor Nürnberg ab. Eines Tages wird Roth an der Autobahn Augsburg–Nürnberg liegen. Aber ich werde das nicht mehr erleben.

Nachts war neuer Schnee gefallen. Auf der Fahrt hatte ich die Wahl zwischen zwei Spurrinnen, der ausgefahrenen rechts und einer schmalen zum Überholen. An einem Lastwagen vorbeizufahren war ein schlingerndes Abenteuer. Nach dreieinhalb Stunden Fahrt kam ich an. In Roth gibt es ein paar Fachwerkhäuser, ein paar Sandsteinbauten, evangelische und katholische Kirche, Kneipen, die sich den soldatischen Bedürfnissen angepaßt haben, und viele Kasernen. Nicht einmal ein Lokalpatriot könnte Roth als Perle Frankens bezeichnen. Es war kurz vor eins, und ich suchte mir einen Gasthof. Im ›Roten Hirschen‹, der dem Trend zum Fast food widerstanden und sogar noch seine alte Einrichtung bewahrt hatte, kochte der Wirt selbst. Ich fragte die Kellnerin nach einem bayerischen Gericht. Sie verstand meine Frage nicht. »Bayrisch? Mir sin in Frankn.« Also fragte ich sie nach einem fränkischen Gericht. »Alles«, sagte sie. »Unser ganze Kartn is fränkisch. Der Kaffee aa.« Hilfreicher Menschenschlag hier. Ich bestellte auf gut Glück Saure Zipfel mit Bratkartoffeln und dazu ein dunkles Bier.

Saure Zipfel sind Bratwürste, werden aber nicht gebraten, sondern in einem Sud von Essig, Zwiebeln und Gewürzen erhitzt. So schmecken sie auch. Die Bratkartoffeln waren herrlich rösch. Die Kellnerin ließ sich erweichen, mir nach dem Essen den Weg in die Allersberger Straße zu zeigen, wo Oberlehrer Jungbluth wohnte.

Jungbluth öffnete die Tür in Zivil. Ich hatte ihn in meiner Phantasie in Kniestrümpfen, knielanger brauner Hose, blauem Halstuch und breitrandigem Pfadfinderhut vor mir gesehen. Er erinnerte sich nicht mehr an das Pfadfinderlager, bei dem der kleine Mencke einen echten oder falschen Verband getragen und sich dadurch vor dem Abwaschen gedrückt hatte. Aber er erinnerte sich an anderes.

»Er hat sich gerne gedrückt, der Siegfried. Auch in der Schule, wo er die erste und zweite Klasse bei mir war. Wissen Sie, er war ein verdruckstes Kind. Und ein ängstliches Kind war er. Ich versteh ja nicht viel von der Medizin, außer den Erste-Hilfe-Kenntnissen natürlich, die meine Aufgaben als Oberlehrer und Pfadfinderführer von mir fordern. Aber ich meine, man braucht einen Mut zum Selbstverstümmeln, und den Mut würde ich dem Siegfried nicht zutrauen. Sein Vater ist da aus einem anderen Holz.«

Er brachte mich schon zur Tür, als ihm noch etwas einfiel. »Wollen Sie Photos sehen?« Auf dem Album stand 1968, die Bilder zeigten wechselnde Gruppen von Pfadfindern, Zelte, Lagerfeuer, Fahrräder. Ich sah die Kinder singen, lachen und Faxen machen, aber ich sah in ihren Augen, daß Pfadfinderführer Jungbluth den Schnappschuß kommandiert hatte. »Das ist Siegfried.« Er zeigte auf einen eher schmächtigen blonden Knaben mit verschlossenem Gesicht. Ein paar Bilder weiter entdeckte ich ihn wieder. »Was ist hier mit seinem Bein los?« Das linke Bein war im Gips. »Richtig«, sagte Oberlehrer Jungbluth. »Eine unangenehme Geschichte das. Ein halbes Jahr lang hat damals die Unfallversicherung versucht, mir ein Aufsichtsverschulden anzuhängen. Dabei ist Siegfried ganz dumm gestürzt, als wir die Tropfsteinhöhle in Pottenstein besucht haben, und hat sich das Bein gebrochen. Ich kann doch nicht überall sein.« Er sah mich Zustimmung heischend an. Ich stimmte ihm gerne zu.

Auf der Heimfahrt zog ich Bilanz. Es blieb nicht mehr viel zu tun im Fall Sergej Mencke. Die Doktorarbeit von Philipps Famula wollte ich mir noch anschauen, und für den Schluß hatte ich aufgespart, Sergej im Krankenhaus zu besuchen. Ich war sie alle leid, die Oberlehrer, Hauptleute, schwulen Germanistikprofessoren, das ganze Ballett und auch Sergej, noch ehe ich ihn gesehen hatte. War ich berufsmüde? Schon im Fall Mischkey war ich hinter meinen professionellen Standards zurückgeblieben, und wie mir der Fall Mencke verleidet war, das wäre früher nicht passiert. Sollte ich aufhören? Wollte ich eigentlich älter werden als achtzig? Ich konnte meine Lebensversicherung auszahlen lassen, die mich zwölf Jahre lang ernähren würde. Ich beschloß, im neuen Jahr mit meinem Steuerberater und Versicherungsagenten zu reden.

Ich fuhr nach Westen in die untergehende Sonne. Soweit ich blicken konnte, glänzte rosig der Schnee. Der Himmel war von blasser, porzellanener Bläue. Aus den Schornsteinen der fränkischen Dörfer und Städtchen, an denen ich vorbeifuhr, stieg der Rauch hoch. Das heimelige Licht in den Fenstern weckte alte Sehnsüchte nach Geborgenheit. Heimweh nach Nirgendwo.

Philipp war noch im Dienst, als ich um sieben auf der Station nach ihm fragte. »Willy ist tot«, begrüßte er mich bedrückt. »Dieser Dummkopf. Heute noch an einem perforierten Blinddarm zu sterben ist einfach lächerlich. Ich verstehe nicht, warum er mich nicht angerufen hat; er muß furchtbare Schmerzen gehabt haben.«

»Weißt du, Philipp, ich hatte im letzten Jahr nach Hildes Tod öfter den Eindruck, daß er eigentlich nicht mehr will.«

»Diese blöden Ehemänner und Witwer. Wenn er nur ein Wort gesagt hätte, ich kenne Frauen, die lassen einen jede Hilde vergessen. Was ist übrigens aus deiner Brigitte geworden?«

»Die treibt sich in Rio rum. Wann ist die Beerdigung?«

»Heute in einer Woche. Vierzehn Uhr auf dem Hauptfriedhof in Ludwigshafen. Ich hab mich um alles kümmern müssen. Ist ja sonst niemand mehr da. Bist du einverstanden mit einem Grabdenkmal aus rotem Sandstein, mit einem Käuzchen drauf? Wir legen zusammen, du, Eberhard und ich, damit er ordentlich unter die Erde kommt.«

»Hast du dir schon über die Anzeigen Gedanken gemacht? Und wir müssen den Dekan seiner ehemaligen Fakultät verständigen. Kann deine Sekretärin das machen?«

»Geht in Ordnung. Ich würde gerne mitkommen, du gehst doch jetzt sicher essen. Aber ich kann nicht weg, vergiß die Doktorarbeit nicht.«

Da waren's nur noch drei. Ich ging nach Hause und

machte mir eine Dose Sardinen auf. Ich wollte es dieses Jahr nun doch mit Ölsardinendosen probieren, freilich mit leeren, und mußte mit dem Sammeln beginnen. Es war fast schon zu spät, um für den Weihnachtsbaum noch genug zusammenzubringen. Sollte ich Philipp und Eberhard am nächsten Freitag abend zum Leichenschmaus mit Ölsardinen einladen?

›Frakturen durch Türen‹ war fünfzig Seiten stark. Die Systematik der Arbeit ergab sich aus einer Kombination von Türen und Brüchen. Die Einleitung enthielt ein Kreuzdiagramm, das in der Waagerechten die verschiedenen bruchverursachenden Türen und in der Senkrechten die türverursachten Frakturen verzeichnete. In den meisten der 196 Felder zeigten Zahlen an, daß und wie oft die entsprechende Konstellation in den letzten zwanzig Jahren in den Mannheimer Krankenanstalten aufgetreten war.

Ich suchte die Zeile ›Autotür‹ und die Spalte ›Tibiafraktur‹ auf. Im Schnittpunkt fand ich die Zahl zwei, hinten im Text die zugehörigen Anamnesen. Obwohl sie anonymisiert waren, erkannte ich in einer die von Sergej wieder. Die andere stammte aus dem Jahr 1972. Ein aufgeregter Kavalier hatte seiner Dame beim Einsteigen ins Auto geholfen und vorschnell die Tür zugeschlagen. Die Arbeit konnte nur einen Fall vorsätzlicher Selbstverstümmelung erwähnen. Ein gescheiterter Goldschmied hatte sich mit dem versicherten und gebrochenen Daumen der rechten Hand eine goldene Nase verdienen wollen. Er hatte im Heizungskeller die rechte Hand in den Rahmen der eisernen Tür gelegt und diese mit der linken zugeschlagen. Aufgeflogen war die Sache nur, weil er, nachdem die Versicherung schon gezahlt, mit seinem Coup geprahlt hatte. Vor der Polizei gab er an, daß er sich als Kind die lockeren Milchzähne mit einem an der Türklinke einerseits, andererseits am Zahn befestigten Zwirnsfaden herausgerissen habe. Das habe ihn auf die Idee gebracht.

Die Entscheidung, Frau Mencke anzurufen und nach den Zahnextraktionsmethoden des kleinen Siegfried zu fragen, stellte ich zurück.

Gestern war ich zu müde gewesen, um mir noch ›Flash-dance‹ anzusehen, den ich mir aus dem Videoverleih in der Seckenheimer Straße geholt hatte. Jetzt legte ich die Kassette ein. Danach tanzte ich unter die Dusche. Warum war ich nicht länger in Pittsburgh geblieben?

Haltet den Dieb

In Basel machten Judith und ich zum erstenmal halt. Wir fuhren von der Autobahn ab in die Stadt und parkten auf dem Münsterplatz. Er lag im Schnee ohne störenden weihnachtlichen Schmuck. Wir gingen die paar Schritte zum ›Café Spielmann‹, fanden einen Tisch am Fenster und hatten den Blick auf den Rhein und die Brücke mit der kleinen Kapelle in der Mitte.

»Jetzt erzähl mal ausführlich, wie du das mit Tyberg eingefädelt hast«, bat ich Judith über dem Birchermüsli, das hier besonders köstlich zubereitet wird, mit viel Sahne und ohne überzählige Haferflocken.

»Als ich ihm beim Jubiläum attachiert war, hat er mich aufgefordert, falls in Locarno, bei ihm reinzuschauen. Darauf bin ich zurückgekommen, und ich habe gesagt, ich müßte meinen älteren Onkel«, sie legte begütigend ihre Hand auf meine, »chauffieren, der sich am Lago Maggiore einen Ferienalterssitz suchen will. Ich habe gleich dazu gesagt, daß er den älteren Onkel aus den Kriegsjahren kennt. Da hat er uns beide für morgen zum Tee eingeladen.« Judith war stolz auf ihren diplomatischen Schachzug. Ich hatte Bedenken.

»Schmeißt Tyberg mich nicht auf der Stelle raus, wenn er in mir den unangenehmen nationalsozialistischen Staatsanwalt erkennt? Wär's nicht besser gewesen, ihm das ohne Umschweife zu sagen?«

»Das hab ich mir auch überlegt, aber dann hätte er den unangenehmen nationalsozialistischen Staatsanwalt vielleicht gar nicht ins Haus gelassen.«

»Und warum eigentlich älterer Onkel und nicht älterer Freund?«

»Das klingt nach Liebhaber. Ich denke, ich habe Tyberg als Frau gefallen, und vielleicht würde er mich nicht empfangen, wenn er mich in festen Händen und die auch noch dabei wüßte. Du bist ein empfindlicher Privatdetektiv.«

»Ja. Ich bin gerne bereit, die Verantwortung dafür auf mich zu nehmen, daß ich Tybergs Staatsanwalt war. Aber soll ich dann auch noch gleich gestehen, daß ich dein Liebhaber bin und nicht dein Onkel?«

»Ist das eine Frage an mich?« Sie sagte das kurz und schnippisch, holte aber gleichzeitig ihr Strickzeug raus, als wolle sie sich auf eine längere Unterredung einrichten.

Ich zündete mir eine Zigarette an. »Du hast mich immer wieder auch als Frau interessiert, und jetzt frag ich mich, ob ich für dich nur der alte Tatterer war, onkelhaft und geschlechtslos.«

»Was willst du denn jetzt? ›Ich habe mich immer wieder für dich als Frau interessiert.‹ Hast du dich in der Vergangenheit für mich interessiert, dann laß es auf sich beruhen. Interessierst du dich in der Gegenwart, dann steh dazu. Du übernimmst immer lieber die Verantwortung für die Vergangenheit als für die Gegenwart.« Zwei rechts, zwei links.

»Es macht mir keine Schwierigkeiten, dazu zu stehen, daß ich mich für dich interessiere, Judith.«

»Weißt du, Gerd, natürlich nehm ich dich als Mann wahr, und ich mag dich auch als Mann. Das ging nie soweit, daß ich deswegen einen ersten Schritt hätte machen wollen. In den vergangenen Wochen schon gar nicht. Aber was machst du für verquälte erste Schritte, oder sollen das gar keine sein? ›Es macht mir keine Schwierigkeiten, dazu zu stehen‹, dabei macht es dir die größten Schwierigkeiten, auch nur diesen gewundenen vorsichtigen Satz rauszubringen. Komm, laß uns weiterfahren.« Sie rollte den angefangenen Pulloverärmel um die Stricknadeln und wickelte noch etwas Garn darum.

Mir fiel nichts mehr ein. Ich fühlte mich gedemütigt. Bis Olten redeten wir kein Wort.

Judith hatte im Radio das Cellokonzert von Dvořák gefunden und strickte.

Was hatte mich eigentlich gedemütigt? Judith hatte mir ja nur um die Ohren geschlagen, was ich in den vergangenen Monaten selbst gefühlt hatte: die Unklarheit meiner Empfindungen ihr gegenüber. Aber sie hatte es so lieblos getan, ich fühlte mich durch ihr Zitieren vorgeführt und aufgespießt, ein Würstchen, das sich windet. Ich sagte ihr das bei Zofingen.

Sie ließ das Strickzeug in den Schoß sinken und sah lange vor sich auf die Fahrbahn.

»Ich habe das in meiner Rolle als Chefsekretärin so oft erlebt, Männer, die was von mir wollen, aber nicht dazu stehen. Sie hätten gerne was mit mir, aber wollen's doch zugleich nicht gewesen sein. Sie bauen es auch so, daß sie sich sofort wieder zurückziehen können, ohne letztlich involviert zu sein. So kam mir das mit dir auch vor. Du machst einen ersten Schritt, der aber vielleicht gar keiner ist, eine Geste, die dich nichts kostet und mit der du nichts riskierst. Du sprichst von Demütigung… Ich habe dich nicht demütigen wollen. Ach, Scheiße, warum kannst du nur für deine eigenen Gekränktheiten sensibel sein.« Sie wandte den Kopf. Es klang, als ob sie weine. Aber ich konnte es nicht sehen.

Bei Luzern wurde es dunkel. Als wir in Wassen waren, mochte ich nicht weiterfahren. Die Autobahn war geräumt, aber es fing zu schneien an. Ich kannte das ›Hôtel des Alpes‹ von früheren Adriafahrten. Im Empfang stand noch der Käfig mit der indischen Samenkrähe. Als sie uns sah, krähte sie: »Haltet den Dieb, haltet den Dieb.«

Zum Abendessen aßen wir Zürcher Geschnetzeltes und Rösti. Auf der Fahrt hatten wir darüber zu streiten begonnen, ob der Erfolg den Künstler sein Publikum verachten lassen muß. Röschen hatte mir von einem Konzert mit Serge Gainsbourg in Paris erzählt, bei dem das Publikum um so dankbarer applaudiert hatte, je verächtlicher es von Gainsbourg behandelt worden war. Seitdem beschäftigte mich diese Frage, und sie hatte sich mir zum größeren Problem geweitet, ob man alt werden kann, ohne die Menschen zu verachten. Judith hatte der These vom Zusammenhang zwischen künstlerischem Erfolg und menschlicher Verachtung lange Widerstand entgegengesetzt. Beim dritten Glas Fendant gab sie klein bei. »Du hast recht, Beethoven ist schließlich taub geworden. Taubheit ist der vollendete Ausdruck von Verachtung der eigenen Umwelt.«

In meinem mönchischen Einzelzimmer schlief ich tief und fest. Wir brachen früh nach Locarno auf. Als wir aus dem Gotthardtunnel fuhren, war der Winter vorbei.

Suite in h-Moll

Wir kamen gegen Mittag an, nahmen Zimmer in einem Hotel am See und aßen auf der verglasten Veranda mit Blick auf bunte Boote. Die Sonne ließ es sehr warm werden hinter den Scheiben. Ich war aufgeregt beim Gedanken an den Tee bei Tyberg. Von Locarno nach Monti fährt eine blaue Drahtseilbahn. Auf halbem Weg, wo der aufsteigenden die runterfahrende Kabine begegnet, ist eine Station mit dem berühmten Wallfahrtsort Madonna del Sasso. Bis zur Kirche, die nicht schön, aber schön gelegen ist, liefen wir auf dem mit großen runden Kieseln gepflasterten Kreuzweg. Den Rest des Aufstiegs schenkten wir uns und nahmen die Bahn.

In vielen Windungen folgten wir der Straße zu Tybergs Haus an dem kleinen Platz mit dem Postamt. Wir standen vor einer gut drei Meter hohen Mauer, die zur Straße abfiel und auf der ein schmiedeeisernes Gitter entlanglief. Der Pavillon auf der Ecke und die Bäume und Sträucher hinter dem Gitter ließen die erhöhte Lage von Haus und Garten erkennen. Wir klingelten, öffneten die massive Tür, gingen die Treppe zum Vorgarten hoch und hatten das schlichte, rotgestrichene, zweigeschossige Haus vor uns. Neben dem Eingang sahen wir Gartentisch und -stühle, wie man sie aus Biergärten kennt. Der Tisch war mit Büchern und Manuskripten bedeckt. Tyberg wickelte sich aus der Kamelhaardecke und kam auf uns zu, hochgewachsen, mit leicht vornübergebeugtem Gang, vollem weißem Haar, gepflegtem, kurz gehaltenem grauem Vollbart und buschigen Augenbrauen. Er trug eine Halbbrille, über die er uns mit neugierigen braunen Augen entgegensah.

»Liebe Frau Buchendorff, schön, daß Sie sich auf mich besonnen haben. Und das ist Ihr Herr Onkel. Willkommen auch Sie in Villa Sempreverde. Wir sind uns schon einmal begegnet, hat mir Ihre Nichte erzählt. Nein, lassen Sie«, wehrte er ab, als ich zum Sprechen ansetzte, »ich komme selbst drauf. Ich arbeite gerade an meinen Erinnerungen«, er wies auf den Tisch, »und übe das Erinnern gern.«

Er führte uns durch das Haus in den hinteren Garten. »Gehen wir ein paar Schritte? Der Butler richtet den Tee.« Der Gartenweg führte uns den Berg hoch. Tyberg fragte Judith nach ihrem Ergehen, ihren Vorhaben und ihrer Arbeit bei den RCW. Er hatte eine ruhige, angenehme Art, seine Fragen zu stellen und Judith durch kleine Bemerkungen sein Interesse zu zeigen. Trotzdem verblüffte mich, wie offen Judith, freilich ohne meinen Namen oder meine Rolle zu erwähnen, von ihrem Ausscheiden bei den RCW erzählte. Und ebenso verblüffte mich Tybergs Reaktion. Er war weder skeptisch, was Judiths Darstellung anging, noch empört über irgendeinen der Beteiligten, von Mischkey bis Korten, noch äußerte er Mitleid oder Bedauern. Er nahm einfach aufmerksam zur Kenntnis, was Judith berichtete.

Zum Tee trug der Butler Patisserie auf. Wir saßen in einer großen Halle mit Flügel, die Tyberg Musikzimmer nannte. Das Gespräch hatte sich der wirtschaftlichen

Situation zugewandt. Judith jonglierte mit Kapital und Arbeit, Input und Output, Außenhandelsbilanz und Bruttosozialprodukt. Tyberg und ich trafen uns in der These von der Balkanisierung der Bundesrepublik Deutschland. Er verstand sofort, daß ich nicht die Türken in Kreuzberg meinte. Auch er hatte im Sinn, daß die Züge immer seltener und unpünktlicher fahren, die Post immer weniger und unzuverlässiger arbeitet und die Polizei immer dreister wird.

»Ja«, meinte er nachdenklich, »es gibt auch so viele Vorschriften, daß die Beamten selbst sie nicht mehr ernst nehmen, sondern nach Lust und Laune mal streng, mal lax und mal auch gar nicht anwenden. Es ist nur eine Frage der Zeit, bis das Bakschisch die Lust und die Laune regiert. Ich überlege mir oft, welcher Typus von Industriegesellschaft daraus entstehen wird. Die postdemokratische Feudalbürokratie?«

Ich liebe solche Gespräche. Leider interessieren Philipp, auch wenn er manchmal ein Buch liest, letztlich nur die Frauen, und Eberhards Horizont geht über die vierundsechzig Felder nicht hinaus. Willy hatte in großen evolutionären Perspektiven gedacht und mit dem Gedanken geliebäugelt, daß die Welt oder was die Menschen von ihr übriglassen im nächsten Äon von den Vögeln übernommen werden würde.

Tyberg musterte mich lange. »Natürlich. Als Frau Buchendorffs Onkel müssen Sie nicht auch Buchendorff heißen. Sie sind der pensionierte Staatsanwalt Dr. Selb.«

»Nicht pensioniert, 1945 ausgeschieden.«

»Ausgeschieden worden, vermute ich«, sagte Tyberg.

Ich mochte mich nicht erklären. Judith sah es mir an und sprang ein. »Gegangen worden will noch nicht viel heißen. Die meisten sind wiedergekommen. Das ist Onkel Gerd nicht, nicht weil er nicht hätte können, sondern weil er nicht mehr wollte.«

Tyberg sah mich weiter forschend an. Mir war nicht wohl in meiner Haut. Was sagt man, wenn man jemandem gegenübersitzt, den man mit fehlerhaften Ermittlungen fast zur Hinrichtung gebracht hat? Tyberg wollte mehr wissen. »Sie wollten also nach 1945 nicht mehr Staatsanwalt sein. Das interessiert mich. Was waren Ihre Gründe?«

»Als ich Judith das einmal zu erklären versucht habe, meinte sie, meine Gründe seien eher ästhetischer als moralischer Natur gewesen. Mich hat angewidert, welche Haltung meine Kollegen bei und nach der Wiedereinstellung zeigten, das Fehlen jeglichen Bewußtseins der eigenen Schuld. Gut, ich hätte mich in anderer Haltung und mit dem Bewußtsein der Schuld wieder einstellen lassen können. Aber ich hätte mich damit als Außenseiter gefühlt, und dann wollte ich lieber richtig draußen bleiben.«

»Je länger Sie mir gegenübersitzen, desto deutlicher sehe ich Sie als jungen Staatsanwalt wieder vor mir. Natürlich haben Sie sich verändert. Aber Ihre blauen Augen blitzen noch immer, gucken nur verschmitzter, und wo Sie den Krater im Kinn haben, da war früher schon ein Grübchen. Was haben Sie sich damals eigentlich gedacht, als Sie Dohmke und mich in die Pfanne gehauen haben? Ich habe mich gerade neulich bei meinen Erinnerungen mit dem Prozeß beschäftigt.«

»Auch mir ist der Prozeß erst unlängst wieder lebendig

geworden. Deswegen bin ich auch froh, mit Ihnen reden zu können. Ich bin in San Francisco mit der Lebensgefährtin des damaligen Belastungszeugen Professor Weinstein zusammengetroffen und habe erfahren, daß seine Aussage falsch war. Jemand vom Werk und jemand von der ss haben ihn unter Druck gesetzt. Haben Sie eine Vermutung oder wissen Sie vielleicht sogar, wer bei den RCW damals ein Interesse an Dohmkes und Ihrem Verschwinden gehabt haben könnte? Wissen Sie, derart als Werkzeug unbekannter Interessen mißbraucht worden zu sein, macht mir zu schaffen.«

Auf ein Klingeln Tybergs kam der Butler, räumte ab und servierte Sherry. Tyberg saß mit gerunzelter Stirn und sah ins Leere. »Das habe ich in der Untersuchungshaft zu überlegen begonnen und bis heute keine Antwort darauf gefunden. Immer wieder habe ich an Weismüller gedacht. Das war auch der Grund, daß ich nicht gleich nach dem Krieg zu den RCW zurück mochte. Aber ich habe keinerlei Bestätigung für diesen Gedanken gefunden. Mich hat auch lange beschäftigt, wie Weinstein seine Aussage machen konnte. Daß er sich an meinem Schreibtisch zu schaffen gemacht, in der Schublade die Manuskripte gefunden, falsch gedeutet und mich angezeigt hat, hat mich schon bestürzt. Aber seine Aussage über ein Gespräch zwischen Dohmke und mir, das nie stattgefunden hat, hat mich tief getroffen. Alles wegen ein paar Vorteilen im Lager, habe ich mich gefragt. Nun höre ich, daß er gezwungen wurde. Es muß furchtbar für ihn gewesen sein. Hat seine Lebensgefährtin gewußt und gesagt, daß er mich nach dem Krieg zu kontaktieren versucht hat und ich den Kontakt verweigert habe? Ich war zu verletzt, und er war wohl zu stolz, mir im Brief von dem Druck zu schreiben, unter dem er gestanden hatte.«

»Was wurde aus Ihren Forschungen bei den RCW, Herr Tyberg?«

»Die hat Korten weitergeführt. Sie waren ohnehin das Ergebnis enger Zusammenarbeit zwischen Korten, Dohmke und mir. Wir drei hatten auch gemeinsam die Entscheidung getroffen, zunächst nur den einen Forschungsweg zu verfolgen und den anderen zurückzustellen. Das Ganze war eben unser Kind, das wir eifersüchtig gehätschelt und gehütet haben und an das wir niemand ranließen. Nicht einmal Weinstein hatten wir ins Vertrauen gezogen, obwohl er in unserem Team eine wichtige, wissenschaftlich fast gleichberechtigte Stellung hatte. Aber Sie wollten wissen, was aus den Forschungen geworden ist. Seit der Ölkrise frage ich mich manchmal, ob sie nicht plötzlich wieder hochaktuell werden. Treibstoffsynthese. Wir waren andere Wege gegangen als Bergius, Tropsch und Fischer, weil wir von Anfang an dem Kostenfaktor eine entscheidende Bedeutung zuerkannt hatten. Korten hat das von uns konzipierte Verfahren mit hohem Einsatz weiterentwickelt und zur Produktionsreife gebracht. Diese Arbeiten sind zu Recht das Fundament seines raschen Aufstiegs bei den RCW geworden, auch wenn das Verfahren nach Kriegsende nicht mehr von Bedeutung war. Korten hat es, glaube ich, trotzdem noch als das Dohmke-Korten-Tyberg-Verfahren schützen lassen.«

»Ich weiß nicht, ob Sie ermessen können, wie es mich bedrückt, daß Dohmke hingerichtet wurde; und entsprechend bin ich froh, daß Ihnen damals die Flucht gelang. Es ist natürlich nur Neugier, aber würde es Ihnen etwas ausmachen, mir zu sagen, wie Sie das geschafft haben?«

»Das ist eine längere Geschichte. Ich will sie Ihnen auch erzählen, aber... Sie bleiben doch zum Abendessen? Wie wär's danach? Ich sage Bescheid, daß der Butler das Dinner richtet und ein Feuer im Kamin macht. Und bis dahin... Spielen Sie ein Instrument, Herr Selb?«

»Flöte, aber ich habe den ganzen Sommer und Herbst nie die nötige Muße gehabt.«

Er stand auf, holte aus der Biedermeierkommode einen Flötenkasten und ließ mich ihn öffnen. »Meinen Sie, Sie können darauf spielen?« Es war eine Buffet. Ich setzte sie zusammen und spielte ein paar Läufe. Sie hatte einen herrlich weichen und doch klaren Klang, jubelnd in der Höhe, trotz meines nach der langen Pause schlechten Ansatzes. »Sie mögen Bach? Wie wär's mit der h-Moll-Suite?«

Er setzte sich an den Flügel, und wir musizierten bis zum Abendessen, nach der h-MollSuite noch das D-Dur-Konzert von Mozart. Er spielte sicher und ausdrucksstark. Ich mußte bei den schnellen Läufen manchmal ein bißchen mogeln. Am Ende der Stücke legte Judith jeweils das Strickzeug aus der Hand und klatschte.

Wir aßen Ente, mit Kastanien gefüllt, dazu Klöße und Rotkraut. Der Wein war mir neu, ein fruchtiger Merlot aus dem Tessin. Am Kamin bat uns Tyberg, seine Geschichte für uns zu behalten. Demnächst werde sie publik werden, aber bis dahin sei Verschwiegenheit geboten. »Ich wartete in der Todeszelle des Bruchsaler Zuchthauses auf die Hinrichtung.« Er beschrieb die Zelle, den Alltag eines Todeskandidaten, den Klopfkontakt mit Dohmke in der Nachbarzelle, den Morgen, an dem Dohmke geholt wurde. »Wenige Tage später wurde auch ich geholt, mitten in der Nacht. Zwei von der ss verlangten mich zur Überführung ins kz. Und dann erkannte ich im einen ss-Offizier Korten.« In derselben Nacht wurde er von Korten und dem anderen ss-Mann hinter Lörrach an die Grenze gebracht. Auf der anderen Seite erwarteten ihn zwei Herren von Hoffmann-La Roche. »Am nächsten Morgen trank ich Schokolade und aß Hörnchen, wie mitten im Frieden.«

Er konnte gut erzählen. Gebannt hörten Judith und ich zu. Korten. Immer wieder setzte er mich in Erstaunen oder gar in Bewunderung. »Aber warum durfte das nicht publik werden?«

»Korten ist bescheidener, als er scheint. Er hat mich nachdrücklich gebeten, seine Rolle bei meiner Flucht zu verschweigen. Ich habe das auch stets respektiert, nicht nur als bescheidene, sondern auch als weise Geste. Zum Image des Unternehmensführers, an dem er arbeitete, paßte die Aktion schlecht. Erst jetzt im Sommer habe ich das Geheimnis gelüftet. Kortens Standing als Unternehmensführer ist heute allseits anerkannt, und ich denke, er wird sich freuen, wenn die Episode in dem Portrait ihren Platz bekommt, das ›Die Zeit‹ anläßlich seines siebzigsten Geburtstages im nächsten Frühjahr bringen will. Daher habe ich die Geschichte dem Reporter, der für das Portrait recherchiert und vor einigen Monaten bei mir war, erzählt.«

Er legte ein Scheit nach. Es war elf Uhr.

»Noch eine Frage, Frau Buchendorff, ehe der Abend ausklingt. Hätten Sie Lust, für mich zu arbeiten? Seit ich an meinen Erinnerungen schreibe, suche ich jemanden, der für mich recherchiert, im RCW-Archiv, in anderen Archiven und in Bibliotheken, der kritisch gegenliest, sich an meine Handschrift gewöhnt und das endgültige Manuskript schreibt. Ich wäre froh, wenn Sie am 1. Januar anfangen könnten. Sie würden überwiegend in Mannheim arbeiten, gelegentlich für die eine oder andere Woche hier. Die Bezahlung wäre nicht schlechter als bisher. Überlegen Sie sich's bis morgen nachmittag, rufen Sie mich an, und falls Sie ja sagen, können wir gleich morgen noch die Details klären.«

Er brachte uns an die Gartentür. Der Butler wartete mit dem Jaguar, um uns ins Hotel zu bringen. Judith und Tyberg verabschiedeten sich mit Kuß auf die linke und rechte Wange. Als ich ihm die Hand gab, lächelte er mir mit einem Augenzwinkern zu. »Werden wir uns wiedersehen, Onkel Gerd?«

Sardinen aus Locarno

Beim Frühstück fragte Judith, was ich von Tybergs Angebot hielte. »Er hat mir gut gefallen«, setzte ich an.

»Das glaub ich. Ihr wart ja eine Nummer, ihr beiden. Als der Staatsanwalt und sein Opfer zur gemeinsamen Kammermusik übergingen, traute ich meinen Ohren nicht. Es ist schon in Ordnung, daß er dir gefällt, das tut er mir auch, aber was hältst du von seinem Angebot?«

»Nimm's an, Judith. Ich denke, was Besseres kann dir nicht passieren.«

»Und daß ich ihn als Frau interessiere, macht den Job nicht schwierig?«

»Das kann dir doch bei jedem Job blühen, damit kannst du auch umgehen. Und Tyberg ist ein Gentleman und wird dir nicht beim Diktat unter den Rock greifen.«

»Was mache ich, wenn er mit seinen Erinnerungen fertig ist?«

»Ich sag gleich was dazu.« Ich stand auf, ging ans Frühstücksbüfett und holte mir zum Abschluß ein Knäckebrot mit Honig. Da schau einer an, dachte ich. Will sie sich ein Eigenheim bauen? Zurück am Tisch, sagte ich: »Er wird dich schon unterbringen. Das sollte deine letzte Sorge sein.«

»Ich überleg's mir noch bei einem Spaziergang am See. Sehen wir uns zum Mittagessen?«

Ich wußte, wie es weitergehen würde. Sie würde den Job annehmen, Tyberg um vier anrufen und bis in den Abend hinein mit ihm die Details besprechen. Ich beschloß, nach meinem Ferienalterssitz zu suchen, hinterließ Judith einen Zettel mit besten Wünschen für gute Verhandlungen mit Tyberg und fuhr los, den See entlang bis Brissago, wo ich mit dem Schiff zur Isola Bella übersetzte und zu Mittag aß. Danach wandte ich mich in die Berge und schlug einen großen Bogen, der mich bei Ascona wieder an den See kommen ließ. Ferienalterssitze sah ich die Fülle. Aber meine Lebenserwartung so reduzieren, daß ich mir aus der Lebensversicherung noch einen kaufen konnte, mochte ich denn doch nicht. Vielleicht würde mich Tyberg ja auch für die nächsten Ferien einladen.

Bei Einbruch der Dunkelheit war ich zurück in Locarno und bummelte durch die weihnachtlich geschmückte Stadt. Ich suchte nach Sardinendosen für meinen Weihnachtsbaum. In einem Feinkostgeschäft unter den Arkaden fand ich portugiesische Sardinen mit Jahrgangsbezeichnung. Ich nahm eine Dose des Jahrgangs 1983, in leuchtendgrünen und -roten Farben, und eine von 1984, in schlichtem Weiß mit goldener Aufschrift.

An der Hotelrezeption wartete eine Nachricht von Tyberg. Er würde mich gerne zum Abendessen abholen lassen. Statt ihn anzurufen und mich abholen zu lassen, ging ich in die Sauna des Hotels, verbrachte dort drei angenehme Stunden und legte mich ins Bett. Vor dem Einschlafen schrieb ich Tyberg noch einen kleinen Brief, in dem ich ihm dankte.

Um halb zwölf klopfte Judith an die Tür. Ich machte ihr

auf. Sie machte mir ein Kompliment über mein Nacht-hemd, und wir verabredeten die Abfahrt für acht Uhr.

»Bist du zufrieden mit deiner Entscheidung?« fragte ich.

»Ja. Die Arbeit an den Erinnerungen wird zwei Jahre dauern, und über das Danach hat Tyberg sich auch schon Gedanken gemacht.«

»Wunderbar. Dann schlaf mal gut.«

Ich hatte vergessen, das Fenster aufzumachen, und wachte von meinem Traum auf. Ich schlief mit Judith, die aber die Tochter war, die ich nie hatte, und ein lächerliches rotes Tingeltangel-Röckchen trug. Als ich für sie und mich eine Sardinendose aufmachte, kam Tyberg raus, wurde immer größer und füllte schließlich den ganzen Raum. Mir wurde eng, ich wachte auf.

Ich konnte nicht mehr einschlafen und war froh, als es zum Frühstück ging, und vor allem, als wir endlich abfuhren. Hinter dem Gotthard begann wieder der Winter, und bis Mannheim brauchten wir sieben Stunden. Ich hatte am Dienstag eigentlich Sergej besuchen wollen, der nach nochmaliger Operation wieder im Krankenhaus lag, aber dazu war ich jetzt nicht mehr in der Lage. Ich lud Judith zum Sekt ein, um ihren neuen Job zu feiern, doch sie hatte Kopfschmerzen.

So trank ich zu meinen Sardinen den Sekt allein.

13

Sehen Sie nicht, wie Sergej leidet?

Sergej Mencke lag in der Oststadtklinik in einem Doppelzimmer auf der Gartenseite. Das andere Bett war gerade nicht belegt. Sein Bein hing erhöht an einer Art Flaschenzug und wurde von einem metallenen Rahmen- und Schraubensystem in der richtigen Schräglage gehalten. Er hatte die letzten drei Monate bis auf wenige Wochen im Krankenhaus verbracht und sah entsprechend elend aus. Trotzdem konnte ich deutlich erkennen, daß er ein schöner Mann war. Helles, blondes Haar, ein längliches englisches Gesicht, starkes Kinn, dunkle Augen und ein verletzlicher, hochmütiger Zug um den Mund. Leider hatte seine Stimme etwas Weinerliches, vielleicht ja nur wegen der vergangenen Monate.

»Wär's nicht richtig gewesen, als allererstes zu mir zu kommen, statt mein ganzes soziales Umfeld zu irritieren?«

So einer war das also. Ein Quengler. »Was hätten Sie mir dann erzählt?«

»Daß Ihr Verdacht völlig aus der Luft gegriffen ist, eine Ausgeburt kranker Gehirne. Können Sie sich denn vorstellen, daß Sie sich auf diese Weise selber ein Bein verstümmeln?«

»Ach, Herr Mencke.« Ich rückte den Stuhl an sein Bett.

»Es gibt so vieles, was ich selber nicht tun würde. Ich könnte mich auch nicht in den Daumen schneiden, um nicht mehr abspülen zu müssen. Und was ich als zukunftsloser Ballettänzer täte, um eine Million zu bekommen, weiß ich auch nicht. «

»Diese alberne Geschichte aus dem Pfadfinderlager. Wo haben Sie die denn her?«

»Dadurch, daß ich Ihr soziales Umfeld irritiert habe. Wie war das denn mit dem Daumen?«

»Das war ein stinknormaler Unfall. Ich habe mit dem Taschenmesser Heringe geschnitzt. Ja, ich weiß, was Sie sagen wollen. Ich hab die Geschichte schon anders erzählt, aber nur, weil's so ne hübsche Geschichte war, und meine Jugend gibt nicht viele Geschichten her. Und was meine Zukunft als Ballettänzer angeht...Na hören Sie mal. Sie machen mir keinen besonders zukunftsträchtigen Eindruck mehr, aber Sie würden sich doch deswegen keine Gliedmaßen brechen.«

»Sagen Sie, Herr Mencke, wie wollten Sie die Tanzschule, von der Sie so oft geredet haben, finanzieren?«

»Frederik wollte mich unterstützen, Fritz Kirchenberg, meine ich. Er hat eine Menge Geld. Wenn ich die Versicherung hätte betrügen wollen, hätte ich mir doch was Schlaueres einfallen lassen können.«

»Die Autotür ist gar nicht so dumm. Aber was wäre denn noch schlauer gewesen?«

»Da hab ich keine Lust, mit Ihnen drüber zu reden. Ich hab ja auch nur gesagt, wenn ich die Versicherung hätte betrügen wollen.«

»Wären Sie bereit, sich psychiatrisch begutachten zu lassen? Das würde der Versicherung die Entscheidung erheblich erleichtern.«

»Kein Gedanke. Ich laß mich nicht auch noch für verrückt verkaufen. Wenn die nicht sofort zahlen, geh ich zum Anwalt.«

»Im Prozeß werden Sie um die psychiatrische Begutachtung nicht herumkommen.«

»Das wollen wir doch erst mal sehen.«

Die Krankenschwester kam rein und brachte ein kleines Schälchen mit bunten Tabletten. »Die beiden roten jetzt, die gelbe vor, die blaue nach dem Essen. Wie geht's uns denn heute?«

Sergej hatte Tränen in den Augen, als er die Schwester ansah. »Ich kann nicht mehr, Katrin. Immer Schmerzen und nie mehr tanzen. Und jetzt will mich dieser Herr von der Versicherung zum Betrüger machen.«

Schwester Katrin legte ihm die Hand auf die Stirn und sah mich böse an. »Sehen Sie nicht, wie Sergej leidet? Haben Sie kein Schamgefühl? Lassen Sie ihn doch in Ruhe. Es ist immer dasselbe mit den Versicherungen; erst ziehen sie einem das Geld aus der Nase, und dann zieren sie sich, weil sie nicht zahlen wollen.«

Ich konnte diese Konversation nicht mehr bereichern und flüchtete. Beim Essen notierte ich Stichworte für meinen Bericht an die Vereinigten Heidelberger Versicherungen.

Mein Fazit war weder die gezielte Selbstverstümmelung noch das bloße Mißgeschick. Ich konnte nur die Gesichtspunkte zusammenstellen, die für das eine und das andere sprachen. Falls die Versicherung nicht zahlen wollte, würde sie damit im Prozeß keinen schlechten Stand haben.

Als ich die Straße überquerte, spritzte mich ein Auto von unten bis oben mit Schneematsch voll. Ich war schon schlecht gelaunt, als ich im Büro ankam, und die Arbeit am Bericht machte mich noch mißmutiger. Am Abend hatte ich mühsam zwei Kassetten diktiert, die ich zum Schreiben in die Tattersallstraße brachte. Auf dem Heimweg fiel mir ein, daß ich Frau Mencke noch nach den Zahnextraktionsmethoden des kleinen Siegfried hatte fragen wollen. Aber das war mich jetzt ooch Pomade.

Matthäus 6, Vers 26

Es war eine kleine Trauergemeinde, die sich am Freitag um
14 Uhr auf dem Ludwigshafener Hauptfriedhof einfand.
Eberhard, Philipp, der Prodekan der Naturwissenschaftli-
chen Fakultät Heidelberg, Willys Putzfrau und ich. Der
Prodekan hatte eine Rede vorbereitet, die er wegen des ge-
ringen Publikums nur unwillig vortrug. Wir erfuhren, daß
Willy auf dem Gebiet der Käuzchenforschung eine inter-
national anerkannte Autorität gewesen war. Und das mit
Herz; im Krieg hatte er, damals Privatdozent in Hamburg,
aus der brennenden Voliere des Tierparks Hagenbeck die
völlig verstörte Käuzchenfamilie geborgen. Der Pfarrer
sprach über Matthäus 6, Vers 26, über die Vögel unter
dem Himmel. Unter blauem Himmel und knirschendem
Schnee ging es von der Kapelle zum Grab. Philipp und ich
folgten dem Sarg als erste. Er flüsterte mir zu: »Ich muß dir
mal das Photo zeigen. Ich hab's beim Aufräumen gefunden. Willy und die geretteten Käuzchen, mit versengtem
Haupthaar beziehungsweise Gefieder, sechs Augenpaare
schauen erschöpft, aber glücklich in die Kamera. Mir
wurde ganz warm und weh ums Herz.«

Dann standen wir um die tiefe Grube. Es ist wie ein
Auszählreim. Altersmäßig ist als nächster Eberhard und
dann bin ich dran. Wenn jemand stirbt, der mir lieb ist,

denke ich schon lange nicht mehr: »Ach hätte ich doch mehr und öfter…« Und wenn ein Altersgenosse stirbt, ist mir, als sei er eben schon vorgegangen, auch wenn ich nicht sagen kann, wohin. Der Pfarrer betete das Vaterunser, und wir fielen alle ein; selbst Philipp, der hartgesottenste Atheist, den ich kenne, sprach laut mit. Dann warf jeder von uns sein Schäufelchen Erde ins Grab, und der Pfarrer gab uns allen die Hand. Ein junges Bürschchen, aber überzeugt und überzeugend. Philipp mußte danach gleich zurück in den Dienst.

»Ihr kommt doch heute abend zum Leichenschmaus zu mir.« Ich hatte gestern in der Stadt für den Weihnachtsbaum noch zwölf kleine Sardinendosen gekauft und die Fischlein in eine Escabeche-Soße eingelegt. Dazu würde es Weißbrot und Rioja geben. Wir verabredeten uns für acht Uhr.

Philipp stürmte davon, Eberhard machte beim Prodekan die Honneurs, und der Pfarrer führte die Putzfrau, die immer noch herzergreifend schluchzte, sanft am Arm zum Ausgang. Ich hatte Zeit und schlenderte langsam über die Friedhofswege. Wenn Klara hier gelegen hätte, hätte ich sie jetzt besuchen und ein bißchen Zwiesprache mit ihr halten wollen.

»Herr Selb!« Ich drehte mich um und erkannte Frau Schmalz, mit kleiner Hacke und Gießkanne. »Ich gehe gerade zum Familiengrab, wo jetzt auch Heinrichs Urne ruht. Es ist schön geworden, das Grab, kommen Sie schauen?« Sie blickte mich schüchtern aus ihrem schmalen, verhärmten Gesicht an. Sie trug einen altmodischen schwarzen Wintermantel, schwarze Knöpfstiefel, eine schwarze Pelzmütze über grauem, zum Knoten gestecktem Haar und ein erbarmungswürdiges kunstledernes Handtäschchen. Es gibt in meiner Generation Frauengestalten, bei deren Anblick ich alles glaube, was die Prophetinnen der Frauenbewegung schreiben, obwohl ich es nie gelesen habe.

»Wohnen Sie noch im alten Werk?« fragte ich sie auf dem Weg. »Nein, da mußte ich raus, das ist ja alles abgerissen. Das Werk hat mich auf der Pfingstweide untergebracht. Die Wohnung ist schon recht, ganz modern, aber wissen Sie, das ist hart, nach so vielen Jahren. Ich brauche eine Stunde, bis ich beim Grab von meinem Heinrich bin. Nachher holt mich gottlob mein Sohn mit dem Wagen ab.«

Wir standen vor dem Familiengrab. Es war über und über mit Schnee bedeckt. Die Schleife des vom Werk gestifteten und längst kompostierten Kranzes war an einem Stöckchen befestigt und prangte wie eine Standarte neben dem Grabstein. Witwe Schmalz stellte die Gießkanne ab und ließ die Hacke sinken. »Da kann ich heute ja gar nichts machen, bei dem vielen Schnee.« Wir standen und dachten beide an den alten Schmalz. »Das Richardle seh ich auch kaum noch. Ich wohn zu weit draußen jetzt. Was sagen Sie denn, ist das recht, daß das Werk... Ach Gott, seit Heinrich nicht mehr ist, denk ich immer so Sachen. Er hat mir das nicht erlaubt, hat nie was kommen lassen auf die Rheinischen.«

»Seit wann wußten Sie denn, daß Sie rausmüssen?«

»Schon ein halbes Jahr. Da haben sie uns geschrieben. Aber dann ging doch alles ganz schnell.«

»Hat Korten denn nicht vier Wochen vor dem Auszug extra mit Ihrem Mann geredet, damit es Ihnen nicht zu schwer wird?«

»Hat er? Davon hat er mir nichts erzählt. Er hat ja ein enges Verhältnis gehabt zum General. Vom Krieg her, als ihn die ss zum Werk abgestellt hatte. Seitdem stimmt's, was sie bei der Beerdigung gesagt haben, daß das Werk sein Leben war. Gehabt hat er nicht viel davon, aber das hab ich auch nie sagen dürfen. Ob ss-Offizier oder Werkschutzoffizier, der Kampf geht weiter, hat er immer gemeint.«

»Was ist aus seiner Werkstatt geworden?«

»Mit so viel Liebe hat er sie hergerichtet. Und an den Autos hat er auch gehangen. Das ist beim Abbruch alles ganz schnell weggekommen, der Sohn hat kaum noch was rausholen können, ich glaube, verschrottet haben sie's. Das hab ich auch nicht recht gefunden. Ach Gott«, sie biß sich auf die Lippen und machte ein Gesicht, als hätte sie gefrevelt. »Entschuldigen Sie, ich hab nichts Schlechtes sagen wollen über die Rheinischen.« Sie griff beschwichtigend nach meinem Arm. Sie hielt ihn eine Weile fest und sah aufs Grab. Nachdenklich fuhr sie fort: »Aber vielleicht hat's der Heinrich am Ende selbst nicht mehr recht gefunden, wie das Werk mit uns umgegangen ist. Auf dem Totenbett hat er dem General noch was sagen wollen von der Garage und den Autos. Ich hab's nicht mehr ganz verstanden.«

»Sie erlauben einem alten Mann die Frage, Frau Schmalz. Waren Sie glücklich in der Ehe mit Heinrich?«

Sie packte Gießkännchen und Häckchen. »So was fragt man heute. Ich hab mir das nie überlegt. Er war eben mein Mann.«

Wir gingen zum Parkplatz. Der junge Schmalz kam gerade an. Er freute sich, mich zu sehen. »Der Herr Doktor. Haben Mama am Grab von Papa getroffen.« Ich erzählte vom Begräbnis meines Freundes. »Mein Beileid. Tut weh, wenn man einen Freund verliert. Habe ich auch erfahren. Ich bin Ihnen immer wieder dankbar für die Rettung von Klein Richard. Und irgendwann möchten meine Frau und ich doch noch den Kaffee mit Ihnen trinken. Mama kann ja auch dabeikommen. Welcher Kuchen wäre denn genehm?«

»Am liebsten mag ich Zwetschgenstreusel.« Ich sagte das nicht aus Bosheit. Es ist wirklich mein Lieblingskuchen.

Schmalz war souverän. »Oh, Pflaumenkuchen mit Mehl-Butter-Klümpchen. Den backt meine Frau wie keine andere. Vielleicht ein Kaffee in den ruhigen Tagen um Weihnachten und Neujahr?«

Ich sagte zu. Wegen des genauen Termins wollten wir noch telephonieren.

Der Abend mit Philipp und Eberhard war von wehmütiger Fröhlichkeit. Wir erinnerten uns an unseren letzten Doppelkopfabend mit Willy. Damals hatten wir noch darüber gewitzelt, was aus unserer Spielrunde würde, wenn einer stürbe. »Nein«, sagte Eberhard, »wir suchen uns keinen neuen vierten Mann. Wir spielen ab jetzt Skat.«

»Und dann Schach, und der letzte trifft sich zweimal im Jahr zum Solitaire«, sagte Philipp.

»Du hast gut lachen, du bist der Jüngste.«

»Von wegen Lachen. Solitaire spielen – da sterb ich lieber prophylaktisch.«

15

And the race is on

Seit ich von Berlin nach Heidelberg gezogen bin, kaufe ich meine Weihnachtsbäume an der Tiefburg in Handschuhsheim. Sie sind dort zwar schon lange nicht mehr anders als anderswo. Doch ich mag den kleinen Platz vor der zerfallenen Wasserburg. Früher umkreiste ihn die Straßenbahn in kreischenden Schienen; die Linie endete hier, und Klärchen und ich sind im Sommer oft von hier aus auf den Heiligenberg gewandert. Heute ist Handschuhsheim ein Schickeriaort geworden, und auf dem Wochenmarkt trifft sich alles, was in Heidelberg kulturellen und intellektuellen Pfiff zu haben meint. Der Tag wird kommen, an dem nur noch Agglomerationen von der Art des Märkischen Viertels authentisch sind.

Besonders liebe ich die Weißtanne. Aber zu meinen Sardinendosen erschien mir die Douglasfichte angemessener. Ich fand einen schönen, gerade gewachsenen, zimmerhohen, buschigen Baum. Von vorne rechts bis hinten links paßte er gerade über den weggeklappten Vordersitz und die umgelegte Rückbank in meinen Kadett. Im Parkhaus bei der Stadthalle parkte ich. Ich hatte mir eine kleine Liste gemacht für die Weihnachtseinkäufe.

In der Hauptstraße war der Teufel los. Ich kämpfte mich zum Juwelier Welsch durch und kaufte für Babs Ohrringe.

Es fügt sich nie, aber ich würde mit Welsch gerne mal ein Bier trinken gehen. Er hat denselben Geschmack wie ich. Für Röschen und für Georg wählte ich aus dem Angebot einer dieser penetranten Geschenkboutiquen zwei Einweguhren, wie sie unter der postmodernen Jugend derzeit modern sind, durchsichtiges Plastik mit eingeschweißtem Quarzuhrwerk und integriertem Zifferblatt. Dann war ich erschöpft. Im ›Café Schafheutle‹ traf ich Thomas mit Frau und drei pubertierenden Töchtern.

»Muß ein Werkschutzmann seinem Werk nicht Söhne schenken?«

»Es gibt im Sicherheitsbereich zunehmend auch reizvolle Aufgaben für Frauen. Für unseren Studiengang rechnen wir mit dreißig Prozent weiblicher Teilnehmer. Übrigens, die Kultusministerkonferenz unterstützt uns als Pilotprojekt, und die Fachhochschule hat sich daher zur Einrichtung eines eigenen Fachbereichs Innere Sicherheit entschlossen. Ich darf mich Ihnen heute als designierter Gründungsdekan vorstellen, zum 1. Januar werde ich bei den RCW ausscheiden.«

Ich beglückwünschte Spektabilität zu Amt, Ehre, Würde und Titel. »Was wird denn Danckelmann ohne Sie machen?«

»Er wird es schwer haben in den nächsten Jahren bis zum Ruhestand. Aber ich möchte, daß der Fachbereich auch gutachtlich tätig wird, und dann kann er bei uns Rat kaufen. Sie denken an das Curriculum, das Sie mir zukommen lassen wollten, Herr Selb?«

Augenscheinlich emanzipierte Thomas sich schon von den RCW und wuchs in seine neue Rolle hinein. Er lud mich ein, an seinem Tisch Platz zu nehmen, an dem die Töchter giggelten und die Frau nervös blinzelte. Ich sah auf die Uhr, entschuldigte mich und eilte ins ›Café Scheu‹.

Danach machte ich den nächsten Anlauf, meine Liste abzuarbeiten. Was schenkt man einem virilen Endfünfziger? Eine Garnitur getigerter Unterwäsche? Gelee Royale? Die erotischen Geschichten von Anaïs Nin? Schließlich kaufte ich Philipp einen Cocktailshaker für seine Bootsbar. Dann war meine Abscheu gegen Weihnachtsgeklingel und -geschäft übergroß. Mich erfüllte tiefe Unzufriedenheit mit den Menschen und mit mir selbst. Ich würde zu Hause Stunden brauchen, um wieder zu mir zu kommen. Warum hatte ich mich überhaupt in den Weihnachtsrummel gestürzt? Warum machte ich jedes Jahr denselben Fehler? Habe ich auch sonst gar nichts dazugelernt in meinem Leben? Wofür überhaupt das Ganze?

Der Kadett duftete angenehm nach Tannenwald. Als ich mich durch den Verkehr bis zur Autobahn durchgekämpft hatte, atmete ich auf. Ich schob eine Kassette ein, griff eine von ganz unten, weil ich die anderen auf der Fahrt von und nach Locarno zu oft gehört hatte. Aber es kam keine Musik.

Ein Telephon wurde abgehoben, das Freizeichen ertönte, eine Nummer wurde gewählt, und beim Angerufenen klingelte es. Er meldete sich. Es war Korten.

»Guten Tag, Herr Korten. Hier spricht Mischkey. Ich warne Sie. Wenn Ihre Leute mich nicht in Ruhe lassen, fliegt Ihnen Ihre Vergangenheit um die Ohren. Ich lasse mich nicht weiter unter Druck setzen, und schon gar nicht lasse ich mich noch mal zusammenschlagen.«

»Ich hatte Sie mir intelligenter vorgestellt nach Selbs Bericht. Nach Ihrem Einbruch in unser System jetzt auch noch der Versuch einer Erpressung. Ich habe dazu nichts zu sagen.« Eigentlich hätte Korten in derselben Sekunde auflegen müssen. Aber die Sekunde verging, und Mischkey sprach weiter.

»Die Zeiten sind vorbei, Herr Korten, wo es nur einen ss-Kontakt und eine ss-Uniform brauchte, um die Leute hin und her zu schieben, in die Schweiz und an den Galgen.« Mischkey legte auf. Ich hörte ihn tief Luft holen, dann das Knacken des Recorders. Die Musik setzte ein. »And the race is on and it looks like heartache and the winner loses all.«

Ich schaltete das Gerät aus und hielt auf dem Seitenstreifen. Die Kassette aus Mischkeys Kabriolett. Ich hatte sie einfach vergessen.

16

Alles für die Karriere?

Ich konnte nicht schlafen in dieser Nacht. Um sechs Uhr gab ich auf und machte mich daran, den Weihnachtsbaum aufzustellen und zu schmücken. Ich hatte mir Mischkeys Kassette wieder und wieder angehört. Zum Denken und Ordnen war ich am Samstag nicht in der Lage gewesen.

Die dreißig leeren Sardinendosen, die sich angesammelt hatten, legte ich ins Spülwasser. Sie sollten am Weihnachtsbaum nicht mehr nach Fisch riechen. Ich sah ihnen, die Arme auf den Rand des Spülbeckens gestützt, nach, wie sie auf den Grund sanken. Bei einigen war der Deckel beim Öffnen abgerissen. Ich würde ihn ankleben.

War es also Korten gewesen, der Weinstein die versteckten Unterlagen in Tybergs Schreibtisch hatte finden und melden lassen? Ich hätte das merken können, als Tyberg erzählte, daß nur er, Dohmke und Korten vom Versteck wußten. Nein, Weinstein hatte keinen zufälligen Fund gemacht, wie Tyberg meinte. Sie hatten ihm befohlen, die Unterlagen im Schreibtisch zu finden. Das war, was Frau Hirsch gesagt hatte. Vielleicht hatte Weinstein die Unterlagen auch nie gesehen; es ging ja nur um die Aussage, nicht um den Fund.

Als es draußen hell wurde, ging ich auf den Balkon und paßte den Weihnachtsbaum in den Ständer ein. Ich mußte sägen und mit dem Beil arbeiten. Die Spitze war zu lang; ich kappte sie so, daß ich ihr Ende mit einer Nähnadel wieder auf den Stamm pflanzen konnte. Dann stellte ich den Baum auf seinen Platz im Wohnzimmer.

Warum? Alles für die Karriere? Ja, Korten hätte sich nicht so profilieren können, wenn Tyberg und Dohmke noch dagewesen wären. Tyberg hatte von den Jahren nach dem Prozeß als der Grundlage seines Aufstiegs gesprochen. Und Tybergs Befreiung war die Rückversicherung gewesen. Sie zahlte sich auch voll aus. Als Tyberg Generaldirektor der RCW wurde, katapultierte es Korten in schwindelnde Höhen.

Das Komplott, für das ich den nützlichen Idioten abgegeben hatte. Eingefädelt und durchgeführt von meinem Freund und Schwager. Den nicht in den Prozeß ziehen zu müssen, ich auch noch froh gewesen war. Er hatte sich meiner überlegen bedient. Ich dachte an das Gespräch nach dem Umzug in die Bahnhofstraße. Ich dachte auch an die letzten Gespräche, die wir geführt hatten, im Blauen Salon und auf der Terrasse seines Hauses. Ich Seelchen.

Meine Zigaretten waren zu Ende. Seit Jahren war mir das nicht mehr passiert. Ich zog Paletot und Galoschen an, steckte den Christophorus ein, den ich aus Mischkeys Wagen genommen hatte und der mir gestern auch wieder in den Sinn gekommen war, ging zum Bahnhof und dann bei Judith vorbei. Es war inzwischen später Vormittag. Sie kam im Morgenmantel an die Haustür.

»Was ist denn mit dir los, Gerd?« Sie sah mich erschreckt an. »Komm mit hoch, ich hab gerade Kaffee aufgesetzt.«

»Seh ich so schlimm aus? Nein, ich komme nicht mit

hoch, ich bin beim Weihnachtsbaumschmücken. Wollte dir den Christophorus vorbeibringen. Ich muß dir nicht sagen, wo er her ist, ich hatte ihn ganz vergessen und jetzt wiedergefunden.«

Sie nahm den Christophorus und lehnte sich an den Türpfosten. Sie kämpfte mit den Tränen.

»Sag mir noch, Judith, erinnerst du dich, ob Peter in den Wochen zwischen dem Ehrenfriedhof und seinem Tod mal für zwei, drei Tage weggefahren ist?«

»Was?« Sie hatte mir nicht zugehört, und ich wiederholte meine Frage.

»Weggefahren? Ja, wie kommst du drauf?«

»Weißt du, wohin?«

»In den Süden, hat er gesagt. Um zu sich zu kommen, weil ihm alles zuviel war. Warum fragst du?«

»Ich überlege mir, ob er in der Rolle des ›Zeit‹-Reporters zu Tyberg gefahren ist.«

»Du meinst, auf der Suche nach Material, das sich gegen die RCW verwenden läßt?« Sie dachte nach. »Zutrauen würde ich's ihm schon. Aber zu finden war da ja nichts, so wie Tyberg den Besuch beschrieben hat.« Fröstelnd zog sie den Morgenmantel enger um sich. »Willst du wirklich keinen Kaffee?«

»Du hörst wieder von mir, Judith.« Ich ging nach Hause.

Es paßte zusammen. Ein verzweifelter Mischkey hatte das Hohe Lied von Anstand und Widerstand, das Tyberg gesungen hatte, gegen Korten zu verwenden versucht. Intuitiv hatte er die Dissonanzen besser herausgehört als wir alle, die Verbindung zur ss, die Rettung von Tyberg, nicht auch von Dohmke. Er ahnte nicht, wie nahe er der Wahrheit war und wie bedrohlich er für Korten klingen mußte. Nicht nur klingen mußte, sondern mit seinen hartnäckigen Recherchen war.

Warum war mir das nicht aufgefallen? Wenn Tyberg so leicht zu retten war, warum hatte Korten dann nicht zwei Tage vorher, als Dohmke noch lebte, beide herausgeholt? Als Rückversicherung genügte einer, und Tyberg, der Leiter der Forschungsgruppe, war interessanter als der Mitarbeiter Dohmke.

Ich nahm die Galoschen von den Füßen und schlug sie gegeneinander, bis der Schnee ganz abgefallen war. Im Treppenhaus roch es nach Sauerbraten. Gestern hatte ich nichts mehr zum Essen eingekauft und konnte mir nur zwei Spiegeleier machen. Das dritte verbleibende Ei schlug ich Turbo über sein Futter. Mit dem Sardinengeruch in der Wohnung hatte er in den vergangenen Tagen viel leiden müssen.

Der ss-Mann, der Korten bei der Befreiung von Tyberg geholfen hatte, war Schmalz gewesen. Zusammen mit Schmalz hatte Korten Weinstein unter Druck gesetzt. Für Korten hatte Schmalz Mischkey umgebracht.

Ich spülte die Sardinendosen klar und heiß nach und trocknete sie ab. Wo sie fehlten, klebte ich die Deckel an. Den grünen Wollfaden, mit dem ich sie aufhängen wollte, führte ich mal durch die Schnecke des aufgerollten Deckels, mal durch den Ring der Aufreißlasche, mal um den Punkt, an dem der aufgeschnittene Deckel an seiner Dose hing. Sobald eine Dose fertig war, suchte ich ihr am Weihnachtsbaum den geeigneten Platz; die großen nach unten, die kleinen nach oben.

Ich konnte mich nicht betrügen. Mein Weihnachtsbaum war mir scheißegal. Wieso hatte Korten den Mitwisser Weinstein überleben lassen? Er hatte wohl gar keinen Einfluß bei der ss gehabt, lediglich Schmalz, den ss-Offizier im Werk, bestrickt und beherrscht. Er hatte nicht steuern, aber damit rechnen können, daß Weinstein, wieder im kz, umgebracht werden würde. Und nach dem Krieg? Selbst wenn Korten erfahren haben sollte, daß Weinstein das kz überlebt hatte – er konnte davon ausgehen, daß man mit einer Rolle, wie Weinstein sie hatte spielen müssen, lieber nicht an die Öffentlichkeit tritt.

Jetzt machten auch die letzten Worte Sinn, die Witwe Schmalz vom Totenbett ihres Mannes berichtet hatte. Er muß versucht haben, seinen Herrn und Meister vor der Spur zu warnen, die er wegen seines körperlichen Zustands selbst nicht mehr hatte beseitigen können. Wie hatte Korten diesen Mann von sich abhängig zu machen verstanden! Der junge Akademiker aus gutem Hause, der ss-Offizier aus kleinen Verhältnissen, große Herausforderungen und Aufgaben, zwei Männer im Dienst am Werk, nur jeder an seinem Platz. Ich konnte mir vorstellen, was zwischen beiden gelaufen war. Wer wußte besser als ich, wie überzeugend und gewinnend Korten sein konnte.

Der Weihnachtsbaum war fertig. Dreißig Sardinendosen hingen, dreißig weiße Kerzen waren aufgesteckt. Eine der vertikal hängenden Sardinendosen war oval und erinnerte mich an den Lichtkranz mancher Mariendarstellungen. Ich ging in den Keller, fand den Karton mit Klärchens Christbaumschmuck und darin die kleine schlanke Madonna im blauen Mantel. Sie paßte in die Dose.

17

Ich wußte, was ich zu tun hatte

Auch in der nächsten Nacht konnte ich nicht schlafen. Manchmal nickte ich kurz ein und träumte Dohmkes Hinrichtung und Kortens Auftritt im Prozeß, meinen Sprung in den Rhein, von dem ich im Traum nicht mehr auftauchte, Judith im Morgenmantel mit den Tränen kämpfend am Türpfosten, den alten, breiten, massigen Schmalz, der im Heidelberger Bismarckgarten vom Denkmalsockel steigt und mir entgegenkommt, das Tennisspiel mit Mischkey, bei dem ein kleiner Junge in ss-Uniform mit Kortens Gesicht uns die Bälle zuwirft, meine Vernehmung von Weinstein, und immer wieder lachte mich Korten an und sagte: »Selb, das Seelchen, das Seelchen, das Seelchen…«

Um fünf machte ich mir einen Kamillentee und versuchte zu lesen, aber meine Gedanken mochten sich nicht beruhigen. Sie kreisten weiter. Wie hatte Korten das tun können, warum hatte ich mich so blind von ihm mißbrauchen lassen, was sollte jetzt passieren? Hatte Korten Angst? Schuldete ich irgend jemand irgendwas? Gab es jemand, dem ich alles erzählen konnte? Nägelsbach? Tyberg? Judith? Sollte ich an die Presse gehen? Was machte ich mit meiner Schuld?

Lange Zeit drehten sich die Gedanken im Kreise, schneller und schneller. Als ihre Geschwindigkeit wahnwitzig wurde, stoben sie auseinander und ordneten sich zu einem völlig neuen Bild. Ich wußte, was ich zu tun hatte.

Um neun Uhr rief ich Frau Schlemihl an. Korten war am Wochenende in die Ferien gefahren, in sein Haus in der Bretagne, wo er und seine Frau jedes Jahr Weihnachten verbringen. Ich fand noch die Karte, die er mir letztes Jahr zu Weihnachten geschickt hatte. Sie zeigte ein stattliches Anwesen aus grauem Stein mit schiefernem Dach und roten Fensterläden, deren Querbalken ein umgedrehtes Z bildeten. Daneben stand ein hohes Windrad, dahinter erstreckte sich das Meer. Ich schlug im Fahrplan nach und fand einen Zug, mit dem ich gegen fünf Uhr nachmittags in Paris-Est ankommen würde. Ich mußte mich beeilen. Ich machte Turbos Klo frisch, schüttete ihm reichlich Trockenfutter in den Napf und packte die Reisetasche. Ich lief zum Bahnhof, wechselte Geld und löste eine Fahrkarte 2. Klasse. Der Zug war voll. Im Kurswagen fand ich keinen Platz mehr und mußte daher in Saarbrücken umsteigen. Auch danach war es voll. Lärmende Soldaten, die über Weihnachten nach Hause durften, Studenten, späte Geschäftsleute.

Der Schnee der letzten Wochen war völlig weggetaut, schmutzig grünbraunes Land flog am Zug vorbei. Der Himmel war grau, manchmal wurde die Sonne als fahle Scheibe hinter den Wolken sichtbar. Ich überlegte, warum Korten Mischkeys Enthüllungen gefürchtet hatte. Strafrechtlich war ihm wohl Mord an Dohmke vorzuwerfen, unverjährt und unverjährbar. Und auch wenn er mangels Beweis freigesprochen würde, wären seine bürgerliche Existenz und sein Mythos zerstört.

In der Gare de l'Est war eine Autovermietung, und ich

nahm einen dieser Mittelklassewagen, der bei der einen Marke so aussieht wie bei der anderen. Ich ließ das Auto noch beim Verleih und ging hinaus in die abendliche, hektisch pulsierende Stadt. Vor dem Bahnhof stand ein riesiger Weihnachtsbaum, der so viel weihnachtliche Stimmung verbreitete wie der Eiffelturm. Es war halb sechs, ich hatte Hunger. Die meisten Restaurants waren noch geschlossen. Ich fand eine Brasserie, die mir gefiel und in der es rund um die Uhr hoch herging. Ich wurde vom Oberkellner an ein kleines Tischchen gesetzt und fand mich in einer Reihe mit fünf anderen unzeitgemäß frühen Essern. Alle aßen Sauerkraut mit Wellfleisch und Würstchen, und ich wählte dasselbe. Dazu eine halbe Flasche Elsässer Riesling. Im Handumdrehen standen dampfender Teller, eine Flasche im beschlagenen Kühler und ein Korb mit Weißbrot vor mir. Wenn mir danach ist, mag ich die Atmosphäre von Brasserien, Bierkellern und Pubs gerne. Heute nicht. Ich war schnell fertig. Im nächsten Hotel nahm ich mir ein Zimmer und bat, mich in vier Stunden zu wecken.

Ich schlief wie ein Stein. Als ich um elf vom Klingeln des Telephons aufwachte, wußte ich zunächst nicht, wo ich war. Ich hatte die Läden nicht geöffnet, und nur verhalten drang der Lärm vom Boulevard herauf in mein Zimmer. Ich duschte, putzte die Zähne, rasierte mich und zahlte. Auf dem Weg zur Gare de l'Est trank ich einen doppelten Espresso. Fünf weitere ließ ich mir in die Thermosflasche einfüllen. Meine Sweet Afton gingen zu Ende. Ich kaufte wieder eine Stange Chesterfield.

Für die Fahrt nach Trefeuntec hatte ich sechs Stunden veranschlagt. Aber eine Stunde war vergangen, bis ich aus

Paris und auf der Autobahn nach Rennes war. Es gab wenig Verkehr, die Fahrt war eintönig. Erst jetzt fiel mir auf, wie mild es war. Weihnachten im Klee, Ostern im Schnee. Ab und zu passierte ich eine Mautstation und wußte nie, ob ich jetzt zahlen oder eine Karte in Empfang nehmen mußte. Einmal fuhr ich zum Tanken raus und wunderte mich über den Benzinpreis. Die Lichter der Ortschaften wurden spärlicher, ich überlegte, ob wegen der späten Stunde oder weil das Land verlassen war. Zuerst freute ich mich über das Radio in meinem Auto. Aber ich bekam nur einen Sender klar, und nachdem ich zum drittenmal das Lied vom Angel, der durch den Room geht, gehört hatte, stellte ich ab. Manchmal wechselte der Belag der Autobahn, und die Reifen sangen ein neues Lied. Um drei, kurz hinter Rennes, wäre ich fast eingeschlafen, jedenfalls halluzinierte ich Menschen, die vor mir über die Autobahn rannten. Ich machte das Fenster auf, fuhr auf den nächsten Parkplatz, trank meine Thermosflasche leer und machte zehn Kniebeugen.

Bei der Weiterfahrt dachte ich an Kortens Auftritt im Prozeß. Er hatte mit hohem Einsatz gespielt. Seine Aussage durfte Dohmke und Tyberg nicht retten, mußte aber so klingen, als wolle sie eben das, und durfte ihn dabei selbst nicht ernsthaft gefährden. Södelknecht hätte ihn fast verhaften lassen. Wie hatte Korten sich dabei gefühlt? Sicher und überlegen, weil er allen etwas vorzumachen verstand? Nein, unter Gewissensbissen wird er nicht gelitten haben. Von meinen ehemaligen Kollegen bei der Justiz kannte ich als Mittel der Vergangenheitsbewältigung beides: den Zynismus und das Gefühl, stets im Recht gewesen zu sein und nur die Pflicht getan zu haben. Ob auch für

Korten die Tyberg-Affäre rückblickend dem größeren Ruhm der RCW gedient hatte?

Als die Häuser von Carhaix-Plouguer hinter mir zurückblieben, sah ich im Rückspiegel den ersten Streifen Morgendämmerung. Noch siebzig Kilometer bis Trefeuntec. In Plonévez-Porzay hatten Bar und Bäckerei schon offen, und ich aß zwei Croissants zum Milchkaffee. Um Viertel vor acht stand ich an der Bucht von Trefeuntec. Ich war mit dem Wagen auf den von der Flut noch nassen und festen Strand gefahren. Unter grauem Himmel rollte das Meer grau an. An der Steilküste links und rechts der Bucht brach es sich mit schmutzigen Schaumkronen. Es war noch milder als in Paris, trotz des starken Westwinds, der die Wolken vor sich her trieb. Schreiende Möwen ließen sich von ihm hochtragen und stießen in steilem Sturz auf das Wasser.

Ich machte mich auf die Suche nach Kortens Haus. Ich fuhr ein Stück ins Land zurück und kam auf einem Feldweg an die nördliche Steilküste. Mit ihren Buchten und vorgelagerten Klippen zog sie sich dahin, soweit ich sehen konnte. In der Ferne machte ich einen Umriß aus, der vom Wasserturm bis zum großen Windrad alles sein konnte. Ich stellte den Wagen hinter einem windzerzausten Schuppen ab und hielt auf den Turm zu.

Noch ehe ich Korten sah, hatten mich seine beiden Dachshunde ausgemacht. Sie rannten mir von weitem entgegen und kläfften mich an. Dann tauchte er aus einer Senke auf. Wir waren nicht weit auseinander, aber zwischen uns lag eine Bucht, die wir umrundeten. Auf dem schmalen Pfad, der oben an der Steilküste entlangführt, gingen wir aufeinander zu.

18

Alte Freunde wie du und ich

»Du siehst schlecht aus, mein lieber Selb. Ein paar Tage Ruhe hier werden dir guttun. Ich hatte noch nicht mit dir gerechnet. Laß uns ein paar Schritte machen. Helga richtet das Frühstück auf neun. Sie wird sich über dich freuen.« Korten hakte sich unter und schickte sich an, mit mir weiterzugehen. Er hatte einen leichten Lodenmantel an und sah entspannt aus.

»Ich weiß alles«, sagte ich und trat zurück. Korten sah mich prüfend an. Er verstand sofort.

»Das ist nicht einfach für dich, Gerd. Es war auch für mich nicht einfach, und ich war froh, niemanden damit belasten zu müssen.«

Ich starrte ihn sprachlos an. Er trat noch mal auf mich zu, hakte wieder ein und zog mich auf dem Weg weiter. »Du denkst, es ging damals um meine Karriere. Nein, es war in dem Schlamassel der letzten Kriegsjahre von größter Wichtigkeit, Verantwortungswahrheit und -klarheit zu schaffen, eindeutige Entscheidungen zu treffen. Es wäre nicht gut weitergegangen mit unserer Forschungsgruppe. Daß Dohmke sich so ins Abseits manövriert hat – es tat mir damals leid. Aber so viele, bessere, mußten schon daran glauben. Auch Mischkey hatte die Wahl und sich selbst um Kopf und Kragen agiert.« Er blieb stehen und packte mich an beiden Schultern. »Versteh mich doch, Gerd. Das Werk brauchte mich so, wie ich in diesen schweren Jahren geworden bin. Ich habe immer Hochachtung gehabt für den alten Schmalz, der, so einfach er war, diese schwierigen Zusammenhänge verstanden hat.«

»Du mußt wahnsinnig sein. Du hast zwei Menschen ermordet und redest darüber wie … wie …«

»Ach, sind das große Worte. Habe ich gemordet? Oder war's der Richter oder der Henker? Der alte Schmalz? Und wer hat die Ermittlungen geführt gegen Tyberg und Dohmke? Wer hat für Mischkey die Falle gebaut und zuschnappen lassen? Alle sind wir verstrickt, alle, und wir müssen das sehen und tragen und unsere Pflicht tun.«

Ich riß mich los von seinem Arm. »Verstrickt? Vielleicht sind wir's alle, aber du hast die Fäden gezogen, du!« Ich schrie in sein ruhiges Gesicht.

Auch er blieb stehen. »Das ist doch ein Kinderglaube – der war's, der war's. Und nicht einmal als wir Kinder waren, haben wir es wirklich geglaubt, sondern genau gewußt, daß wir alle beteiligt sind, wenn der Lehrer geärgert, ein Kamerad gehänselt oder beim Spiel der Gegner gefoult wird.« Ganz konzentriert sprach er, geduldig, belehrend, und mir war der Kopf benommen und verwirrt. Ja, so hatte mein Schuldgefühl sich auch davongestohlen, Jahr um Jahr.

Korten redete weiter. »Aber bitte – ich war's. Wenn du das brauchst – ich stehe dazu. Was meinst du, was passiert wäre, wenn Mischkey an die Öffentlichkeit gegangen wäre, zur Presse? So was ist nicht damit getan, daß man den alten Chef durch einen neuen ersetzt, und alles geht weiter. Ich will dir nicht von der Resonanz erzählen, die seine Geschichte in den USA, England und Frankreich gehabt hätte, von dem Wettbewerb, in dem dort mit allen Mitteln um jeden Zentimeter gekämpft wird, von den Arbeitsplätzen, die zerstört worden wären, davon, was Arbeitslosigkeit heute bedeutet. Die RCW sind ein großes, schweres Schiff, das trotz seiner Schwerfälligkeit mit halsbrecherischer Geschwindigkeit durchs Treibeis fährt und, wenn der Kapitän geht und das Ruder flattert, aufläuft und zerbirst. Darum stehe ich dazu.«

»Zu Mord?«

»Hätte ich ihn kaufen sollen? Das Risiko war zu hoch. Und erzähl mir nicht, daß für die Rettung von Leben kein Risiko zu hoch sein darf. Es stimmt nicht, denk an die Verkehrstoten, die Unfälle in der Produktion, die polizeilichen Todesschüsse. Denk an den Kampf gegen den Terrorismus, bei dem die Polizei aus Versehen wohl so viele erschossen hat wie die Terroristen mit Absicht – deswegen kapitulieren?«

»Und Dohmke?« Mir war plötzlich leer. Ich sah uns dastehen und reden, als liefe ein Film ohne Ton. Unter den grauen Wolken die hohe Küste, die sprühende schmutzige Gischt, der kleine Pfad und dahinter die Felder, zwei ältere Männer in erregtem Gespräch – die Hände gestikulieren, die Münder bewegen sich, aber die Szene ist stumm. Ich wünschte mich weit weg.

»Dohmke? Eigentlich muß ich dazu nichts mehr sagen. Daß die Jahre zwischen 1933 bis 1945 vergessen bleiben, ist das Fundament, auf dem unser Staat gebaut ist. Gut, ein bißchen Spektakel mit Prozessen und Urteilen mußten und müssen wir wohl machen. Aber es hat 1945 keine Nacht der langen Messer gegeben, und das wäre die einzige Möglichkeit der Abrechnung gewesen. Dann war das Fundament besiegelt. Du bist nicht zufrieden? Gut denn, Dohmke war unzuverlässig und unberechenbar, vielleicht ein begabter Chemiker, aber in allem anderen ein Dilettant, der an der Front keine zwei Tage überlebt hätte.«

Wir gingen weiter. Er hatte mich nicht erneut einhaken müssen; als er loslief, war ich an seiner Seite geblieben. »Das Schicksal mag so reden, Ferdinand, aber nicht du. Dampfer, die ihre Bahnen ziehen, unverrückbare Fundamente, Verstrickungen, in denen wir nur Puppen an Fäden sind – was du mir über die Kräfte und Mächte des Lebens erzählst, ändert nichts daran, daß du, Ferdinand Korten, du allein …«

»Schicksal?« Jetzt wurde er wütend. »Wir sind unser Schicksal, und ich schiebe nichts auf irgendwelche Kräfte und Mächte. Du bist's doch, der die Sachen weder ganz noch gar nicht tut. Dohmke und Mischkey reinreiten, ja, aber wenn dann passiert, was passieren muß, kommen deine Skrupel, und du willst es nicht gesehen haben und gewesen sein. Herrgott, Gerd, werd endlich erwachsen.«

Er stapfte weiter. Der Weg war eng geworden, und ich lief hinter ihm, links die Küste, rechts eine Mauer. Dahinter die Felder. »Warum bist du gekommen?« Er drehte sich um. »Um zu sehen, ob ich dich auch umbringe? Dich runterstoße?« Fünfzig Meter unter uns schäumte das Meer.

Er lachte, wie über einen Scherz. Dann las er es in meinem Gesicht, noch bevor ich es sagte. »Ich bin gekommen, um dich umzubringen.«

»Um sie wieder lebendig zu machen?« höhnte er. »Weil

du ... der Täter will Richter spielen, was? Fühlst dich unschuldig mißbraucht? Was wärst du denn ohne mich, vor
1945 ohne meine Schwester und meine Eltern und danach
ohne meine Hilfe? Stürz dich doch selbst hier runter, wenn
du's nicht aushältst.«

Seine Stimme überschlug sich. Ich starrte ihn an. Dann
stieg das Grinsen in sein Gesicht, das ich an ihm kannte
und mochte, seit wir jung waren. Es hatte mich in gemein-
same Streiche rein- und aus fatalen Situationen rausge-
schmeichelt, einfühlsam, werbend, überlegen. »Mensch,
Gerd, das ist ja verrückt. Zwei alte Freunde wie du und
ich ... Komm, laß uns frühstücken. Ich riech schon den
Kaffee.« Er pfiff den Hunden.

»Nein, Ferdinand.« Er sah mich mit dem Ausdruck
grenzenlosen Erstaunens an, als ich ihn mit beiden Händen
vor die Brust stieß, er das Gleichgewicht verlor und mit wehendem Mantel in die Tiefe stürzte. Ich hörte keinen
Schrei. Er schlug auf eine Klippe auf, ehe ihn das Meer mit-
nahm.

19

Ein Päckchen aus Rio

Die Hunde folgten mir bis zum Auto und rannten fröhlich kläffend neben mir her, bis ich aus dem Feldweg in die Straße einbog. Ich zitterte am ganzen Körper, und zugleich war mir leicht wie lange nicht. Auf der Straße kam mir ein Traktor entgegen. Der Bauer musterte mich. Sollte er von seiner hohen Warte aus beobachtet haben, wie ich Korten in den Tod gestoßen hatte? Ich hatte mir keine Gedanken über Zeugen gemacht. Ich sah zurück; ein anderer Traktor zog seine Furchen über ein Feld, und zwei Kinder waren mit den Rädern unterwegs. Ich fuhr nach Westen. In Point-du-Raz überlegte ich zu bleiben – ein anonymes Weihnachtsfest in der Fremde. Aber ich fand kein Hotel, und die Steilküste sah ebenso aus wie die von Trefeuntec. Ich fuhr nach Hause. Bei Quimper geriet ich in eine Polizeikontrolle. Ich konnte mir tausendmal sagen, daß dies ein unwahrscheinlicher Ort für die Fahndung nach Kortens Mörder war, aber ich hatte beim Warten in der Schlange Angst, bis der Polizist mich weiterwinkte.

In Paris erwischte ich den Zug um elf Uhr nachts, er war leer, und ich bekam problemlos ein Schlafwagenabteil. Am ersten Weihnachtsfeiertag gegen acht Uhr war ich wieder in meiner Wohnung. Turbo begrüßte mich schmollend. Frau Weiland hatte mir die Weihnachtspost auf den

Schreibtisch gelegt. Ich fand neben den kommerziellen Weihnachtswünschen eine Weihnachtskarte von Vera Müller, eine Einladung von Korten, Silvester bei ihm und Helga in der Bretagne zu verbringen, und von Brigitte ein Päckchen aus Rio mit einem indianischen Gewand. Ich nahm's als Nachthemd und legte mich ins Bett. Um halb zwölf klingelte das Telephon.

»Fröhliche Weihnachten, Gerd. Wo steckst du denn?«

»Brigitte! Fröhliche Weihnachten.« Ich freute mich, aber mir war schwarz vor Müdigkeit und Erschöpfung.

»Du Muffel, freust du dich nicht? Ich bin wieder da.«

Ich gab mir Mühe. »Sag bloß. Ist ja toll. Seit wann?«

»Ich bin gestern früh angekommen und versuche seitdem, dich zu erreichen. Wo hast du denn gesteckt?« In ihrer Stimme lag Vorwurf.

»Ich wollte Heiligabend nicht hier sein. Mir fiel die Decke auf den Kopf.«

»Willst du Tafelspitz mit uns essen? Er steht schon auf dem Feuer.«

»Ja… Wer kommt noch?«

»Ich hab Manu mitgebracht. Du…ich freu mich so auf dich.« Sie gab mir einen Kuß durchs Telephon.

»Ich mich auch.« Ich küßte zurück.

Ich lag im Bett und fand in die Gegenwart zurück. In meine Welt, in der das Schicksal keine Dampfer fahren und keine Puppen tanzen läßt, in der kein Fundament gebaut und keine Geschichte gemacht wird.

Die Weihnachtsausgabe der ›Süddeutschen‹ lag am Bett. Sie zog die Jahresbilanz der Giftunfälle in der chemischen Industrie. Ich legte die Zeitung bald aus der Hand.

Die Welt war durch Kortens Tod nicht besser geworden. Was hatte ich getan? Meine Vergangenheit bewältigt? Erledigt?

Zum Essen kam ich viel zu spät.

20

Daher der Name Opodeldok!

Am ersten Weihnachtsfeiertag brachten die Nachrichten keine Meldung über Kortens Tod, auch nicht am zweiten. Manchmal fürchtete ich mich. Wenn es an der Tür klingelte, konnte ich erschrecken und erwarten, daß die Polizei die Wohnung stürmt. Wenn ich beseligt von süßen Küssen in Brigittes Armen mich wohl befand, fragte ich mich zuweilen ängstlich, ob das unser letztes Zusammensein war. Gelegentlich malte ich mir die Szene aus, in der ich Herzog gegenüberstand und auspackte. Oder würde ich meine Aussage lieber vor Nägelsbach machen?

Meistens war ich von fatalistischer Gelassenheit und genoß die Tage zwischen den Jahren, bis hin zum Kaffee mit Pflaumen-Mehl-Butter-Klümpchen-Kuchen bei Schmalz junior. Ich mochte den kleinen Manuel. Er versuchte tapfer, Deutsch zu reden, nahm meine morgendliche Anwesenheit im Badezimmer ohne Eifersucht und hoffte unverzagt auf Schnee. Anfangs machten wir unsere Unternehmungen zu dritt, den Besuch im Märchenpark auf dem Königstuhl und im Planetarium. Dann zogen er und ich alleine los. Er ging genauso gerne ins Kino wie ich. Als wir aus ›Der einzige Zeuge‹ kamen, hatten wir beide feuchte Augen. Bei ›Splash‹ verstand er nicht, warum die Nixe den Typ liebt, obwohl er so gemein zu ihr ist – ich sagte ihm nicht, daß das immer so ist. Im ›Kleinen Rosengarten‹ durchschaute er sofort, welches Spiel Giovanni und ich spielten, und spielte mit. Danach war ihm kein vernünftiger deutscher Satz mehr beizubringen. Auf dem Heimweg vom Schlittschuhlaufen nahm er meine Hand und sagte: »Du immer bei uns, wenn ich wiederkomme?«

Brigitte und Juan hatten beschlossen, daß Manuel ab nächstem Herbst das Gymnasium in Mannheim besuchen sollte. Würde ich im nächsten Herbst im Gefängnis sein? Und wenn nicht – würden Brigitte und ich zusammenbleiben?

»Ich weiß es noch nicht, Manuel. Aber ins Kino gehen wir jedenfalls zusammen.«

Die Tage vergingen, ohne daß Korten Schlagzeilen machte, sei's tot, sei's vermißt. Es gab Momente, in denen ich mir wünschte, daß die Sache so oder so ein Ende nehme. Dann wieder war ich dankbar für die geschenkte Zeit. Am dritten Weihnachtsfeiertag rief ich Philipp an. Er beschwerte sich, daß er meinen Weihnachtsbaum dieses Jahr noch nicht zu sehen bekommen hatte. »Und wo warst du überhaupt die letzten Tage?«

Da bekam ich die Idee mit dem Fest an Silvester. »Ich habe was zu feiern«, sagte ich. »Komm an Silvester zu mir, ich mache ein Fest.«

»Soll ich dir was handliches Taiwanesisches mitbringen?«

»Nicht nötig, Brigitte ist wieder da.«

»Daher der Name Opodeldok! Aber mir darf ich was mitbringen auf dein Fest?«

Brigitte hatte das Telephongespräch mitbekommen. »Fest? Was für ein Fest?«

»Wir feiern Silvester mit deinen und meinen Freunden. Wen magst du denn einladen?«

Am Samstag nachmittag ging ich bei Judith vorbei. Ich fand sie beim Packen. Sie wollte am Sonntag nach Locarno fahren, Tyberg sie an Silvester in Ascona in die Tessiner Gesellschaft einführen. »Schön, daß du vorbeikommst, Gerd, aber ich bin furchtbar pressiert. Ist es wichtig, hat es nicht Zeit? Ich bin Ende Januar wieder hier.« Sie zeigte auf offene und gepackte Koffer, zwei große Umzugskartons und ein wirres Durcheinander von Kleidern. Ich erkannte die Seidenbluse wieder, die sie getragen hatte, als sie mich aus Kortens Büro zu Firner geführt hatte. Der Knopf fehlte noch immer. »Ich kann dir jetzt die Wahrheit über Mischkeys Tod sagen.«

Sie setzte sich auf einen Koffer und zündete sich eine Zigarette an. »Ja?«

Sie hörte zu, ohne mich zu unterbrechen. Als ich endete, fragte sie: »Und was soll jetzt mit Korten passieren?«

Die Frage hatte ich gefürchtet und mir deswegen lange überlegt, ob ich nicht erst dann zu Judith gehen sollte, wenn Kortens Tod öffentlich bekannt wäre. Aber vom Mord an Korten durfte ich mein Handeln nicht bestimmen lassen, und ohne ihn gab es keinen Grund, die Lösung des Falles länger zu verschweigen. »Ich werde versuchen, Korten zu stellen. Er kommt Anfang Januar aus der Bretagne zurück.«

»Ach Gerd, du glaubst doch nicht, daß Korten im Gespräch zusammenbricht und bekennt?«

Ich antwortete nicht. Es widerstrebte mir, die Diskussion darüber zu führen, was mit Korten zu geschehen habe.

Judith nahm noch eine Zigarette aus dem Päckchen und rollte sie zwischen den Fingerkuppen beider Hände. Sie sah traurig aus, ausgelaugt vom Hin und Her um den Mord an Peter, auch genervt, als wolle sie das alles endlich, endlich hinter sich lassen. »Ich werde mit Tyberg reden. Du hast doch nichts dagegen?«

In dieser Nacht träumte ich, daß Herzog mich verhörte. »Warum sind Sie nicht zur Polizei gekommen?«

»Was hätte die Polizei denn machen können?«

»Oh, wir haben heute beeindruckende Möglichkeiten. Kommen Sie, ich zeig sie Ihnen.« Durch lange Korridore über viele Treppen kamen wir in einen Raum, wie ich ihn aus mittelalterlichen Schlössern kannte, mit Zangen, Eisen, Masken, Ketten, Peitschen, Riemen und Nadeln. Im Kamin brannte ein Höllenfeuer. Herzog zeigte auf das Streckbett. »Hier hätten wir Korten schon zum Reden gebracht. Warum hatten Sie auch kein Vertrauen zur Polizei? Jetzt müssen Sie selber hier drauf.« Ich wehrte mich nicht und wurde festgeschnallt. Als ich mich nicht mehr bewegen konnte, stieg die Panik in mir hoch. Ich muß geschrien haben, ehe ich aufwachte. Brigitte hatte das Nachttischlämpchen angeschaltet und wandte sich mir besorgt zu.

»Ist doch alles gut, Gerd. Niemand tut dir was.«

Ich strampelte mich aus den Laken, die mich beengten. »Ach Gott, war das ein Traum.«

»Erzähl ihn, dann geht's dir besser.«

Ich wollte nicht, und sie war gekränkt. »Ich merk doch, Gerd, daß die ganze Zeit schon irgend etwas nicht stimmt mit dir. Manchmal bist du gar nicht da.«

Ich kuschelte mich in ihre Arme. »Es geht schon vorbei,

Brigitte. Es hat nichts mit dir zu tun. Hab ein bißchen Geduld mit einem alten Mann.«

Erst an Silvester berichteten die Medien über Kortens Tod. Ein tragischer Unfall hatte ihn in seinem Feriendomizil in der Bretagne am Morgen des Heiligen Abends bei einem Spaziergang über die Klippen ins Meer stürzen lassen. Die Informationen, die bei Presse und Rundfunk zu Kortens siebzigstem Geburtstag zusammengetragen worden waren, gingen jetzt in die Nachrufe und Elogen ein. Mit Korten endete eine Epoche, die Epoche der großen Männer des Wiederaufbaus. Die Beerdigung sollte Anfang Januar stattfinden, in Anwesenheit des Bundespräsidenten, des Bundeskanzlers, des Bundeswirtschaftsministers sowie des vollzähligen rheinland-pfälzischen Kabinetts. Seinem Sohn konnte für seine Karriere wenig Besseres passieren. Ich würde als Schwager eingeladen werden, aber nicht hingehen. Ich würde auch seiner Frau Helga nicht kondolieren.

Ich neidete ihm seinen Ruhm nicht. Ich verzieh ihm auch nicht. Morden heißt, nicht verzeihen müssen.

Es tut mir leid, Herr Selb

Babs, Röschen und Georg kamen um sieben. Brigitte und ich hatten gerade die Festvorbereitungen abgeschlossen, die Kerzen am Weihnachtsbaum angezündet und saßen mit Manuel auf dem Sofa.

»Das ist sie also!« Babs sah Brigitte neugierig und wohlwollend an und gab ihr einen Kuß.

»Alle Achtung, Onkel Gerd«, sagte Röschen. »Und der Weihnachtsbaum ist echt cool.«

Ich gab ihnen ihre Geschenke. »Aber Gerd«, sagte Babs vorwurfsvoll, »wir hatten doch ausgemacht, uns dieses Jahr nichts zu schenken«, und holte ihr Päckchen raus. »Das ist von uns dreien.« Babs und Röschen hatten einen dunkelroten Pullover gestrickt, in den Georg an der richtigen Stelle einen elektrischen Schaltkreis mit acht herzförmig angeordneten Lämpchen integriert hatte. Als ich den Pullover überzog, begannen die Lämpchen im Rhythmus meines Herzschlags zu blinken.

Dann kamen Herr und Frau Nägelsbach. Er trug einen schwarzen Anzug, steifen Stehkragen und Fliege, auf der Nase einen Kneifer und war Karl Kraus. Sie hatte ein Fin-de-siècle-Kleid an. »Frau Gabler?« begrüßte ich vorsichtig. Sie machte einen Knicks und gesellte sich zu den Frauen. Er betrachtete mißbilligend den Weihnachtsbaum. »Bürgerlichkeit, die sich nicht mehr ernst nehmen und doch nicht aus ihrer Haut kann...«

Die Klingel stand nicht still. Eberhard kam mit einem kleinen Köfferchen. »Ich habe ein paar Zauberkunststücke vorbereitet.« Philipp brachte Füruzan mit, eine rassige, üppige türkische Krankenschwester. »Fürzchen tanzt Bauch!« Hadwig, eine Freundin von Brigitte, hatte Jan dabei, ihren vierzehnjährigen Sohn, der sogleich Manuel herumkommandierte.

Alles drängte sich in der Küche um das kalte Büfett. Unbeachtet lief im leeren Wohnzimmer Wencke Myhres ›Beiß nicht gleich in jeden Apfel‹; Philipp hatte die Hits des Jahres 1966 aufgelegt.

Mein Arbeitszimmer war leer. Das Telephon klingelte. Ich schloß die Tür hinter mir. Die Fröhlichkeit des Fests drang nur noch gedämpft an mein Ohr. Alle Freunde waren da – wer mochte anrufen?

»Onkel Gerd?« Es war Tyberg. »Ein gutes neues Jahr! Judith hat erzählt, und ich habe die Zeitung gelesen. Es scheint, Sie haben den Fall Korten gelöst.«

»Hallo, Herr Tyberg. Auch Ihnen alles Gute im neuen Jahr. Werden Sie das Kapitel über den Prozeß schreiben?«

»Ich zeige es Ihnen, wenn Sie mich besuchen. Das Frühjahr ist schön am Lago Maggiore.«

»Ich werde kommen. Bis dann.«

Tyberg hatte verstanden. Es tat mir gut, einen heimlichen Mitwisser zu haben, der keine Rechenschaft von mir fordern würde.

Die Tür sprang auf, und meine Gäste verlangten nach mir. »Wo versteckst du dich denn, Gerd. Füruzan führt uns gleich einen Bauchtanz vor.« Wir räumten eine Tanzfläche frei, und Philipp schraubte eine rote Birne in die Lampe. Füruzan kam in einem schleier-, kordel- und glitzerbehängten Bikini aus dem Badezimmer. Manuel und Jan fielen schier die Augen aus dem Kopf. Die Musik begann klagend und langsam, und Füruzans erste Bewegungen waren von ruhiger, lasziver Geschmeidigkeit. Dann steigerte sich die Musik und mit ihr der Rhythmus von Füruzans Tanz. Röschen fing an zu klatschen, alle fielen ein. Füruzan löste die Schleier, ließ rasend die Kordel kreisen, die sie im Bauchnabel verankert hatte, und der Zimmerboden bebte. Als die Musik erstarb, endete Füruzan den Tanz in triumphierender Pose und warf sich Philipp in die Arme.

»Das ist die Liebe der Türken«, lachte Philipp.

»Lach du nur, ich krieg dich schon, mit türkischen Frauen spielt man nicht.« Sie sah ihm stolz ins Auge. Ich brachte ihr meinen Hausmantel.

»Halt«, rief Eberhard, als sich das Publikum wieder auflösen wollte. »Ich lade Sie ein zur atemberaubenden Show des großen Magiers Ebus Erus Hardabakus.« Und er ließ Ringe kreisen und ineinandergreifen und auseinanderfallen, aus gelben Tüchern rote werden, zauberte Münzen her und wieder weg, und Manuel durfte kontrollieren, daß alles mit rechten Dingen zuging. Der Trick mit der weißen Maus ging schief. Turbo sprang bei ihrem Anblick auf den Tisch, warf den Zylinder um, in dem Eberhard sie hatte verschwinden lassen, jagte sie durch die Wohnung und brach ihr hinter dem Eisschrank spielerisch das Genick, ehe einer von uns intervenieren konnte. Daraufhin wollte Eberhard Turbo das Genick brechen, zum Glück fiel ihm Röschen in den Arm.

Jan war dran. Er brachte ›Die Füße im Feuer‹ von Conrad Ferdinand Meyer zum Vortrag. Neben mir saß bang Hadwig, und ihre Lippen sprachen das Gedicht stumm mit. »Mein ist die Rache, spricht der Herr«, donnerte Jan zum Schluß.

»Füllt Gläser und Teller und kommt wieder her«, rief Babs, »die Show geht weiter.« Sie tuschelte mit Röschen und Georg, und die drei schoben Tische und Stühle weg und machten aus der Tanzfläche eine kleine Bühne. Filme raten. Babs pustete aus vollen Backen, und Röschen und Georg liefen davon. »Vom Winde verweht«, rief Nägelsbach. Dann schlugen Georg und Röschen aufeinander ein, bis Babs zwischen sie trat, ihre Hände nahm und ineinanderlegte. »Kemal Atatürk im Krieg und im Frieden!« »Zu türkisch, Fürzchen«, sagte Philipp und tätschelte ihren Oberschenkel, »aber ist sie nicht gescheit?«

Es war halb zwölf, und ich vergewisserte mich, daß genug Sekt im Eis lag. Im Wohnzimmer hatten Röschen und Georg die Musikanlage übernommen und jagten die alten Platten in die Lautsprecher. »Eins und eins, das macht zwei«, sang Hildegard Knef, und Philipp versuchte, Babs durch den engen Korridor zu walzen. Die Kinder spielten mit dem Kater Fangen. Im Bad duschte Füruzan den Schweiß des Bauchtanzes ab. Brigitte kam zu mir in die Küche und gab mir einen Kuß. »Ein schönes Fest.«

Fast hätte ich das Klingeln überhört. Ich drückte auf den Türöffner, aber dann sah ich durch das gehämmerte Glas der Wohnungstür die grüne Silhouette und wußte, daß der Besucher schon oben war. Ich öffnete. Vor mir stand Herzog in Uniform.

»Es tut mir leid, Herr Selb…«

Das war also das Ende. Man sagt, es passiere kurz vor der Hinrichtung, aber mir schossen jetzt wie ein Film die Bilder der vergangenen Woche durch den Kopf, Kortens letzter Blick, die Ankunft in Mannheim am Morgen des ersten Feiertags, Manuels Hand in meiner, die Nächte mit Brigitte, unsere ausgelassene Runde unter dem Weihnachtsbaum. Ich wollte etwas sagen. Ich brachte keinen Ton heraus.

Herzog ging an mir vorbei in die Wohnung. Ich hörte, wie die Musik leiser gedreht wurde. Aber die Freunde lachten und redeten munter weiter. Als ich mich gefaßt hatte und ins Wohnzimmer ging, hatte Herzog ein Glas Wein in der Hand, und Röschen, ein bißchen blau, spielte mit den Knöpfen seiner Uniform.

»Ich war gerade auf dem Heimweg, Herr Selb, als im Funk die Beschwerde über Ihr Fest durchkam. Da hab ich's selbst übernommen, bei Ihnen reinzuschauen.«

»Beeilt euch«, rief Brigitte, »noch zwei Minuten.« Sie reichten, um die Sektgläser zu verteilen und die Korken knallen zu lassen.

Jetzt stehen wir auf dem Balkon, Philipp und Eberhard lassen die Raketen steigen, von allen Kirchen läuten die Glocken, wir stoßen an.

»Auf ein gutes neues Jahr.«

Bernhard Schlink
im Diogenes Verlag

Selbs Justiz
Zusammen mit Walter Popp

Roman

Privatdetektiv Gerhard Selb, 68, wird von einem Chemiekonzern beauftragt, einem ›Hacker‹ das Handwerk zu legen, der das werkseigene Computersystem durcheinanderbringt. Bei der Lösung des Falles wird er mit seiner eigenen Vergangenheit als junger, schneidiger Nazi-Staatsanwalt konfrontiert und findet für die Ahndung zweier Morde, deren argloses Werkzeug er war, eine eigenwillige Lösung.

»Bernhard Schlink und Walter Popp haben mit Gerhard Selb eine, auch in ihren Widersprüchen, glaubwürdige Figur geschaffen, aus deren Blickwinkel ein gesellschaftskritischer Krimi erzählt wird. Und das so meisterlich, daß sich das Ergebnis an internationalen Standards messen läßt.«
Jürgen Kehrer/Stadtblatt, Münster

1992 verfilmt von Nico Hofmann unter dem Titel *Der Tod kam als Freund,* mit Martin Benrath und Hannelore Elsner in den Hauptrollen.

Die gordische Schleife

Roman

Georg Polger hat seine Anwaltskanzlei in Karlsruhe mit dem Leben als freier Übersetzer in Südfrankreich vertauscht und schlägt sich mehr schlecht als recht durch. Bis zu dem Tag, als er durch merkwürdige Zufälle Inhaber eines Übersetzungsbüros wird – Spezialgebiet: Konstruktionspläne für Kampfhubschrauber. Polger gerät in einen Strudel von Ereignissen, die ihn Freund und Feind nicht mehr voneinander unterscheiden lassen.

Anläßlich der Criminale 1989 in Berlin mit dem Glauser, Autorenpreis für deutschsprachige Kriminalliteratur, ausgezeichnet.

Selbs Betrug
Roman

Privatdetektiv Gerhard Selb sucht im Auftrag eines Vaters nach der Tochter, die von ihren Eltern nichts mehr wissen will. Er findet sie, aber der, der nach ihr suchen läßt, ist nicht ihr Vater, und es sind nicht ihre Eltern, vor denen sie davonläuft.

Selbs Betrug wurde von der Jury des Bochumer Krimi Archivs mit dem Deutschen Krimi Preis 1993 ausgezeichnet.

»Es gibt wenige deutsche Krimiautoren, die so raffinierte und sarkastische Plots schreiben wie Schlink und ein so präzises, unangestrengt pointenreiches Deutsch.« *Wilhelm Roth / Frankfurter Rundschau*

»Gerhard Selb hat alle Anlagen, den großen englischen, amerikanischen und französischen Detektiven, von Philip Marlowe bis zu Maigret, Paroli zu bieten – auf seine ganz spezielle, deutsche, Selbsche Art.« *Wochenpresse, Wien*

Der Vorleser
Roman

Eine Überraschung des Autors Bernhard Schlink: Kein Kriminalroman, aber die fast kriminalistische Erforschung einer rätselhaften Liebe und bedrängenden Schuld.

»Ein Höhepunkt im deutschen Bücherherbst. Eine aufregende Fallgeschichte, so gezügelt wie Genuß gewährend erzählt. Das sollte man sich nicht entgehen

lassen, weil es in der deutschen Literatur unserer Tage hohen Seltenheitswert besitzt.«
Tilman Krause / Tagesspiegel, Berlin

»Nach drei spannenden Kriminalromanen ist dies Schlinks persönlichstes Buch.« *Michael Stolleis / FAZ*

»Die Überraschung des Herbstes. Ein bezwingendes Buch, weil eine Liebesgeschichte so erzählt wird, daß sie zur Geschichte der Geschichtswerdung des Dritten Reiches in der späten Bundesrepublik wird.«
Mechthild Küpper / Wochenpost, Berlin

Auch als Diogenes Hörbuch erschienen,
gelesen von Hans Korte

Liebesfluchten
Geschichten

Anziehungs- und Fluchtformen der Liebe in sieben Geschichten: als unterdrückte Sehnsüchte und unerwünschte Verwirrungen, als verzweifelte Seitensprünge und kühne Ausbrüche, als unumkehrbare Macht der Gewohnheit, als Schuld und Selbstverleugnung.

»Wieder schafft es Schlink, die Figuren lebendig werden zu lassen, ohne alles über sie zu verraten – selbst wenn ihn gelegentlich sein klarer, kluger Ton zu dem einen oder anderen Kommentar verführt. Er ist ein genuiner Erzähler.«
Volker Hage / Der Spiegel, Hamburg

»Schlink seziert seine Figuren regelrecht, er analysiert ihr Handeln. Er wertet nicht, er beschreibt. Darin liegt die moralische Qualität seines Erzählens. Schlink gelingt es wieder, wie schon beim *Vorleser*, genau die Wirkung zu erzielen, die wesentlich zu seinem Erfolg beigetragen hat. Er erzeugt den Eindruck von Authentizität.« *Martin Lüdke / Die Zeit, Hamburg*

Die Geschichte *Der Seitensprung* ist
auch als Diogenes Hörbuch erschienen,
gelesen von Charles Brauer

Selbs Mord

Roman

Ein Auftrag, der den Auftraggeber eigentlich nicht interessieren kann. Der auch Selb im Grunde nicht interessiert und in den er sich doch immer tiefer verstrickt. Merkwürdige Dinge ereignen sich in einer alteingesessenen Schwetzinger Privatbank. Die Spur des Geldes führt Selb in den Osten, nach Cottbus, in die Niederlagen der Nachwendezeit. Ein Kriminalroman über ein Kapitel aus der jüngsten deutsch-deutschen Vergangenheit.

»Schlink ist der brillante Erzähler, der mit der Klarheit und Nüchternheit eines Ermittlungsrichters die Geschichte auf ihr Ende zusteuert. Dieses Ende ist konsequent und immer überraschend.«
Rainer Schmitz / Focus, München

Vergewisserungen

Über Politik, Recht, Schreiben und Glauben

Wer an der Entwicklung der Gesellschaft manchmal verzweifeln möchte, dem sei dieses Buch empfohlen: Kompetent und in klarer, schöner Prosa zeigt es, was alles nicht zwangsläufig und unaufhaltsam ist und daß es Werte und Hoffnungen gibt, auf die zu setzen lohnt.

»Das wirklich Meisterhafte an Schlinks ruhig dahinfließender Prosa ist ihre Intelligenz. Es ist, ganz im Sinne seiner amerikanischen Vorbilder, eine Intelligenz des *common sense*. Sie liegt im Vermögen, Fragestellungen und Problemzusammenhänge anschaulich werden zu lassen.«
Tilman Krause / Die Welt, Berlin

»Schlinks Essays sind verständlich, durchsichtig und intelligent, keine abstrakten juristischen Erkenntnisse, sondern lebendige Literatur eines präzisen Erzählers.« *Janko Ferk / Die Furche, Wien*

Die Heimkehr
Roman

Das Fragment eines Heftchenromans über die Heimkehr eines deutschen Soldaten aus Sibirien. Als Peter Debauer darin Details aus seiner eigenen Welt entdeckt, macht er sich auf die Suche. Die Suche nach dem Ende der Geschichte und nach deren Autor wird zur Irrfahrt durch die deutsche Vergangenheit, aber auch durch Peter Debauers eigene Geheimnisse.

»Bernhard Schlink schreibt eine klare, präzise, schöne Prosa, die in der deutschen Gegenwartsliteratur ihresgleichen sucht.« *Christopher Ecker / Berliner Zeitung*

Auch als Diogenes Hörbuch erschienen,
gelesen von Hans Korte

Vergangenheitsschuld
Beiträge zu einem
deutschen Thema

Die Beiträge behandeln die Kollektivschuld der Kriegs- und der Nachkriegsgeneration, deren Auseinandersetzung mit dem Nationalsozialismus und seinen Folgen, die Leistung des Rechts bei der Bewältigung von schuldbelasteter Vergangenheit und die Möglichkeit von Vergebung und Versöhnung. Sie sind in den letzten zwei Jahrzehnten aus der Beschäftigung mit den Erfahrungen und Verstrickungen der eigenen Generation und aus der Begegnung mit Freunden, Kollegen und Studenten aus den neuen Bundesländern entstanden, wo der Autor im Jahr der Wende an der Humboldt-Universität Berlin zu unterrichten begann.